U0856437

中国当代大陆武侠小说代表作家

张宝瑞武侠小说全集

宦海侠魂

清末著名武侠英雄尹福传奇

张宝瑞 著

尹福

清宫武术教头

武林泰斗

中国武术名宿

群众出版社

·北京·

图书在版编目（CIP）数据

宦海侠魂／张宝瑞著．—北京：群众出版社，2012.1

（张宝瑞武侠小说全集）

ISBN 978-7-5014-4960-6

Ⅰ.①宦…　Ⅱ.①张…　Ⅲ.①侠义小说—中国—当代　Ⅳ.①I247.5

中国版本图书馆 CIP 数据核字（2011）第 257389 号

宦海侠魂

张宝瑞　著

总 策 划：李国强

策　　划：易孟林

责任编辑：易孟林　周兰星　张　倩

装帧设计：章　雪

封面插图：王紫华

出版发行：群众出版社

地　　址：北京市西城区木樨地南里

邮政编码：100038

经　　销：新华书店

印　　刷：北京通天印刷有限责任公司

版　　次：2012 年 1 月第 1 版

印　　次：2012 年 1 月第 1 次

印　　张：15

开　　本：787 毫米×1092 毫米　1/16

字　　数：240 千字

书　　号：ISBN 978-7-5014-4960-6

定　　价：28.00 元

网　　址：www.qzcbs.com

电子邮箱：qzcbs@163.com

营销中心电话：010-83903254

读者服务部电话（门市）：010-83903257

警官读者俱乐部电话（网购、邮购）：010-83903253

文艺分社电话：010-83901330

自 序

一

冬练三九，夏练三伏，保精养气，吞吐沉浮；每当拉开架势运气发功，便内在地生出一股升腾之力，瞬息可发。我觉得这种力就是我们千百年来一直推崇和渴盼的强国强民强种之力！董海川、杨露禅、王芗斋、张长桢、尹福等著名武术家便是这种力的代表。而正是这无数的杰出代表与勤劳勇敢的普通民众一起创造着中华民族的历史，让侠的精神贯穿始终。

据史书记载，捣毁祖龙居的陈胜义军中的许多勇士就是角抵的喜爱者。汉末的黄巾军在起义前也在民间聚集太平道徒练习武艺，终成强悍之师。唐初，以少林寺和尚昙宗为首的十三棍僧，搭救秦王李世民，救一明主，以致出现盛唐之治。燕青拳起源于北宋末年梁山义军浪子燕青之手。南宋初年岳家军中的岳家拳曾使金兵闻风丧胆，“壮志饥餐胡虏肉，笑谈渴饮匈奴血”。元朝末年朱元璋起义军中的常遇春、沐英等都是著名的武术家。明代抗击倭寇的戚继光创立戚家拳，名震国门。一九〇〇年的义和团运动更是中国数十万武术之众抗击外国侵略者的明证。

侠者，勇也，义哉。侠是一种精神。中国武术浩瀚博大的历史长卷之中，清代和民国初期是中国武术的鼎盛时期。八卦掌始祖董海川、杨氏太极拳始祖杨露禅等武术盟主，异军突起，各领风骚。八大镖局，叱咤风云；四大佛教圣地，侠香缕缕。更有那“醉鬼张三”“大刀王五”“鼻子李”“翠花刘”“铁镯子”“小辫梁”等性格各异的武林人物穿梭跳跃其中，展现了一派雨激雷荡、风啸马嘶、侠飞剑击、气壮山河的英雄风采。

二十世纪三十年代有日本记者问大成拳始祖王芗斋：“中国武术史上你最崇尚谁?”王芗斋毫不犹豫地回答：“八卦掌开山鼻祖董海川和杨氏太极拳创始人杨露禅。”

八卦掌始祖董海川，生于清嘉庆年间，自小嗜武成癖，秉性刚直，疾恶如仇，济困扶危；后来在江南遇道士毕澄霞指点穿掌，即八卦掌的雏形。据八卦掌研究会会长李子鸣先生介绍，为报家仇国恨，董公曾接受太平天国天王洪秀全派遣，忍辱割阉，栖身北京王府试图接近咸丰皇帝行刺，以酿成清廷内乱，使太平天国趁机北征。太平天国运动失败后，董海川壮志难酬，于是在北京正式设馆收徒五十六人，创立八卦掌，声名远扬。光绪八年（公元一八八二年）十二月十五日，这位武术大师端坐而逝，葬于北京东直门外红桥牛房村；一九八一年五月六日，迁于北京西郊香山脚下的万安公墓。

杨露禅（公元一七九九年—一八七二年），字露禅，别号禄缠，名福魁，直隶永年县人。年轻时慕河南温县陈氏拳名，往投陈长兴门下学太极拳。他天资颖异，秉性坚毅，终于尽得陈氏拳法之秘，数次与陈家诸徒较量武功，皆败之，师惊其才，遂传授秘术。数年后，以能避强制硬之力见长，柔中寓刚，绵里藏针，人称“治绵拳”。后至京师，任旗营武术教习，名震朝野，有“杨无敌”之称。曾与董海川交手，名望极高。其子班侯、健侯，自幼秉父教，均卓然成为名拳家。满族人全佑、凌山、万存、万春，亦得露禅之真传，但均奉露禅之命，拜于班侯门下。

“醉鬼张三”张长桢，是清末民初北京著名武术家，武术门派“三皇功”的创始人。他瘦骨嶙峋，弓腰垂背，平时上身穿一件雪白色对襟儿长褂，下身穿一条肥大的青布裤子，脚穿一双千层底布鞋；左手拎着一个竹鸟笼子，笼内养着一只红嘴绿头的画眉鸟儿；右手握一杆铜锅白玉嘴的尺余长烟袋；一双醉眼像两个灯笼，分外有光彩。他仗义疏财，藐视权贵，暗中帮助百姓，留下许多佳话，是京城老百姓竞相传颂的英雄人物。张三曾护送钦差到西藏，其经历也是跌宕起伏。

目前已查明，全国源流有序、拳理分明、风格独具、自成系统的拳种有三百多个，武术名家逾千人。一九七一年我创作长篇小说《落花梦》时，文中就已经有了武侠人物的雏形。在描写侠客国的时候，我写到了几十个侠客，主要是清代长篇武侠小说《七侠五义》《小五义》《儿女英雄传》对我的影响比较深。但真正接触中华武术，却是我在二十世纪八十年代当新华社记者的时候，当时分管文教报道，包括体育报道。中华武术属于体育范畴，我采访了很多武术名家，和众多武术界的知名人士便成为好朋友。像八卦掌始祖董海川再传弟子、八卦掌研究会会长李子鸣，副会长谢佩启，戳脚翻子拳研究会会长刘学勃等都是我的朋友。在交往的过程中，我一直注意记录他们讲述的人生经历和一些有价值的逸事。八卦掌传人李子鸣，他的家就在西草厂附近，我时常去他家中拜访他。新中国成立前，李子鸣曾经成功地掩护了当时中共北平地下党的一位负责人脱险。当时，国民党特务跟踪那位负责人到了李子鸣家附近，李子鸣将他藏在了自家的酱缸里，解救了这位地下党负责人。新中国成立后，李子鸣和他一直保持着来往。与武术名家交往，对我的影响很大。在同他们交往的过程中，我认识到，武术与京剧一样，是中华民族珍贵的文化遗产。同时，我也逐渐对中国武术史上各个拳派的起源、发展、演变以及代表人物产生了兴趣。

二十世纪八十年代初，国内出现了一批弘扬爱国主义和民族精神的优秀影视作品，如电影《少林寺》、电视连续剧《霍元甲》等，一度形成万人空巷的观看热潮，这在某种程度上表明了普通百姓对此类作品的渴求。这也促使我萌生了创作弘扬正义、歌颂爱国主义精神的武侠小说的想法。因为我觉得，真正意义上的武侠小说能够最直接地反映爱国主义和民族精神。我将我写作武侠小说的原因，详细地归纳成了五点：第一，我了解武术界；第二，武侠小说的侠是一种精神和境界；第三，写武侠小说可以发挥更多的想象；第四，我为人坦荡、豪爽大度的性格，多少有一些侠气；第五，当时武侠作品的热潮正席卷中国大陆。于是，我一边认真地完成新华社交给我的采访任务，一边利用业余时间开始创作武侠小说。

不久，我写的长篇武侠小说《八卦掌传奇》出版了。这部长篇武侠小说记叙了八卦掌创始人董海川富有传奇色彩的一生。董海川少年嗜武成癖，青年浪迹天涯，在九华山拜碧霞道长为师，并与吕飞燕结下不解之缘。这个吕飞燕是飞剑斩雍正的侠女吕四娘的后代，反清的壮志使这个年轻貌美、武艺高强的侠女与董海川一见钟情，心有灵犀一点通。十四年后董海川下山，历尽磨难。后来太平天国垂危，天王洪秀全泪请董海川进京刺杀咸丰皇帝。董海川为了反清大业，毅然斩断与吕飞燕的姻缘，慨然受命，阉割进京，栖身王府，寻机接近咸丰皇帝，以求谋杀。董海川自阉后先后在四爷府、肃王府任护卫总管，在圆明园皇会比武中，力挫群雄，冠绝一时。恰恰此时，太平天国失败，洪秀全自尽。董海川壮志难酬，抑郁而终。吕飞燕在万念俱灰之中凄然遁入峨眉山削发为尼。这部小说以董海川与吕飞燕的悲欢离合为主线，写出英雄与美人、侠客与情人的悲剧。《八卦掌传奇》出版后，和当时的《霍元甲》《螳螂拳演义》等成了名噪一时的畅销书。这无疑给了我继续进行武侠小说创作的信心。以后我又写出了《铁镯子传奇》《宦海侠魂》《醉侠传》《太极英雄传》《大成游侠》《东归喋血》等一系列长篇武侠小说。

长篇武侠小说《铁镯子传奇》，实则是《八卦掌传奇》的续集。董海川去世后，他的大弟子“铁镯子”尹福接任掌门人。有史可查，尹福又任清宫护卫总管兼光绪皇帝的武术教师。时值康梁“戊戌变法”时期，珍妃的翡翠如意珠丢失，朝廷震动，尹福会同八卦掌门人破案。一连串谜案发生，此起彼伏，尹福的师弟“煤马”马维祺被毒砂掌击杀，肃王府的宠妾金桔一反常态……尹福夜探肃王府，发现金桔的替身是其妹妹银狐公主；在颐和园又发现董海川的旧日仇敌、“塞北飞狐”沙弥。此时与尹福同往的银狐不幸中了慈禧太后的保镖文冠的天女散花针。为救银狐，尹福孤身闯千山寻解药。八卦掌门人二闯颐和园，设计杀了沙弥，但遭到清军虎神营伏击，伤亡惨重，“大枪刘”刘德宽等五人被俘。以后八卦掌门人在琉璃厂劫法场，救出刘德宽等人，弟兄们各奔东西。此时，尹福才明白，是后党设计盗去皇妃宝珠，为的是让光绪皇帝疏远尹福等八卦掌门人，以除掉刺杀光绪的障碍。以后尹福夜闯天津荣禄府，终于夺回宝珠，并无意中偷听了袁世凯向荣禄告密。尹福见维新党人和光绪危急，火速赶往北京，但为时已晚，维新运动失败，光绪被囚于瀛台。尹福愤而将宝珠投入御河之中，呼曰：变法既已失败，我主又已被困，我千辛万苦寻来的宝珠又有何用……

长篇武侠小说《宦海侠魂》，是《八卦掌传奇》的再续集。一九〇〇年八国联军的铁蹄突入北京，慈禧、光绪等皇族西逃，清宫护卫总管尹福、李瑞东护驾而行。八国联军、义和团、军阀宦官、巨盗土匪、绿林豪杰、将门遗族等出于不同的政治目的，企图刺杀慈禧和光绪，由此而展开了跌宕起伏、扑朔迷离的故事和惊心动魄的厮杀，刀光剑影，悲壮曲折。武术大师车毅斋、郭云深、马贵、张策等大显身手。其中一些宫闱秘史、西遁内幕均属首次公布于世。西遁之途，迢迢遥遥，山高路远，谷幽水深，始终是一个谜。据史书记载，皇家行列曾遇土匪巨盗骚扰、乱兵袭击、义和拳众阻击、内讧……这部小说有史实、逸闻、传奇、秘史，杯弓蛇影，烛影斧声，上演了一幕幕跌宕起伏的活剧。书中所写八国联军统帅瓦德西派出杀手黛娜欲刺慈禧是为酿成中国内乱；义和拳众欲杀慈禧是因她出卖了义和拳；袁世凯派人欲杀光绪是恐其死于太后之后，以绝复仇之患；于莺晓刺杀光绪是为反清复明；江南神偷乔摘星看中了光绪帝手中的小盒子，只因盒内藏着御玺；燕山大盗黑旋风劫掠皇族是为了食色谋财；“臂圣”张策师徒追杀慈禧是因为朝廷弃城而逃……皇家行列在八达岭遭到黑旋风匪帮的袭击，光绪被劫；正当黑旋风欲杀光绪时，女侠于莺晓从天而降要带光绪帝到恒山祭祖；她杀散匪帮，光绪又不翼而飞……在双榆镇，出现两个怀来县令，令人难辨真伪；怀来县城又出现由义和团众装扮的皇家行列。为索回被乔摘星偷走的御玺，尹福来到山西太谷，恰遇天下侠士云集此地，目睹形意门两泰斗郭云深与车毅斋比武；尹福夺回御玺，挫败八国联军暗杀的阴谋，最终护送皇驾安全抵达西安。

长篇武侠小说《东归喋血》，是《宦海侠魂》的续集。写的是一年后，以慈禧、光绪皇帝为首的皇族从西安返回北京的故事。莲花寺“花花和尚”、“天山二秀”秋家姐妹、少林寺恶僧悟慧、“通臂猿”胡七、八国联军女杀手黛娜等人，各怀异志，对皇驾多次实施突袭，由此险象环生。慈禧携瑾妃、隆裕皇后在骊山华清池洗浴，身染“花花和尚”所投之毒。尹福与假扮瑾妃的宫女木兰花深入莲花寺，骗取解药，使她们转危为安。李莲英献奇策，让王爷载澜的义女向昀假扮慈禧，去顶那“明枪暗箭”。向昀为救流放西域的义父，忍辱领命。此时，真慈禧突然失踪，向昀被少林寺僧人劫持。尹福独闯少林，救出向昀；归途误入陷阱，生命垂危。“天山二秀”秋千鸿、秋千鹄姐妹为报夙仇，千里迢迢，赶来突袭皇驾。光绪夜入英豪镇教堂祈祷，遭到假扮圣母的黛娜枪击，光绪佯死，虎口逃生。尹福与向昀产生真挚爱情，而尹福不能摆脱传统的世俗观念，两个人的爱情充满矛盾与痛苦。尹福为救向昀落入秋家姐妹魔掌，被劫持到西域女儿国。在一女侠的帮助下，尹福等人消灭秋家匪帮，恢复了女儿国的太平盛世。少林僧人围攻开封府皇驾，宫女木兰花壮烈殉难，恶僧悟慧毙命。皇驾北渡黄河，中流击水，风浪大作，又遭"通臂猿"胡七等人围困。尹福晓明大义，施展神功，胡七等人悄然退去。皇驾终于结束了三个月的流亡生涯，由直隶正定乘火车返京。在京城南部马家堡车站，正当向昀下车之际，黛娜从迎驾的洋人行列中疯狂跃出，身抱装有炸药的手提包，孤注一掷地朝假慈禧扑去；在巨大的爆炸声中，两人同归于尽。

长篇武侠小说《大成游侠》，描述的是大成拳创始人王芗斋的一生。清末王芗斋拜师郭云深，后来到北京曾投军做伙夫，因显绝技，被吴三桂后裔吴封君招为女婿。王芗斋巧入六国饭店戏弄俄国大力士康泰尔，与韩慕侠、王子平等武术名家结为莫逆之交。王芗斋为博采众艺，开始驰骋江湖；在少林寺遇到高师指点，于达摩洞前目睹天下奇雄比武；为追击武林败类小白猿，登峨眉山与群猴大战，仿佛身入猴国；以后辗转福建鼓山、浙江杭州，来到华山，邂逅鼓山老道、"江南第一妙手"解铁夫、方士桩、刘丕显等名家，又引出许多故事；在九华山终于击毙小白猿，替武林除一大害。这部长篇小说的特点是把动物人性化，如峨眉山的猴子、鼓山的鹤、华山的鹰，都训练有素，栩栩如生，极有灵性。苍鹰能千里报信，野猴能列阵搏杀，白鹤死后解铁夫为之立碑，特别是猴群中也有善恶之分，颇通人性，别开生面。

长篇武侠小说《醉侠传》，写的是京都名侠"醉鬼张三"以奇术绝技行侠仗义的一生。张三本名张长桢，生于清末，早年靠保镖护院为生，名噪大江南北。晚年看破红尘，息影家园。因他嗜酒成性，整天迷蒙着一双醉眼，又在家排行第三，人称"醉鬼张三"。他便也倚醉卖醉，不管哪位权贵相请，大有"天子呼来不上船，自称臣是酒中仙"之慨！故事以"小辫梁"大闹马家堡为引笔，张三为救小辫梁，夜探紫禁城找尹福出面相助。一九〇〇年，八国联军入侵北京，张三巧救于谦祠堂里众多被关押的妇女。为救天坛里的更多受难女子，张三又闯入中南海挟持八国联军统帅瓦德西，逼使他下令释放天坛里的被扼女子。八国联军退后，张三为钦差大臣王金亭护镖到西藏颁诏，后又到杭州铲除污吏，精武馆遇霍元甲，大明湖辨真假刘鹗，深州府鏖杀，夫子庙论扇，普陀山救人，悬念迭出。

长篇武侠小说《太极英雄传》，写的是杨氏太极拳名家杨露禅父子一生的故事。清咸丰年间，杨露禅三下陈家沟装哑偷拳；为救师父陈长兴，他闯孔林、下苏州，身陷黄葵帮匪巢，祸至福来。为救秦淮歌妓郑盈盈，他赴“雄县柳”家夺官印，身中剧毒；幸亏女侠陈玉娘大闹北京圆明园，戏咸丰皇帝，谑四春贵妃，巧夺解药，使杨露禅转危为安。英法联军火烧圆明园，总管文丰自尽前请杨露禅、杨班侯父子护送一批国宝转移至北京西山。潭柘寺刀光剑影。一路上曲折逶迤，清宫大内高手、黄葵帮和水澳帮巨盗、英法联军、宫娥侍卫步步紧随，对国宝垂涎不已，由此展开了惊心动魄的搏杀。猎户冯三保、冯婉贞父女血染山谷，与各路杀手同归于尽，结局出乎意料，令人回肠荡气，隽永不已。

我创作长篇武侠小说《醉侠传》是在一九八八年。“醉鬼张三”的旧居就在我家住的喜鹊胡同附近，我小时候经常去那里玩儿，因此，对“醉鬼张三”的题材有一种特殊的感情。为了写这部小说，我下了很大的工夫。我最先想到的是采访张长桢先生的长孙张芝纶，但他早已隐居。等找到他在甘肃的地址后，仍然联系不上，无奈我只好另寻渠道。功夫不负有心人，我终于找到了“醉鬼张三”这一门派的武术家贾振才，当时他已经是一位七十多岁的老人了。贾振才老人是剪刀匠出身，江湖人称“剪刀贾”。我还清楚地记得第一次去他家采访时的情景。他家里陈设简单，墙上挂着一个一尘未染的相框，框里正是“醉鬼张三”的照片。到了午饭的时间，老人拿出橘子、核桃，问我：“张记者，喝什么酒？”说着，手一伸，在床底下“嚓”的一声抽出一个箱子。我一看，里面全是白酒。老人一指桌子上的橘子和核桃说：“这就是当年咱们张三爷的下酒菜！”他拿起一颗核桃，手一用力，“咔嚓”一声核桃就碎了。“醉鬼张三”的照片很少见，所以我很想将贾振才家墙壁上挂的那张照片拍下来。一天下午我又去了他家。当时，贾振才的一个徒弟正好也在他家。这个徒弟比贾振才的年龄还要大，他看到我要拍墙上“醉鬼张三”的照片，就上前来对我说：“拍照片是不是应该给个价钱?”贾振才“啪”地打了他一个嘴巴，大声说：“张三爷从来不让自己的门下谈钱!”贾振才又转过身来，对我说：“张记者，你尽管拍!”我拍了几张照片。后来，翻拍的“醉鬼张三”的照片印在了我出版的长篇武侠小说《醉侠传》（原书名《醉鬼张三》）里。这部小说出版以后，我意想不到地见到了当初我千方百计寻找的“醉鬼张三”的长孙张芝纶。那是一九九〇年初的一天，我正在位于北京日报社里的新华社北京分社的办公室里写稿子，忽然听说有人找我。我出来一问才知道，是张三的次孙。他说：“张记者，我大哥来北京了，想见一见你！”我又惊又喜，就随他一起去了。我们去的地方正是离我家老屋不远的“醉鬼张三”旧居。走进旧居的大门，只见正堂的太师椅上端坐着一个又矮又瘦的老人，青衣长褂，很是精神。老人看到我们走进来，马上从太师椅上站了起来，热情地走过来，把我迎到太师椅旁边的座位上。寒暄之后，他仔细地端详我，见我高个头、身材魁梧，就问：“张记者，会不会武功?”

我一笑，回答他说：“我不会，我写武功!”

他说：“无论如何，首先感谢你为我爷爷写了一本书!”

我告诉他最初准备写《醉侠传》的时候，和他联系不上。他听后连声说：“多包涵，多包涵!”

我与“醉鬼张三”的长孙谈得很投机。他为人热情豪爽，向我讲了他自己的情况，而更多的是谈论他的爷爷“醉鬼张三”。据他讲，“醉鬼张三”是一个不事张扬的人。由于他的武功好，很多人想制伏他，借张三的名气来扬自己的名。所以张三行事一直很谨慎，包括在胡同里走路，他从来不贴着墙根走，总要与墙保持一定的距离，防止被别人暗算。他有三个孙子，而武功高强的是长孙。我有幸见到继承了张三武功的这位后人，可惜他于一九九七年在安徽悄然去世。

长篇武侠小说《醉侠传》被改编成电影是由于一次偶然的机会。一九八九年底，香港齐明电影制作公司准备拍摄四十集电视连续剧《大刀王五》，来到内地洽谈相关事宜；武术界的窦凤山先生和北京电视艺术中心的负责人郑晓龙向他们推荐我担任电视剧的武术顾问，主要原因就是我创作了很多武术题材的小说。我们一起拜访了“大刀王五”的孙媳和重孙，参观了“大刀王五”主办的源顺镖局，镖局位于北京东珠市口。这时，我将我出版的一些武侠小说送给了香港导演戴彻。他读过之后，有意将《醉侠传》改成电影搬上银幕；同行的西安电影制片厂导演张子恩也是这个意思。他对我说出这个想法之后，我欣然同意。一九九〇年，根据我的长篇武侠小说改编的电影

《醉鬼张三》，由香港齐明电影制作公司和青年电影制片厂联合搬上了银幕，在内地发行电影拷贝达二百三十二个，后来此电影还被评为新中国成立五十年优秀影片之一。

二

侠者，勇也，义哉。武侠小说是侠者的碑迹，是侠者心路历程的纪录。著名作家刘绍棠生前曾这样评价我的武侠小说："将武术、史实、言情、京味融为一体，革新了旧式武侠小说，应该是武侠小说中的写实类型。"我在创作长篇武侠小说时，力求历史与传奇、武术与侠义、文史与传说、言情与民俗相结合，使人读罢能恍入中国武术浩瀚博大的历史长卷之中。但是，能够称得上写实派也不是一件容易的事情。我在小说中描写的一招一式都是有渊源的，并不是完全依靠想象。在创作武侠小说的过程中，我有幸结识了几位武侠小说创作成绩斐然的大家，香港著名武侠小说作家梁羽生先生就是其中一位。

我与梁羽生先生的交往很有传奇色彩，我们至今都未曾谋面，却有书函辗转往来。一九九三年，我希望梁先生能够为我的武侠小说作序。当时，我找到梁先生的经纪人，他与梁先生联系后，梁先生表示要看我的武侠小说。我寄给他两部武侠小说，一部是《八卦掌传奇》，另一部是《醉鬼张三》（后更名为《醉侠传》）。正在澳大利亚悉尼隐居的梁先生在看到我的两部武侠小说之后，欣然应允为我写序；他在序中还对武侠小说的发展趋势，作了客观和卓有远见的评述。

为感谢梁羽生先生的谆谆教诲，也便于读者诸君了解梁先生关于武侠小说的真知灼见，现将所作序言照录如下。

六W与三结合

梁羽生

一

文章贵有个人风格，对长篇小说而言，更加如此。无风格不能成家——虽然成家的条件不止一种，但风格却是属于基本的因素。张宝瑞的武侠小说是有他的个人风格的。

我和张宝瑞不相识，只知他是记者“出身”。作家的风格往往受本身经历的影响，张宝瑞的风格似乎也是源于他的职业。西方新闻学有六 W 之说，把一篇新闻报道必须具备的因素概括为 when（何时）、where（何地）、who（何人）、what（何事）、why（何故）、how（如何）。此说虽来自西方，但中西一理，缺少六 W 之一，就不能成为一篇完整的新闻报道了。

张宝瑞的武侠小说具有纪实文学的性质，在大陆亦早有定评。以他的两部代表作《醉鬼张三》（编者注：即《醉侠传》）和《八卦掌传奇》为例，前者写三皇功创始人张长桢的一生，后者写八卦掌开山祖董海川的事迹。书中的主要人物和重大事件都是真有其人，实有其事的。纪实文学脱胎于新闻报道，其必须具备六 W，是无须说的。除了真人实事之外，张宝瑞还有严格的时空观念。例如，《醉鬼张三》中十三、十四两回，写了张三在某年春节期间的活动：闹花会，看艺人的杂耍；逛厂甸，听小贩的吆喝；游鸟市，赏珍禽的奇姿；进戏园，观名伶（杨小楼）的演出……在读者面前展开了一幅清末民初的北京民俗画卷。这些具有鲜明特色的描绘，是决不能移用于别的地方、别的年代的。

最后两个 W（why，how）属于叙事的范围。任何小说离不开叙事，因此只有技巧高下的问题，并无需不需要的问题。技巧问题，在有限的篇幅中是难作评述的。是否必须具有六 W，要看作品的性质。例如，历史小说必须有，科幻小说就无需了。武侠小说可以是写实的，也可以只是“成人的童话”，因此是要六 W 具备，还是只要其中的一部分，那就全看作者的取向了。许多武侠小说说不清楚故事发生于何地何时，但自有其文学价值，正如“成人的童话”一样。

不过，我还是比较喜欢有六 W 的作品，因为出于高手的成人童话固然有其文学价值，但若是粗制滥造的作品则难免令人有云山雾罩之感了。

二

有了个人的风格，还得有坚实的内容，否则就不耐看了。有如千娇百媚的美人，其魅力也终如彩云之易散。

张宝瑞的小说是够得上用坚实二字来形容的，尤其在“武”这方面。他写的是名副其实的武侠小说。武侠小说用简单的算式表示，即：武＋侠＋小说。必须三者结合，才能名实相符。并非所有的武侠小说都是有武有侠的，早就有人指出一个现象："许多武侠小说都是有武无侠，甚至武也没有，有的只是神，神怪的神"。

张宝瑞的小说，其最大的特色就是有关武术的描写，大陆作家林斤澜就这样说过："现在的文坛有两怪，一是张宝瑞，专写武术；二是柯云路，专写气功。"《八卦掌传奇》第十五回，张宝瑞写董海川与铁佛法师谈论武术，对各门各派的拳脚功夫如数家珍。张宝瑞的武术知识之广博，于此可见一斑。

张宝瑞的小说有侠，无须待我来说。他那两部代表作的主角——张长桢与董海川，本来就是有许多行侠仗义事迹在民间流传的真实人物。

张宝瑞的武侠小说有纪实文学的性质，但并不等同侠士的传记。他还是用小说的手法写的，有在特定环境中"可能发生"的虚构情节，也有为了突出主角形象而安排的次要人物。当然，也有人物的刻画和气氛的描写。

三

对于武侠小说的三结合，还有许多值得讨论的地方；因为在认同者中也还有枝节的差异，何况还有不认同的呢。这里无法作深入的讨论，只能略抒己见。

首先，在三结合中，哪一样是重要的？当然应是小说。不能写成传记，更不能写成论文（有人指出，我有几部小说犯了说理过多的毛病。这确是我应作自我检讨的）。这一点似无异议，问题只在于小说写法的讨论了。例如，小说总有叙事（武侠小说更加是以讲故事为主的），那么用什么人的眼睛来作见事之眼呢？用作者的眼睛还是用书中人物的眼睛？我比较倾向于用人物之眼。对三结合，我个人的排列式是：小说、侠、武。

武侠小说必须有武，这一点似乎无异议。不过，是虚写的好还是实写的好，就有不同的意见了。我觉得这也是一个取向问题。扬长避短，是任何作者都会选择的道路。如我，因为不懂技击，也不懂气功，就只能虚写了。但我总觉得欠缺这方面的知识是一大憾事。

最大的分歧在"侠"这一方面。有人认为"侠"的观念早已过时，不合潮流。武侠小说若受侠的观念所束缚，就会影响作品的艺术性。对于"潮流”，我不会视而不见。今年四月间，我在北京写的一首小诗，开头两句就是：“上帝死了，侠士死了！”

“侠气渐消”这一社会现象，恐怕亦非自今日始。一百五十年前，龚自珍就发过“吟到恩仇心事涌，江湖侠骨恐无多”（《己亥杂诗》于返乡舟中读陶诗三首之一。那年是一八三九年）的感慨。还有别人（清末文人吴伯揆）集龚诗的对联：“侠骨岂沉沦，耻与蛟龙竞升斗；人事日龌龊，莫抛心力贸才名。”

尽管如此，我还是坚持武侠小说必须有侠，否则干脆取消那个“侠”字，叫做武打小说或别的什么小说好了，何必挂羊头而卖狗肉。至于有侠就会损伤艺术性，我也不能同意。写得不好，那只是手法高下的问题。更何况，如果连纸上的侠士都已消失的话，我们将如何面对那“叹屠龙人杳，屠虎人无，屠狗人遥”的百年孤寂。

好在侠士并未死亡，我是无须过分悲观的，而武侠小说，有武有侠的小说，也仍是千年老树，尚发新枝。

一九九三年十一月　澳大利亚悉尼

我曾经有两部长篇武侠小说《八卦掌传奇》和《大成游侠》（原书名《形意拳传奇》）在台湾《力与美》杂志上连载，风靡一时。

而在香港出版我的武侠小说却与梁羽生先生有着重要的关系。一九九七年初夏，香港名流出版公司总编辑冷夏到澳大利亚的悉尼找到了梁羽生先生，与他商谈出版事宜。谈话期间，梁先生向他们极力推荐出版我的武侠小说。一方面的原因是由于我的小说别具一格，风格写实；另一方面则是希望内地的武侠小说能够流传海外。不久，冷夏就飞到北京，我们在钓鱼台签订了出版协议。正是在梁先生的推荐之下，我成为当代内地最早打入港台的武侠小说作家。

我与美国著名华裔武侠小说作家萧逸的交往大有相见恨晚的感觉。

一九九四年元月上旬，我与萧逸在北京见面了。我知道萧逸的名字应是在这次见面之前。我的大学同学王占海当时是《中国电视信息报》的总编辑，与萧逸是好友，恰巧萧逸与我都在《中国电视信息报》上刊登了征集原著改编权的信息。一九九四年元月，萧逸来到北京，在王占海的介绍下，我和萧逸约定了见面的时间。那是在北京大都饭店，我们一见面，各自都吃了一惊。我看见萧逸，风雅俊逸，潇潇洒洒，哪里像是五十七岁的武林宿笔，所以急忙说："老英雄指教！"萧逸也想不到我如此年轻，竟见不到四十出头的影子，便微笑着说："京都怪杰可畏啊！"我们一见如故，聊起身世，原来还是老乡。萧逸是美籍华人，祖籍山东菏泽；我虽然出生在北京，但祖籍山东荣成。自古以来燕赵齐鲁是一个多慷慨悲歌之士的地方，我们两人以笔作枪，"挥戈跃马"，"鏖剑武林"。萧逸不嗜烟酒，我也是烟酒不沾。聊起写作习惯，萧逸每日八时三十分至十七时写作，不熬夜。我则是一般晚八时至十一时写作，也不熬夜。萧逸背负远大使命感，三十余年执笔不辍。耳濡目染数千年的文化遗存，无数风云人物的英雄业绩，正史兼野史，前人传记和书札，无不在他搜集之列。一本好书，其乐无穷。我是有史即拾，有书即买，我的居室，仅书柜就有十多个，书箱几十个，柜内的书双层而立，还是不能如意，只好忍痛割爱，送给兄长一些。妻子莫愁曾戏言：居室大有图书馆之感。为查书方便，妻子还特意给我买来了一个折梯。萧逸先生与我谈得投机，不觉三小时已过。当谈到武侠小说的要旨时，我们一致认为武侠小说重在"侠"字。对于侠的理解，萧逸认为：侠是伟大的同情。有伟大的同情心，讲义气，就是侠，不一定要会武功才是侠。我觉得：侠是一种精神，一种境界；从某种意义上来讲，侠是一种原始的共产主义的精神。因为，侠的本身是除暴安良，路见不平，拔刀相助；侠所追求的是一种人人平等、个个仗义的社会。著名物理学家杨振宁先生说：武侠小说是成人的童话。童话的意境是美好的，武侠小说就是要使人摆脱困境步入理想世界。行侠仗义的精神使人振奋，使人忘记痛苦和烦恼，痛快淋漓地面对人生。在交谈中，我们才知道，我们都很喜欢民国时期著名武侠小说作家王度庐的作品，因为王公笔下的人物都具有真实的人性，一点儿也不夸张，素有真情实感，被称为"情侠小说"。而我们的作品都注重"情"、"义"二字。萧逸笑着说："我常和我写的小说中的主人公谈感受，她的一颦一笑左右着我的情绪，甚至到同呼吸共命运的地步。有时候写到人物死了，自己也不免悲痛难禁，泪沾双襟，稿纸都湿了大半。"而谈到读者，萧逸说："一个情感丰富的男人，在面对众多仰慕的女读者时，说自己不曾动心那是骗人的。但是，有缘无分，又如何呢？不可否认，读者的支持是创作的一个原动力，但两者之间的分寸是非常重要的。发乎情，止乎礼，是当谨守的。”萧逸有情，读者更多情。在汹涌澎湃的热情环伺之下，萧逸一路行来，有惊无险，始终守持在一种精神的境界，诚是功力超凡，定力颇深。萧逸说他对情的看法是：文人若无风流之心，就不能当个好作家，所谓“君子尚风流”。我个人则是有风流之心，无风流之行。两性之间的关系，是人类最基本最重要的关系，我注重儿女情怀，真实人生的儿女情怀。关于武侠小说中使用的武器，萧逸认为中国的剑是正统的、最高境界的武器，它代表正义、光明正大，所以他的作品中武功最高的侠客永远用剑。我认为使用不同武器反映不同人的个性，因此我的作品中主人公的武器奇特多变，如鸡爪鸳鸯钺、判官笔、如意针、梅花镖、流星锤等。

我获悉萧逸当时当选为美国洛杉矶华文作家协会会长，又荣获一九九三年拿破仑杰出华人成就奖，十分高兴，当即向他表示祝贺。一九九四年十二月，我希望萧逸能为我的武侠小说作序言，他立即应允，在美国为我的武侠小说写了序言。他写道：“在传统的文学境界里，武侠小说一直就举足轻重地占着重要地位，实为广大读者群众所喜爱阅读。‘武侠’二字，‘武’——尚武的精神，‘侠’——伟大的同情。一部好的武侠小说，是应该在这样的一个范畴之内尽情创作与发挥。张宝瑞的小说情真意实，质朴无华。书中人物、门派、掌故之交代，多为确有其人，果有其门，真有其事。读来备感亲切，不忍释卷；易古而今，真仿佛四邻周遭发生之事，不失为武侠小说别开生面之作。这样为保留中华武学文化精华的执著热情，诚是不易而难能可贵。”

一九九五年十月二十五日下午，香港著名武侠小说作家金庸在北京大学出现，他受聘为北京大学的名誉教授。当我见到金庸时，北大校长吴树青介绍说：“金先生，这位是新华社高级记者张宝瑞，也是写武侠小说的作家。”金庸听了，赶快从座位上站起来与我握手，他笑眯眯地上下打量着我。随后，我把自己创作的六部长篇武侠小说送给了金庸。金庸把我递给他的武侠小说接过去翻看了一下，然后高兴地对我说：“你这么年轻，出了这么多著作，我回去一定好好拜读。”金庸把这些书交给他的妻子保存，然后坐在沙发上与我交谈。

金庸说：“武侠小说并不是纯娱乐性的作品，其中也要抒著世间的悲欢，能表达较深的人生境界。”我对他的观点很赞同，点头回答他：“我非常赞同您的观点，文学是人学，衡量作家作品成就的最根本的标尺，就是人学的标尺，因为无论采用哪一种文学形式，文学的主旨是写人、塑造人，是拷问人的灵魂。”金庸点点头，说道：“写武侠小说也是写人性，只有刻画人性，才有较长期的价值。”我说：“作为武侠小说这种文学形式，其成熟的标志就是侠、情、武的融合贯通。侠是一种精神。”金庸赞同地连连点头，说道：“在武侠小说中，侠比武重要，侠是灵魂，武是躯壳；侠是目的，武是达成侠的手段。打抱不平，是小侠行径；以天下为己任，才是大侠之举。”

我在与金庸的交谈中，在荡然的话语中，悟出几许凄凉。金庸是一个能人，一个哲人，他洞察了人生的千奇百怪，喜怒哀乐。他为什么在人生最辉煌的时候，悄然隐退，归隐江湖？“人生在世不称意，明朝散发弄扁舟”。杨过身遭大难断了一臂，又忍了十六年相思之苦才得归隐；令狐冲身败名裂与盈盈团圆；陈家洛大事难成，终生抑郁，避居回疆；张无忌见大势已定无力回天，心灰意冷，率众出走；袁承志见父仇难报，家园难归，浮槎海外，空有安邦志，却吟去国行……金庸所念念不忘的是那些不得不归去的人物。他曾远赴英伦，也似袁承志浮槎海外。可见金庸是对某种现实、某种历史积淀感到失望，失望便不再写，故封笔挂剑，失望出走。一九九三年初，金庸移居英国，这位在香港驰骋了三十多年的“大侠”终于功成身退，在遥远的英伦半岛暂时觅得一片清静之地。“归去来兮”，如今金庸又回到祖国，在西子湖畔定居。世事沧桑，书香犹在；宝刀未老，雄心未泯。侠香一缕系天外，西子湖畔招魂来。

二〇一〇年二月十四日春节期间，我应位于浙江海宁的金庸书院之邀撰写了一副对联，是赞颂金庸先生的。联云：

举武侠进殿堂开天辟地功高摘日月

挟文雅入书卷革故鼎新位谦泣天地

中国历史从某种意义上来说，也就是侠的历史。《张宝瑞武侠小说全集》的出版，重新向世人展示了许多大侠的义举和英雄人生，无疑将再次唤醒读者心中沉睡着的侠的精神。侠的精神永远藏在中国民众的心底里，侠的精神必将不断发扬光大！正义终将战胜邪恶，人间正道是沧桑！

目录

目录

目录

目录

第一回　举世震惊古都遭劫　抬首悲怆慈禧西逃

源远流长的黄河之水在养育中华民族的大地不知流淌了多少年，它经历了中华子孙的欢乐和幸福，也饱尝了屈辱和辛酸；它目睹了秦皇的骄横，汉武的豪迈，唐宗的大度，宋祖的劳顿，成吉思汗的狂妄，乾隆的文采。但是流淌到公元一九〇〇年（庚子）八月十四日（阴历七月二十日）的黎明，它却由哽咽而爆发号啕，日、德、奥、意、俄、法、英、美八国联军的铁蹄踏进了北京城。

中国人的都城北京城陷落了！

八国联军由天津出动的人数，远不及中国官兵、义和拳众和禁卫军三者总数的十分之一，可惜中国军队不堪一击，河西坞一场血战，中国将领李秉衡战死，中国军队军心涣散，节节败退……

北京城里，联军的残酷罪行写成东方有史以来最残酷、最野蛮的一页。帝俄军队官兵最残忍，他们每抢劫一家，临走时掳走年轻的女人，割掉老太婆的奶子。英国官兵酷爱中国年轻漂亮女人的小脚，他们把女人强奸了以后，还要剁下她的小脚，鞋塞在行囊里；英国的军官喜欢中国字画，他们甚至把人家祖宗的供像都搬走了。奥地利官兵杀人成性，杀男人是为了要他们脑壳后面拖着的一条发辫；杀女人是为了要剥下她身上的大红兜肚和脚上的绣花鞋。日军官兵深知王府贵宅里文物的价值，所到之处，将文物一抢而光。德军官兵驻屯的区域里，男人被杀光，房屋被烧尽，庵观尽焚毁。

据德国士兵史兹密德亲笔记载说：“抢掠是挨家挨户的，绝没有一个北京人家能幸免。前三天里北京的小脚姑娘，都成了我们的爱人；我相信在这座古城里，再没有一个姑娘还是处女，除非她在我们未到之前便逃出城去了。凡是收容或附和过义和团的人家，我们奉了命令，对此辈不论妇孺老弱，一律枪杀无赦！

“单是皇族宗室、满洲官员和他们的家人，投井、服毒、悬梁、自刎的男女至少在五千人以上，被杀的就更不计其数了。”

没有出京的王公、贝子、贝勒以及宗室近支，被捕之后先是一顿箠楚，然后罚做苦工。男的忍受苦役，女的忍辱就淫。怡亲王被拘在德军军营里，替士兵们洗衣服；克勒郡王被日本军官逼迫劝诱命妇贵女、福晋格格、郡主小姐们就淫；庆部郎宽在俄营里洗刷马匹；尚书启秀负责打扫府署庭院；大学士徐桐之子徐承煜洗刷军营官兵厕所；尚书崇绮全家所有女眷被拘解到天坛奸污；前任安徽巡抚福润九十三岁高龄的老母亲也未逃脱被奸杀的命运……

巍巍橹楼，击碎烧弃，损失数百年来魁伟威严。联军士兵白昼奸淫，公然掠夺，计京城富豪仕官之家，名门深闺之媛，柴扉蓬门之主，王府佛观之居，竟无一家一人不遭此难！

北京被蹂躏践踏到此种地步，史无前例！

就在八国联军官兵在北京城横行之时，北京德胜门前，难民和车辆像潮水般涌出。太阳还没有露脸，天灰沉沉的，远处枪声不断。

在人流和车流中，有三辆陈旧的轿车。这三辆轿车的双套牲口着实健壮，与那陈旧的车厢不太相称。

第一辆轿车顺利地通过了。第二辆轿车却被拦住了，挂辕坐着的一个面貌清癯的青年引起了守城兵丁的注意。

这青年面色忧郁，一双乌黑的眼睛呆滞失神，脸颊挂着泪花。他穿一件黑纱长衫，围了两条黑布战裙，鞋上沾满灰尘，袜子却精致洁白，手里紧抱着一只小木头盒子。

检查的兵丁瞪了他一眼，掀起帘子往车厢里张望：车厢里坐着两个标致的妇人，一个正值妙龄，粗布衫掩饰不住她的华贵气势和美丽神韵；另一位是中年妇人，端庄秀丽，雍容大方，一身汉装打扮，乌黑的头发，梳了一个不大不小的髻子，穿一件天蓝色夏布衫，煞是一个小京官家的女眷。

“你们检查什么？”她镇静地问。

“除了皇太后和皇上都要检查。”兵丁理直气壮地回答。

“你见过皇上吗？”妇人翻了翻眼皮。

兵丁摇摇头，支吾道：“听说他一直被关在瀛台……压根儿没瞧见过。”

前面的一辆车子已走出一箭之地，发现这辆轿车被阻，走下来一位老者。他气冲冲来到兵丁面前：“你这人不嚼狗不啃的小子，你是有眼无珠呀！”他打掉兵丁掀帘的手。

“好，你是吃了豹子胆啦，居然敢满嘴喷粪！你以为北京城被洋鬼子占了，就没了王法?!”兵丁毫不示弱。

“王爷，你不要这样。”车厢里那女人柔声柔气地说，“把这儿交给后面，让他们办吧，我们赶路要紧！别耽误了。”

那兵丁被第三辆轿车上下来的人死拉活拽地推到城楼里，门口松动了一下，第二辆轿车趁势而出，向西北驶去。

走了一程，到了颐和园后门前，三辆轿车停了下来。有个人从颐和园大门里扛了一件东西出来，安放在第一辆轿车上，这一群人马车轿又继续赶路了。

车子缓缓地朝北走，已经看到了香山之东的卧佛寺。此时京郊的景色冷静凄凉。在危难之中，那第二辆轿车上的青年很想听到一两声寺钟，以此填补一下内心的空虚，驱散些许惆怅。偏偏远山古寺在这晨曦之际异样的沉寂，只有隐隐的炮声由城内传来，使人更加惊悸。

从北京城里逃出的难民，多半散居乡间。这些在燕山脚下繁衍生息的市井百姓，多半想避一避战乱的烽火，待平定了再回城里料理破碎的家园，因此越往北走，大道上难民越少。只有这三辆轿车在路上疾行。

万寿山和玉泉山的正北是北路进京的最后一个腰站，这里有一条小街，但街上的人家都逃光了，连骡马行里都找不到一口牲畜。这一簇人马车轿走过那条街时，马蹄踏打石板，清脆、痛快，害得身临其境的人更显得惊恐不安。

由此正北行有两条路：偏东到沙河镇，走白蛇村到大小汤山；偏西径北走直达昌平县。但是洋兵会不会在攻取北京之前，发一支兵取顺义、下昌平？如果正西行，绕香山，过杨庄，去大觉寺，洋兵也可能已由丰台越宛平，渡卢沟桥，沿永定河，下长辛店，取戒台寺、潭柘寺，攀马鞍山，过门头沟，守妙峰山，包围北京。

第二辆车辕上坐着的那位青年，神思恍惚地跳下了车，在大路边徘徊。

“前途渺茫，逃往何处呢?”他喃喃自语。

“我们还是回去吧，我……情愿战死在北京城里，与我的爱妃死在一处，我不能看着老祖宗的帝业毁于战火。逃，逃，逃，逃了这大半天，北京的城楼子还是看得清清楚楚的！唉……”

这位青年正是光绪皇帝，车厢里那两个女人是慈禧太后和隆裕皇后。

这时，从卧佛寺的后山小路上走来二十多人，大家不禁有些慌张。只见为首骑马的一人商人打扮，年纪稍长，却没有一根胡髭。

"老佛爷在哪一辆车上?"那人问道。

第二辆轿车上，隆裕皇后正惊疑不定地掀着轿帘，朝外窥视。"噢，是李总管。"

那化装的商人正是太监总管李莲英。

"皇上，快上车，洋鬼子已经占了西直门，老佛爷呢?"

车厢里传出女人的哭泣。

李莲英辨出是慈禧太后的哭声，三步并做两步走到第二辆轿车前，掀起了帘子。

"莲英，你赶来了，我就放心了……"慈禧说完，便呜咽得不成声了。

坐在第一辆车上的那个王爷走了过来，招呼着李莲英道:"你们从哪里来?"

李莲英抹了抹嘴，说道:"我正在午门里埋藏东西，王文韶告诉我，说老佛爷已经乘车从后门走了，我想一定是由这条路走的，便带领这二十多名护卫闯进西直门，杀开一条血路，经八里庄、三里河，到了三家店。我料定圣驾不会奔门头沟，便由杨家坨折到这条路上，幸亏护卫们个个骑马，又都是强壮汉子，才及时找到你们。"

慈禧叹了口气:"如今剩下咱们这点儿人马，就是遇到土匪大盗也对付不了呀!"

李莲英拍拍胸脯，指着自己带来的那一队人马:"这可都是大内高手，以一抵百，甭说碰上土匪，就是撞上洋人的大队兵马也不含糊!"

"你甭吹牛，昆明湖边上的铜牛都被你吹乎跑了，以前不是说义和团神通广大、刀枪不入吗?洋枪一响，不是照样给撂倒了!我可不再任你们灌黄汤子了。"

李莲英小声地说:"唉，您那不是想利用义和团吗?"

"引火烧身，甭哪壶不开提哪壶了。"慈禧微闭双目，脸上皱出几个疙瘩花儿。

李莲英从护卫群中推出两个人:一位五十多岁，面容清瘦，儒雅风度，身穿青布长衫，头戴青色瓜皮小帽;另一位四十来岁，面貌丑陋，鼻子向上翻卷，双目熠熠生辉。

"这两位都是武林高手，一位是大内护卫武术教头'铁镯子'尹福，一位是大内护卫枪棒教头'鼻子李'李瑞东。有了这两位武术名家护驾，一路上老佛爷定可高枕无忧。"

这时只听第三辆轿车内有人干咳几声，紧接着轿帘一抖，尹福和李瑞东猛见眼前有亮晶晶的东西闪烁。尹福一伸手，接住一只铁鸳鸯。李瑞东来不及伸手，只好张开大口，叼住一只铁鸳鸯，牙床被震出了血。

李莲英一见大怒，喝道："何人在那里撒野?"

第三辆轿车的轿帘一掀，亮出一张"老鼠脸"。此人没有胡髭，满脸皱纹，头发花白，两只小眼睛放出阴毒的光。紧接着他身子现了出来，只有四尺多高，身穿杏黄衫，足蹬黄金履。

李莲英见那人缓缓下车，叫道："秋大太监，没想到你也来了。"

此人正是清宫大内护卫总管秋千鹤，人称"秋大太监"。

慈禧见状，喝道："老秋休得无礼，俗话说，各村有各村的高招，人手多，不是好赶路吗？不要自相残杀。"

秋千鹤冷冷地说："我听老佛爷的。"一躬身又悄无声息地返回车内。

尹福和李瑞东对视了一下，咽了一口气，都没有说话，他们的目光不约而同盯着东面的土路。

李莲英四下里扫了一眼，两手叉着腰问："现在咱们得先打定主意，圣驾何幸?"

慈禧望了望遥远的山峰和崎岖的大道，说道："当然直奔张家口，北上蒙古草地……"

"去不得，去不得，俄国军队纷纷由北而来，难道我们此刻自投罗网去?"第一辆轿车上跳下一个人，插了这么一句。

"哎，我的端郡王爷，你居然也来了。"李莲英话里透着嘲讽味，把端王载漪打量一番，然后冷冷地说，"事到如今，你还是少掺和吧。"

"李莲英——"慈禧太后叫道，"你把随驾前来的王公大臣点一点，念名给我听。"

"喳!"李莲英答应着，约略数了数在场的人，说道："有庆王爷、礼王爷、端王爷、肃王爷、那王爷、澜公爷、泽公爷、定公爷、㵾贝子、伦贝子、振大爷、刚中堂、赵大人、英大人，还有溥大爷、部院司员十二人、满小军机二人、汉小军机一人、兵员二十多人，再就是隆裕皇后、瑾贵妃、大阿哥、缪供奉、崔玉贵……"

"荣禄何在?"慈禧问。

"荣相国可能还不知道老佛爷已经出了城。"李莲英压低喉咙对慈禧说："老佛爷，您老人家一路上早晚会被人认出来。"

"我已经改了装。"慈禧说着捧出一束亮晶晶的东西。李莲英仔细一瞧，才看出是六根被折断了的手指甲，最长的足有六寸五分长，最短的也有三寸来长。

这一行人马走上一条灰沙弥漫的大道，直奔居庸关。

“李公公，”大阿哥从第三辆轿车探出小脑袋说，“我口渴了，能不能给我弄点儿水来。”

“你忍着些吧，老佛爷都还没一点儿水喝呢！”李莲英不耐烦地回答。他见第一辆车子走得慢，问道：“第一辆车子两口大青骡子拉着，怎么走不快呢？”

那王爷回头望了李莲英一眼：“车上的大石头太沉了。”

“带石头干什么？”

“是颐和园的‘泰山石敢当’。据说一路上带着这块大石头，可保万事如意、国泰民安、圣躬康泰……”

“谁的主意？”李莲英皱了皱眉。

“李总管，是我的主意。那年有一位风水先生说，全北京城里城外只有这一块从昆明湖里挖出来的石头最灵验。”一位红脸膛儿的官人策马上前与李莲英并行。

“刚中堂，几个月前，你说义和团可以担当一切，结果担当得北京城丢了！担当得大家屁滚尿流，没命地逃！好，现在你又用一块石头担当一切了。”

“总管，要不是这块石头，车子慢不下来，怎么会碰到你？我们也可以把石头搬下来，放在大路上，也许能挡住追来的洋鬼子。”中堂刚毅嘻嘻笑着，挥鞭打了一下马屁股，朝前去了。

由北京逃出来的这一行狼狈不堪的皇家避难人马，漫走在天寿山、蟒山和妙峰山之间的一块北方平原上，像一群蚂蚁那么渺小。可是在炎黄子孙中，这微乎其微的流亡盲流，乃是怀抱着中国的命运而流亡。在那个时代的中国人心目中，皇帝仓促离京外逃，足以惊天地，泣鬼神；大清社稷的延绵与否，在此一举！他们的命运关系着当时整个中国的命运。

李莲英骑着一匹高头大马，紧依着慈禧太后、皇后、瑾妃、缪供奉等所坐的一辆骡车慢慢朝前走。他一面瞭望指挥着行进和队列，一面把四野的景色奏闻太后。

坐在车夫左首的光绪皇帝紧抿着嘴，眺望着灰暗的天空，瘦削的脸上充满了憔悴和疲惫的神情，愈发显得静穆寡欢。他手里仍紧紧抱着那只小木头盒子。

靠车厢右壁坐着的瑾妃，一眼就能看到皇帝怀里的那只盒子，但她想来想去，也想不出盒里装的是什么。是玉玺？玉玺好像要比盒子大一些，那么盒里装的是什么呢？

她百思不得其解。

慈禧心乱如麻，也没有顾及到皇帝手里拿的是什么。

此刻，光绪正沉浸在巨大的悲哀中，那一幕幕惨景重新浮现在脑际。

昨夜，宁寿宫乐寿堂前，慈禧传谕光绪、隆裕、瑾妃等一律换上便装。

光绪原打算留在京城，这样既可脱离太后控制，又能救出珍妃。

慈禧看见瑾妃，猛地想起珍妃，急忙吩咐御前首领太监崔玉贵道："你速到三所，引珍妃前来见我！"

须臾，崔玉贵领着珍妃来到乐寿堂。

光绪见到憔悴不堪的珍妃，暗自庆幸她终于熬出头了，心里不由一阵高兴。

珍妃偷偷看了光绪几眼，不敢言语，就向慈禧行了跪叩大礼。

慈禧睥睨着珍妃说："现在洋鬼子已经打到天坛，时局吃紧，我与皇上即将离开京城。本想带你一同出走，但是人多不便。可留下你一个年轻皇妃，兵荒马乱，万一让洋人玷污了身子，丢了皇家体面不说，我如何对得起祖宗？所以想来想去，你还是不如死了干净！"

珍妃继续跪着说："皇上乃一国之主，倘若出奔，举国震动，岂不助长洋人气焰？奴才认为，皇上应留在北京城内。"

隆裕皇后瞥了珍妃一眼，一撇嘴说："哎哟哟！珍妃主子什么时候也忘不了国家大事啊！"

慈禧太后冷笑道："狐媚子，你死在眼前，还胡说些什么！"

珍妃爬到太后脚前，泪流满面，苦苦哀求道："皇爸爸，皇爸爸，饶恕奴才吧，再也不敢做错事了！"

光绪"扑通"一声跪在慈禧面前，叩了一个响头，说："亲爸爸，她没有犯死罪，就开恩饶她一命吧。不带她上路，那就放她出宫，让她自己逃命吧！亲爸爸，孩儿求你可怜可怜她吧。"

瑾妃见皇帝跪下，也壮着胆子跪下求情。

可是慈禧连眼皮也没抬一下，咬牙切齿地说："我不可怜！谁让我一时不痛快，我就让她一世不痛快！我偏要她去死，也好惩戒惩戒那鸱鸺，看它还羽毛稍稍丰满便啄它娘的眼睛不！现在这么吃紧，我没闲工夫跟你们磨牙！"又回头命令太监道："你们还不动手！把井盖打开！"

一个小太监见太后盯着他，只好将堂前石板井盖打开。

在场的人都吓昏了，无人再敢复言。

太监们面面相觑，谁也不忍心下手，还有的悄悄往别人身后躲。

隆裕皇后环顾一下众太监，说："怎么，老佛爷的话你们也不听了？"

崔玉贵慌忙跑到珍妃面前，连拖带抱，硬将珍妃往井下推。

珍妃双手死死扒着井台挣扎呼救："李安达！李安达！"她知道，在场的人除了李莲英，再无人能够说动慈禧的了。

光绪发疯似的上前阻止，可是却被隆裕等人拦住了。

珍妃身单力薄，崔玉贵使尽全身气力，一下将她推入井内。

珍妃一边扑腾，一边大呼："救命啊！救命啊！"声音凄惨。

崔玉贵连忙"哐"的一声，将井盖闭上了。

光绪猛地把双手一挥，竟出其不意地摆脱拉住他的人，飞步朝井台奔去。

"快把他抓回来！"慈禧吓呆了，慌忙叫着。

太监们蜂拥而上，抓住了光绪。

"你这样儿还像一个皇帝吗？天下漂亮的女人多着咧，有什么稀罕呢！"慈禧半像叱责，半像劝慰地向他说道。

王商等人用尽气力，才把光绪簇拥上车，随太后一起西奔。

光绪的心像被整个击碎了。

他觉得自己横陈于世的只是一具躯壳，失去了灵魂。

爱情破灭了，漂亮的脸蛋、花朵般的身子、锦衣玉食的生活，又有什么味道呢？

他变成了另外一个人。

那个人叫木头。

下雨了，霏霏细雨。

雨丝飘到光绪脸上，有点儿潮。

瑾妃看到光绪要举起袖子抹拭，又放下了，大约是闻到破旧的黑纱长衫上难闻的酸臭味，不然他为什么不抹掉脸上的雨水？

轿车行驶在下坡上，颠簸得十分厉害，皇帝手里的那只盒子差点儿跌落地下。光绪用力地把身子贴在车门上，将盒子抱得紧紧的。

"还是坐进来吧。"瑾妃心疼地说，"皇上手里的那只盒子被雨淋得湿透了！"

光绪呆呆地坐了进来，他不是怕衣服湿了，而是怕那盒子被淋透。

隆裕对这个呆呆板板的丈夫说："要是衣服被雨打湿了，在这路上可没有第二套换。"

慈禧叹了口气："已经落了难，就顾不得什么体面了。"

车子下了坡，往沙河的边上走去，河面上灰蒙蒙的，找不到一只船、一座桥、一个人。沙沙的雨声中只剩下寂寞的雨丝，蛛丝似的雨脚断折了，无力地在空中飘舞。山石上的青苔和小草沾了雨，显得愈发碧绿，残苇叶也被纯洁的雨水洗净了，像翡翠般的明珠不断从山石和苇叶上掉下。

清宫大内护卫教头尹福和李瑞东也下了马，他们望着这影影绰绰的雨景，巡视着。

"你看，尹爷。"李瑞东用胳膊肘撞了一下尹福。

尹福顺着他的目光望去，只见在后面迷蒙的雨气中，凸凸凹凹的土路上风驰电掣般地卷来一团青物。那青物愈来愈近，愈卷愈急。

"是个人！"尹福警惕地睁大了眼睛。

与其说那是个人，不如说是个物。那人跑得飞快，两臂长得出奇，像是两个铁犁，飞快划动；两个膝盖不断撞击两个胳膊肘，两腿弯曲，两只脚紧贴着臀部，远看好似一个圆球。

"好俊的功夫！"李瑞东啧啧叹道。

"赛过神行太保，恐怕是刺客吧？"尹福警惕地握紧了判官笔。

"瞧瞧去。"李瑞东话音未落，早已跃出一丈开外，尹福也紧紧追了上去。

他们登上一个山冈，再瞧那个人，不见了，只有潮湿的田野、歪脖斜腰的老槐和无边衰草。

"人到哪里去了呢？"李瑞东自言自语地说。

"十有八九是刺客，不知他跟了多久。"尹福四下环顾，依然没有找到目标。

李瑞东慢慢走到他面前，压低了嗓门说："是刺客难道不好？正可除国人的隐患……"

尹福明白他的意思，心事重重地说："我又何尝不晓其中利害，可是如今八国联军侵占了北京城，皇室仓皇出逃，全国上下人心涣散；光绪帝手中没有重兵，心腹大半被除，那荣禄、李鸿章、奕劻等人哪里肯听他的调遣。目前只有慈禧这面大旗，还能镇服各路诸侯。如果慈禧被刺杀，那各路诸侯各找一个洋主子，中国岂不要四分五裂？恐怕会被瓜分为若干附庸国，我堂堂中华古国岂不呜呼哀哉？！多少年来，我何尝不想刺杀这个昏庸老朽的太上皇，可是如今时局突变，又不能如此行事啊！"

"鼻子李"李瑞东是尹福多年的至交，他非常理解尹福的心。尹福是八卦掌祖师董海川的大弟子。董先师曾受太平天国天王洪秀全派遣，忍痛割阉，栖身王府，欲刺咸丰皇帝，终因壮志未酬，抑郁而死。尹福接替董先师任肃王府护卫总管，以后又被聘为清宫大内护卫武术教头，并任光绪皇帝的武术教师。两年前，戊戌变法，他坚决支持康有为、梁启超、谭嗣同等维新党人的变法主张，成为光绪皇帝与维新派人士的联络人，并鼎力保卫光绪皇帝和维新党人。戊戌变法失败后，他忍辱负重，设场授徒，与八卦掌门人程廷华、刘凤春、施纪栋等人训练武术门徒，为义和团秘密输送大批骨干。

尹福和李瑞东回到河边时，只见光绪皇帝一个人已经走到河心，河边的人议论纷纷。

慈禧说："皇上能涉水过河，我们也就能涉水过河，不能老耽搁在岸上。"

李莲英望着光绪的背影，问："他手里拿的是一盒什么?"

"谁知道他，鬼鬼祟祟！莲英，我们这一路上要哄着他。"太后扶着李莲英站在沙地上，凝视着涉水过河的光绪皇帝："他已经上岸了，莲英，他会不会就此逃掉了?"

"他？他没有那么大的勇气!"李莲英肯定地说。

等逃难的行列一起涉水渡过了沙河，光绪皇帝已经步行下去很远，快转到山谷里去了。尹福怕有什么意外，急忙骑了一匹骏马，飞也似的追了上去。

光绪沿着泥泞的土路往前走着，他看到山脚下有一间倾斜破烂的土屋。

天已快黑了，土屋门前坐着一个少女，正在编织玉米结。

光绪失魂落魄地望着那个山村少女："珍，你没有死，你到了自由自在的荒山里！我认定你是死不了的。"

他情思恍惚，错把这山村姑娘当做了珍妃。他确实深爱着珍妃，但太后不容许他爱她！两性之间越是不许相爱，他们越发相爱得厉害。光绪幽居在瀛台时，一心一意地对待珍妃。然而自从珍妃被投进那黑窟窿之后，他的精神支柱垮了。

"天都快黑了，你还往山里去?"那少女忽地站了起来，退了几步，倚立在门槛上，把光绪上下仔细打量了一番。

"山里去不得吗?"光绪喜欢她那双亮晶晶的眸子，多像珍儿。

这少女衣衫褴褛，浅妃色的红衫儿已褪得泛白，肩膀上一个窟窿露出雪白粉嫩的肉；一条绿裤子有两块明显的补丁，赤着双脚。

"你有胆量自然敢去。"少女敛起了微笑。

"这是我的天下，我掌管的河山，我是皇帝，我当然敢去!"光绪在这个村姑面前，出乎意料地振奋了不少。

“你是皇帝？哈，哈……你是真龙天子？”村姑咯咯地笑个不停，“皇帝就是你这么一副打扮，一副模样？皇帝应当坐在宝銮座上；应当穿龙袍，有文武百官围着；应当整日听到山呼万岁……”村姑瞪着满腿泥巴的光绪，笑得前仰后合。

光绪诚恳地说：“我真是皇帝，光绪皇帝就是我，我是今天早晨由北京城里逃到这里来的。”

“你是什么也罢，终究是一个逃难者。你应当为保卫北京而死。历史上有许多皇帝，多数都没有留下名字，但只要你战死北京，为保卫国土城池而战，你就是一个好皇帝，人民是不会忘记你的。”少女一本正经地说。

光绪听了，脸上青一块，红一块。

少女又说：“秦始皇虽是暴君，但他统一了中国，汉武帝征服了匈奴，唐太宗开创了盛唐，成吉思汗的战马横跨欧亚大陆，康熙大帝征服了西疆，他们在历史上都有光辉的一页。你既真的是当今皇上，也应当效法这些皇帝，做一些惊天动地的事情。”

“我……支持变法，可是……可是没有成功。”光绪嗫嚅地说，不好意思地搓弄着肮脏的衣角。

“洋兵已经打进了北京，就要打到这里来了，你一个年轻姑娘，为什么不逃走？”隔了一会儿，光绪急切地说，想摆脱目前的尴尬处境。

“我为什么要逃？”

“为什么不逃呢？”

“如果为了财产，我没有。为了家业，我没有。为了前途，我没有。为了生命，我不吝惜自己的生命。在这世界上有我，不嫌多；没有我，也不嫌少。如果你没有走到这里，你哪里知道，在这穷乡僻壤会有我这么一个人？”

“照你这样说，你不用逃。”

“我又哪里用得着逃？”

光绪傻呆呆地望着这个淳朴的少女。

她想得那么奇妙，不会是村野姑娘，一定是哪位隐士的后代。

“你刚才不是说，你是皇帝吗？哈，哈……成人不自在，自在不成人。你是皇帝就得整天锁在深宫里，整日跟那些中性人厮混，每天衣来伸手，饭来张口，成婚时也是父母做主，人情世故一概不知，我看这样生活也没滋没味的。”少女说着，嫣然一笑，她问：“你一定饿极了吧？”

光绪点点头，眼巴巴地望着少女。

少女进屋拿了两个窝头出来，递给光绪。光绪狼吞虎咽地吃了，觉得分外香甜，胜过宫里的山珍美味。

“你叫什么名字?”光绪问。

“人家都叫我山儿。”少女回答。

光绪问：“你这里有纸笔吗?”

“干什么用?”

“我要亲笔写一张‘见条即付山儿官银一百两’的字据给你。”

少女的脸红了，不高兴地说：“哼，你的字据？垫在裤裆里还嫌有字呢!”

光绪抢着说：“我不能白吃你的窝窝头。”

少女噙着泪花说：“我们做百姓的，就盼有个好皇上，你若多积点儿德，我就是送你一篓窝头也行。现在真是‘朱门酒肉臭，路有冻死骨’，农民的苛捐杂税太重。我的爹爹因为交不起租子，昨晚悬梁自尽，至今还躺在屋里……”

光绪动情地说：“那你真是太苦了。我顶喜欢的一个女人跟你一样纯洁，不过她的模样不如你；在她死之前也没有机会看清这个世界，她算是枉生一世。我直到现在才明白，我对人世间还了解得太少，我还不能死。我能看看你父亲的遗容吗?”

“可以。”少女引光绪来到屋里，光绪闻得一股霉臭气，不由得皱了皱鼻子。

土炕上有一个中年汉子，紧闭双目，安详地躺在那里，身上盖着一张破草席，双脚耷拉着。

光绪凑上前，双手垂立，默默无言地望着死者。

“这是什么地方?”他的声音微弱。

“这是陈家庄，前面三十里外便是贯市了，你们今天夜里要赶到贯市吗?”屋内黑暗，只闻得少女身上一股青春的气息。

这气息是那样令人甜醉，温馨动人，光绪在众多的妃嫔宫女身上也没有闻到过；珍儿没有，瑾儿也没有，她们都是金粉浓脂，薰香沁人，可是却没有这种乡野的气息。猛然，光绪感到人世间是如此美好，他还有许多未领悟的真谛，他应该振作起来，应该重新认识这个世界。

光绪下意识地朝少女凑近了几步，他想离这香气更近些。

“山儿，这既然是个庄子，怎么只有这么一间草房?”

少女幽幽地说：“这里原本是很热闹的，七年前还有十几户人家。后来闹了灾荒，大家都卖儿卖女地出去讨饭，这里就成了一片荒山野地!”

光绪叹了口气，凄凉地说：“我的村庄沦为荒山野地，我的百姓穷到竟舍得离乡背井，我算是什么皇帝？”

少女安慰他道：“你也不要长吁短叹的，外面人谁不知道你是聋子的耳朵——”

光绪抬起一双莹莹的泪眼：“怎么讲？”

“摆设呗！”少女一字一顿地说。“谁不知道老太后厉害，她手握实权，垂帘听政，你只不过是个木偶！”

“我……我……”光绪听了，凄然泪下。

“变法时，人们对你还抱有期望，认为你像当年的秦王，雄心勃勃。可是没承想，你是如此懦弱！”光绪听了，激动地捉住她的手。她的手温热，他感到一股暖流涌上心扉。

可少女却推开他。

光绪呆呆地立在那里。忽然，躺在炕上的那个人一跃而起，一掌朝光绪击来。光绪惊呼一声，险些吓晕过去。

少女见状大惊，猛地推开光绪。那人一见落空，又一掌击来。

恰在此时，尹福赶到，一招“白鹤穿林”，冲进屋内，接过那人第二掌。两掌交接，砰砰作响，双方都不曾后退。尹福吃了一惊，此人好掌力，气力仿佛由臂而生，似是通臂高手。尹福的八卦掌继承董海川掌法，结合自己风格特点，独创尹氏八卦掌，又称牛舌掌。他的掌法在全国均属上乘，除了形意拳大师郭云深、太极拳大师杨班侯，还没发现有第三人能接他的掌法，可是来人却是实实在在接了他一掌，不曾后退一分，真是奇迹！

来人也吃了一惊，没想到尹福掌力雄厚，而且卷带着一股韧劲，震得他虎口发麻。

“来人请报尊姓大名！”尹福大声喝道。

那汉子见不能再近身于光绪，狂啸一声，飞也似的撞出窗外。尹福赶到门外，见那人奔跑如飞，真似一只黑猿，不由心生赞叹。

光绪已被少女扶起，额上渗出冷汗。少女为他倒了一瓢冷水，然后点燃了烛灯。原来父亲的尸身已被方才那人移到炕下，那人移尸装尸，为的是要刺杀光绪。

尹福见天色已晚，恐有埋伏，也不追赶，进屋来探视光绪。

“皇上受惊了。”尹福扶起光绪，见他脸色苍白，身子像筛糠般地抖动。

“他真是皇上？”少女的眸子又黑又亮，在烛光的闪耀中如同水银丸。

尹福问少女：“你们这里闹土匪吗？”

少女撩了一下头发，回答："山里有个大盗，人称'黑旋风'；手下有几十号人，时不时地下山来抢劫。可是像我们这样的穷人家，屋里穷得掉毛，他们倒不来骚扰。他们专门劫富豪人家的车马。最近好像没有什么动静……"

门外传来"嘚嘚"的马蹄声，有两个人翻身下马。一人问道："屋里有人吗?"

尹福听出是清宫太监副总管崔玉贵的声音，立即回答："皇上在这里。"

崔玉贵与光绪的贴身太监王商进了屋，一见光绪皇帝，立即跪道："万岁爷，老佛爷的车子停在山坳里等皇上哩。"

尹福搀扶着光绪来到屋外，扶他上了太监王商的马，王商与崔玉贵并骑一匹马，几个人朝山坳里驰去。

骑了一程，光绪回头望去，只见有个人影立在那小屋旁，像一具泥塑。光绪的心里有一种说不出来的惆怅，他猛地一拍马屁股，飞也似的朝前奔去。

尹福此刻的心里像打翻了水桶一般七上八下。刺客是什么人？是土匪黑旋风的人，还是义和团的散勇？是江湖义士侠客，还是清宫后党的杀手？几年以来，光绪像一个幽灵在清宫游荡，他支持并倡导变法，得罪了不少官僚王亲，侵犯了一些王族权贵的利益，那些失势的贵族曾重金聘用杀手想置光绪于死地。后党也对光绪恨得咬牙切齿，慈禧太后已年逾花甲，离寿终正寝之日不远，而光绪尚在风华正茂之年，一旦慈禧驾崩，光绪理所当然掌握朝政，后党众贵岂不是成了瓮中之鳖，只能束手待毙？因此荣禄、李鸿章等人也密怀杀机，而李莲英、崔玉贵等人又岂肯干休？李莲英不知在背后给光绪奏了多少密本，光绪的宠妃珍妃是崔玉贵亲手塞进深井里的。光绪一旦得势，岂能饶了这班奸人？况且李莲英跟慈禧的关系又说不清楚……

是义和团的散兵游勇吗？也说不准。在关键时刻，清廷出卖了义和团，致使数十万义和团众惨遭杀戮。义和团中不乏刚勇之士，他们也可能派出高手跟踪而来，致慈禧、光绪等人于死地。

慈禧、光绪在危难之中携美眷、重金仓皇出逃，天下巨盗名贼蠢蠢欲动，也想乘此时大捞一把。

另外，洋人会不会也雇用杀手大侠，乘乱杀死太后、皇帝，实现瓜分中国，称霸东方的野心？

江湖豪侠、山野隐客、寺观杀手、绿林英杰，游踪不定，啸傲江野，此行道路艰难，前途险恶……

想到这里，尹福憋闷得透不过气来，他深感责任重大，担子沉重。

光绪等人来到山坳处，只见添了不少人众，原来是马玉昆将军率领千余名八旗护军赶到。

慈禧一见光绪，嗔怒道："此地形势险恶，你不要擅自乱走，免得生出是非。"

光绪不敢言语，更不敢提方才遇到刺客之事。李莲英拿来一些早熟的玉米、瓜果，递给光绪。光绪因为刚才吃了山儿姑娘送给他的窝头，已然充饥，便把食物给了王商和尹福。

雨丝骤收，道路泥泞不堪，天色越来越黑，幸好有点儿月色，四野显得朦胧昏暗。路，愈来愈崎岖，过了一片平沙，便是山道，狭窄得只能通过一辆车。行列拉得越来越长，队伍越走越慢，大多数人没有找到食物，饥肠辘辘，饿过了头，只觉头昏眼花。

车缓，马疲，人惫，心惶。随扈官员碍于礼数，只长吁短叹地忍耐着。护驾兵丁、护卫起初还默默按着性子，入了夜，上了山，山坳里凄凄惨惨，肚子里虚得发慌，又没有什么可抢可劫的，渐渐地蛮了起来。嘴里叽里咕噜，不三不四，妈妈、奶奶的，连太后、皇后、贵妃都给卷骂了进去。慈禧的耳朵最灵，再细微的声响她也听得到。她已经听到杂乱声中臣仆士兵的怨声，但她不敢声张，因为这是一群亡命之徒，在这动乱之年，他们什么事情都能做出来。当年"安史之乱"，唐玄宗李隆基携杨贵妃等逃到马嵬坡，兵士们起了内讧，强烈要求处死杨贵妃，唐玄宗不是也一样忍气吞声地将宠妃缢死了吗？亡命之君撞上一伙亡命之徒，犹如秀才遇到兵，有理说不清。

"……太后，皇后……不一样也是女人？……不一样也长了那个玩意儿……"

"瑾妃子真美……呀，妈妈的……嫁给了那个窝囊废，真是无用武之地……要是撞上老子，她才是享了福……"

"老太后……哼，她守得住吗？……金枝玉叶的……听说有太监瞧了她洗澡时的身子……嘿，赛过十七岁的小妞儿……"

一句句不堪入耳的秽语，尽管被别的闲碎语言和叹息声压掉不少，但还是传进慈禧、隆裕、瑾妃等人的耳朵里。慈禧气得脸都白了，她那两片干燥的嘴唇，努了努，却终没有吐出话来。

隆裕似乎听惯了这些淫词秽语，无动于衷，目光忧郁。其实她的心思不在这里，她想的是如果老太后先于光绪帝归天，她的命运如何，她会不会被无情的丈夫抛出宫墙……

瑾妃毕竟纤弱一些，她被这些野话吓昏了头，全身簌簌而抖，以至于本来要小解，却不得不强忍着。在这荒郊野地，在一群穷凶极恶的"色狼"之中，她哪里敢步行到树丛里解手呢，说不定会从树后或草丛里伸出一只充满罪恶的手。

“你怎么了?”一直守候在她身边的缪供奉见她脸色苍白，身子抖得厉害，盯着她的脸问。这时，缪供奉已闻到一股异样的气味。

“你听到了么?”瑾妃用冰冷的手紧紧抓着缪供奉，颤巍巍地呜咽起来。

“瑾儿，你要忍着些，他们只是图嘴上痛快，他们不敢!”慈禧铁青着脸，这话像是从她牙根里迸出来的。

“皇爸爸……”瑾妃听了这话，委屈地哭得更响了。

“哭什么?!”慈禧大声地呵斥道。

瑾妃止住了哭声。

夜深沉时，这一支逃亡的皇家之旅终于到达了北路入京的腰站贯市。

光亮黯淡的贯市在往日商贾云集，繁闹熙攘。由新疆、绥远、察哈尔、热河等西北省份进京的骆驼商队必经此地。由于大队骆驼到了人烟稠密的城市会感到种种不适，因此骆驼大半栖身此处，在北京城里极少见到骆驼。传说骆驼走到北京城门外便徘徊不前，死活不肯进城门，有人说是被赐死在禁宫里的香妃凄惨的灵魂挡住了它们的去路。这个传说蕴藏着西北人民对清朝政府的怨恨。也有人说，骆驼不进北京城始于雍正年间，那时不仅禁止骆驼进城，就连驼人也不许进城，外地官人若是驼子，连卢沟桥也上不了。原因就是清世宗胤禛是一个驼子。因而从某种意义上来说，贯市的繁茂是因为清世宗的背脊隆起而兴隆起来的。

二百年前，贯市还是山谷里的一片荒地。后来北路商人逐渐来此栖身，日子久了，有人就地搭起凉棚，做起小买卖，于是集市应运而生。

最初在此地做小买卖的是一家姓贯的父女俩，他们靠卖小米稀饭和葱油饼起家。宽裕后设了客店，招待来往客商，供给牲口粮秣驼料。贯家姑娘出落得姣美妩媚，使寂寞无聊的客商趋之若鹜，以后贯家店值得客商留恋的就不止食宿精美了。由于贯家店有了名，之后兴起的许多客店也都挂起贯家店的招牌，如同天津的“狗不理”包子一样，遍街皆是。斗转星移，贯市因贯家店得名，直到如今贯市的葱油家常饼在北方依旧有名，不亚于北京全聚德的烤鸭。但贯家老店那位年轻婆姨的风流韵事，却鲜为人知了。

圣驾进了贯市，只见街道上空无一人，鸡不叫，狗不吠，空气中似有一股血腥气。慈禧吩咐众人停下，叫尹福前去打探消息。

尹福摸黑来到街市，在众多的客店间挨个叩门，可是没有一人应诺。他索性踢开了几家客店，却都寂无一人。他走进一个骆驼行，这驼骆行有七八间房子，正屋里透出灯光。进口是打通了联贯在一块儿的三间铺面房，左首一间设灶，右首便是宿处，中间是过道的穿堂，直通到后面的院子。院子里遍地都是牲口的粪尿，但是却空洞洞地没有一头牲口。

尹福走进正屋，但见一个老头正蹲在那里煮小米稀粥。他留着胡髭，一身青土布衣服，被油揩得发亮，脚蹬一双簇新的圆口玄色布鞋，外褂褶褶皱皱，长不及膝，颈上和腋下的两颗铜扣子耷拉着。

他见到尹福，吃了一惊，紫涨着脸，瞪着他。

“你是这骆驼行的人？”尹福问。

老头惊惶地点点头，结结巴巴地说：“人都逃光了，掌柜的带着老婆逃到山里去了，伙计们也散了。”

“你不怕洋人吗？”尹福望着他那酱色的鱼肚脸问道。

“子弹打在身上，碗大的疤。”老头甩了一下小辫子，“我是看家的。”

“老佛爷和皇上已到了这里，你准备点儿吃的，今夜就住在你这里……”

“什么？我的妈，真龙天子来了，老佛爷也驾到了，算我这辈子没白活！”老头一听，露出了一口糟黄板牙，缓缓地站起身子。

不一会儿，大队人马浩浩荡荡簇拥到这家骆驼行里。慈禧、皇后等人在中间堂屋下了车。慈禧由李莲英搀扶着走进一间糊了顶的房间，屋子四角放了四盏豆油灯。

“这屋子里好臭！”隆裕一走进来，便皱了皱鼻子。

慈禧瞪了她一眼，坐在一个沾满灰尘的凳子上。没想到凳子是三条半腿，慈禧身子一仰，摔了一大跤，两只小脚一直滑到李莲英怀里。

没有一个人敢笑。

李莲英慌忙扶起慈禧，崔玉贵从别的屋里找来一个凳子，重又扶慈禧坐好。

慈禧若无其事地说：“有吃的没有？饿坏了。”

崔玉贵两只眼睛骨碌碌地朝四下里张望了一阵，瞥见旁边有个瓦罐子，便走过去掀开罐盖，从里面摸出两块干瘪的咸菜。他把那咸菜上的盐霜刮了些，可是咸菜硬得像石头，根本没法吃。

李莲英从灶间里端来一木瓢温水递给慈禧，幸而灯光黯淡，看不出水面上的污油花儿和水里混着的泥土。慈禧舀着水，胡乱把嘴、脸和两手洗了一洗，拉起衣角抹了两把，然后将水瓢递给隆裕，隆裕摇摇头。慈禧又递给瑾妃，瑾妃接过瓢扔给李莲英说：“公公，请你叫他们再舀点儿水，在路上蹭了这一天，浑身上下都是腻的了。”

一会儿，崔玉贵端了一碗热气腾腾的小米粥进来，他喜滋滋地说：“骆驼行的老头刚煮了一锅小米稀饭，嘿，喷香!”

慈禧接过那碗小米稀饭，就要往口中送。这时，只听门外有人大喝一声：“老佛爷，不要喝!”

慈禧听了一怔，抬眼一瞧，原来是秋太监大步流星闯了进来。

“您忘了不吃第一口饭的规矩？大驾在外，恐有不测啊!”秋千鹤态度严肃，一丝不苟。

“哟，我是饿糊涂了。”慈禧放下了那只碗。

可是谁来先尝这口小米稀饭呢？春秋时期曾有介子推为晋文公重耳割股啖君的故事，可是如今，大家你看看我，我瞧瞧你，都不言语。

李莲英和崔玉贵悄悄往后退着。

隆裕来到外面，找来一个兵士，让他喝这小米稀饭。

那兵士可能饿急了，二话没说，饿虎扑食一样把碗里的小米稀饭喝得精光……

“啪”的一声，碗落于地面，那兵士七窍冒血，栽倒在地上。

“饭内有毒!”李莲英大叫道。

第二回　梦珍妃闯入醒世堂　赞飞镖引出通臂圣

尹福听说小米稀饭内有毒，急忙去寻那煮饭老人，可是老人已不知去向。

慈禧可着了慌，她紧咬住牙，硬撑着站起来，对李莲英说：“莲英，我们还是走吧?”

李莲英沉吟了一下，说：“这黑灯瞎火的，人马都瘫了，如果深夜里走山路，遇到伏击怎么办?”

“可是这镇子里有歹人，这是个黑镇、凶宅，凶多吉少!”慈禧咆哮道，气得干咳几声。

隆裕问：“我们走了多少里了?”

李莲英回答：“由西直门到贯市整整七十里。”

“什么，我们才走了七十里？洋兵追上来怎么办？难道让那些洋鬼子把我们全杀光、奸死?!”慈禧急得流下眼泪。

“我老了，无所谓，可是这些皇亲国戚怎么办？这都是大清的命根子，如果有个三长两短，我怎么对得起大清的列祖列宗，怎么对得起咸丰皇帝?”她说到这里，再也忍不住痛哭起来。

隆裕像求救似的望着李莲英，她知道在目前的情况下，只有他能安慰慈禧，只有他才能说服慈禧。

李莲英搔了搔头皮，凑到慈禧面前，扶她坐下，缓缓说道：“现在洋人还不知道咱们已经逃到这里，他们还以为咱们仍旧躲在紫禁城里，我们出城后一直未遇到洋兵，因此洋兵不会撵上来。即使知道，他们人生地不熟，也未必追得上。要是往前赶路，前不着村，后不着店。由此地到南口至居庸关，一路上全是荒郊野地，又是深更半夜，如果出了意外又怎么办呢？不如今夜先在这里凑合着，明日一早再赶路。虽然贼人用了诡计，但他以为诡计得逞，一时得不到真实消息，不会很快又来骚扰……”

秋太监也凑过来说：“我就守在太后身边，太后尽管放心，万无一失！”

崔玉贵也说：“皇帝有尹教头守着，王爷们有李教头护着，不会有什么闪失。王爷们蹲在过道，宫眷们挤在灶间和屋子里，兵士散在四周，护卫全都上房，太后尽管放心！”

慈禧见众人都不愿走了，只得垂下眼皮，无可奈何地说：“好，听你们的。”

光绪带着隆裕和瑾妃住进右首一间房屋，尹福守在门口。这间屋子里面只有两条破旧的双人长凳，靠墙角有块一尺来宽满是油腻的案板，中间有一个残缺的拴马石桩。光绪与隆裕背靠背坐在那里，瑾妃倚着墙角似睡非睡。

一会儿，隆裕发出轻轻的鼾声。

光绪却睡不着，借着月光他见墙壁上满是炭画污渍，有五个字一句的纪游歪诗、乌七八糟的污话、乌龟王八的图案、粗里粗气的春宫画。光绪看了感到无聊，只得抬头望着顶棚。顶棚糊的年代久了，满是窟窿，左一片雨渍，右一片老鼠尿，西北角上根本露了顶，东南角的裱纸垂了下来，摇摇欲坠。

光绪看着看着，有些恍惚起来，他知道困意上来了，于是拼命地眨巴眼睛，并用双手紧紧地护住小盒子。

一会儿，光绪蒙蒙眬眬看见珍妃走了进来。她身穿一件薄得透明的纱裙，乌黑的鬓发上斜插着一枝俏皮的秋海棠花，脸白得像凉粉儿，嘴唇红得像两片樱桃肉，两只眼睛黑得像蝌蚪，赤着一双纤巧的小脚，笑吟吟走来……

“珍儿，珍儿！”光绪扑了上去，珍妃依旧笑吟吟地牵着他的手往外走。

走了一程，来到一座城堡。城里几十条大街，几百条小巷，人烟凑集。城中有一道河，岸边画船箫鼓，琳宫梵宇林立。夜色已深，朗月盈盈，月下一些妙龄女郎穿着轻纱衣服，头上簪着茉莉花，手里或横竹箫，或持拂尘。灯船鼓声响动，河房里燃的龙涎、香雾等一齐喷发出来，与河里的月色烟光汇成一片。

光绪由珍妃引着走进一个虎座门楼，过了磨砖天井，到了一个厅房。他举头一看，见门上悬着一个大匾，上书“非珍斋”。两边一副金笺对联，左联是：说你行你就行不行也行；右联是：说不行就不行行也不行；横批是：不服不行。中间挂着一幅唐伯虎的画，书案上摆着一大块不曾琢过的璞，两边放着六张花梨椅子。从旁边月亮门穿出去，有鹅卵石砌成的甬路，循着塘沿走，一路的流红榭绿，橘黄栏杆。走过两边厢房鹿顶耳房钻山，轩昂壮丽。进入堂屋中，抬头迎面看见一个赤金飞凤青地大匾，匾上是“醒世堂”三个镏金大字。大紫檀雕螭案上，设着三尺来高青绿古铜鼎，悬着墨龙大画。地下两溜楠木座椅。墙上又有一副对联：放翁金错刀何在，不斩奸邪恨不消。

临窗大炕上铺着猩红洋毯，正面设着大红金钱貂靠背，石青东北虎枕，秋香色孔雀蓝大条褥；两边设一对牡丹洋漆小几。左边景泰蓝美人觚内插着时鲜花卉，右边壁上挂着一柄虎皮麒麟图案的龙泉宝剑。

珍妃“呼”的上前拔出龙泉宝剑，朝光绪刺来，大叫：“你这昏君，名为皇帝，实为饭袋；没有骨架，只是衣架！八国联军铁蹄踏入京都，你有几十万八旗兵，却不战而逃；我堂堂中华古国，有多少男子被杀，女子被淫，真乃奇耻大辱，举世奇冤！看我一剑杀了你……”

光绪一听，急得淌下泪来，慌忙叫道：“我……我做不了主啊，你是知道我的，怎么连你也怪罪起我来了……”

光绪一急，手中的盒子落于地下。

他睁目一看，哪里有什么珍妃的影子，依旧是这个令人恐怖的骆驼行，是这座荒凉之屋。隆裕依旧发出轻微的鼾声。

世间凡是顺眼的女人，即使是母猪般模样，也觉似美女貂蝉；若是不如意，即使鲜花骨朵儿一般，也觉玉中有瑕。光绪虽作为隆裕的丈夫，二人却极少有枕席之欢。

瑾妃可能太乏了，整个身子靠到地上睡着了，她那庄重的小脸在月光下显得妩媚。在光绪眼里，她没有珍妃可爱，但一看到她，马上就使光绪想起她的妹妹。他在与瑾妃鱼水之欢时，脑海中总是浮现出珍妃的影子。

这时，光绪明显地看到有一根极细极细的线，从屋顶窟窿处向他荡来，那线头拴着一个精致玲珑的银钩。

他一动也不敢动，甚至屏住了呼吸。

这是什么人？在这荒村野店，夜风萧萧之时，竟敢……

是强盗、土匪，还是家贼？

那银钩一颤一悠，总在光绪手中的小盒子周围徘徊。

光绪不由得打了一个寒噤。

这时，那银钩勾住了光绪手中的盒子。

光绪大叫一声，拼着性命用手护住那盒子。

只见眼前一道亮光，那银钩“叮当”一声，掉在地上。一支飞镖穿断线索钉在对面墙上。

光绪大惊，忽听房顶上有人在搏斗，一会儿，有个人从屋顶上栽了下来。由于动静太大，惊醒了慈禧、李莲英等人，兵丁、护卫也闻讯赶来。大伙举着火把一瞧，地上躺着一个护卫，已奄奄一息。

尹福一脸正气，出现在屋顶上。

“快看，是尹教头！”崔玉贵眼尖，一眼认出了尹福。

慈禧心惊肉跳地说：“你在房上干什么？”

尹福一招“燕子钻云”飘然而下，朝慈禧打了一个揖，道：“您问问他吧。”他指着地上躺着的那个护卫。

“快说，是怎么回事？！”李莲英揪起那护卫的耳朵。

“我……我……”那护卫一口气未缓过来便咽了气。

听了尹福的叙述，众人才知道，原来这护卫一路上见光绪帝总护着那小盒子，猜想里面一定藏有无价之宝，便起了偷盗之心。他想，在这兵荒马乱之中，太后和皇上仓皇西逃，说不定在路上会被洋兵追上杀死。大清帝国天数已尽，我一个护卫跟着他们历尽艰辛，凶多吉少，不如发国难财，夺了那盒子，逃遁回乡，安享清福。

说来也巧，这日夜里正好李莲英安排他在光绪住的这间房上值更。那护卫来到房上见屋顶破落，正好有个窟窿，不禁喜出望外。他找到一根细线，把自己口袋内久藏的一个银钩拴牢，想等光绪睡熟就下手。

有一袋烟的工夫，他见光绪已进入梦乡，隆裕、瑾妃也已睡熟，尹福又不在门口，于是从房顶窟窿处放下长线银钩，去钩光绪手中的盒子。谁知他心慌意乱，钩来钩去，总是钩不到盒子。

再说尹福见驼骆行老头是歹徒，知道这贯市凶多吉少，于是到各处巡更，回来时正见那护卫钩光绪的盒子。于是悄然上了房，一脚踢中护卫的屁股，将他踢下房来，谁知用力过猛，这护卫当场一命呜呼。

光绪在一旁听得入了迷，赞道：“尹爷，你这飞镖我算是见识了，投得真准，竟将这贼护卫的钩线射断了！”

“什么飞镖？”尹福听了，摸不着头脑。

光绪引众人来到屋内，此时隆裕、瑾妃也已惊醒，正簌簌发抖。

光绪指着墙上说：“就是这支飞镖！”

尹福上前取下飞镖，见镖头插着一张纸笺，上面墨迹未干，写着一首五言诗：

日落宫影斜，
亡魂紫气歇。
一孤曲未尽，
人鬼几代孽！

署名是：臂圣张策

李瑞东挤上前细看，说道："这是一首藏头诗，句首连读是'日亡一人'，不知何意？"

尹福道："莫非是直隶香河县通臂拳高手张策到了？"

慈禧疑惑地问："谁是张策？"

尹福回答："这个张策可是个响当当的武林高手，他字秀林，比我小二十多岁，是直隶香河县马神庙人。他的始祖张信忠是汉军旗人，早年随清军入关，定居于马神庙。张家是武林世家，世代习武，属北少林派。张策幼时就跟其父练武，学习燕青拳，神力过人，十来岁时就能将几十斤重的生牛皮一脚踢上房去。以后他在北京通县大运河边遇到通臂拳专家王占春，并跟其学艺。张策深晓通臂拳大义，已到登峰造极地步。之后他又拜杨氏太极拳始祖杨露禅之子杨健侯为师，学习太极拳，踪迹所至，声誉大振！"

李瑞东接着赞道："据说他发功时，蝇子落在手上都飞不起来。他轻功卓越，蹲在玻璃灯罩上而灯罩完好无损。他能空手击人于数丈开外，有'铁鞋铜臂东方大侠'之称，又有'通臂猿''臂圣'的赞誉。"

慈禧喜上眉梢，说："世上竟有这样奇妙的武术家，快将他请来为我护驾！"

尹福道："他身怀傲骨，一生栖身布衣之巷，隐匿山水之间，北走关外，南行齐鲁，浪迹于燕赵之地，从未与官宦皇家往来，也未跨进王府朱门半步。只是不知他为何到了这贯市？"

李瑞东疑惑不解地说："张策为人忠厚坦直，不甚通文墨，不喜欢张名卖姓，他怎么能写出这种藏头诗呢？又怎会署下绰号和姓名呢？这里面有文章。"

光绪道："这飞镖的功夫真是惊天动地，在这漆黑的屋里，这线又是如此之细，若没有上等功力，不会如此百发百中。我不是尚武之人，但见到这真实情景，我算是心服口服了。"

慈禧不悦，转身来到院内，正逢马玉昆将军和庆王、肃王、端王几个王爷进院，慈禧指着地上那护卫的尸首，问："这是谁家的护卫？"

崔玉贵上前瞧了瞧，回答："是秋太监的属下。"

慈禧恶狠狠踢了那护卫尸身一脚，道：“拉出去喂狼，真是财迷心窍!”

几个兵丁拖着护卫的尸身出院去了。

慈禧声色俱厉地说：“不管是谁的护卫，以后统由尹福管带。”

李莲英趁机凑上来说：“咱们这里虽然兵马不多，但各营兵员都有，各有各的管带。”

慈禧不假思索地说：“传谕下去，随扈人马兵丁，所有武员，不论官阶，所有武士，不论何营，一律由马玉昆将军节制。违者立斩，乱者先斩后奏!”

她见天色微明，又命令道：“现在启程，队伍不要拉得太长。”

行列离了贯市，冒雨前进。细雨霏霏，撩得人凉飕飕的。那在大道正北的明十三陵，虽被淡淡的烟雾笼罩着，倒还隐约可见。无奈进入山路，风雨愈紧，上千人似落汤鸡一般，慈禧和光绪乘坐的车顶上到处漏雨，骑马的人畏缩一团。谷道崎岖，山岫层深，有诗曰：

雨里青螺路百盘，秦云西望怯长安。
骡车委顿三分路，狂马悲鸣几百旋。
贯市迟喝高粱粥，明陵饱饮乱风酣。
深宫空锁亡国恨，始信人间行路难。

行近南口，正值正午，雨势倾盆，山道险峻。这时，走在最前头的秋太监首先发现路旁古槐上吊着一个人。近前一看，是一个兵丁的尸首，赤身裸体，浑身冻得死灰一般颜色。

众人见了，个个心惊肉跳。

马玉昆等人闻说前面吊死了人，急忙赶往探视，发现是神机营的一个士兵。

他如何被吊死在这棵古槐上？每个逃亡的人脑海里都升起一个问号。

尹福和李瑞东也火急火燎地赶到前面。

尹福端详着那具死尸，见他身上没有其他伤痕，猛地想起那首藏头诗中“日亡一人”的诗头。莫非刺客真的是每日杀死一人？他惴惴不安地想着。

此时人困马乏，惶于逃遁，生怕洋兵追上来，各营管带谁还有心思清点兵丁人数？于是慈禧命令将那兵丁尸首转移，队伍继续急急赶路。

北国初秋的气候，瞬息万变，正是人马到达南口的关口，大雨瓢泼，雨像一片巨大的瀑布，遮天盖地卷了过来。雷在低低的云层中间轰响着，震得人耳朵嗡嗡地响。闪电，时而用它那耀眼的蓝光，划破灰暗的天空。

“啊！”第一辆轿车里传出尖叫。

“是谁在叫？”慈禧严厉地问。

“是大阿哥。”隆裕战战兢兢地回答。

“快让他住嘴，胆小鬼！以后能成什么气候！”慈禧的眉头皱了一皱。

过了约有一顿饭的工夫，雨过天晴，太阳从浓重的云堆里露出头，现出一道美丽的彩虹。多变的云，转眼化做层层叠叠的鱼鳞片，闪着金红镶边，照得满坡满岗像开遍了野玫瑰一般。山道两旁一丛丛一片片的野花，也喜悦得昂起头，散发出芳香。山石、竹枝、苍松、翠柏被雨水洗过，愈发翠绿，一条小溪轻快地流过，在阳光的照耀下闪动着细碎的银光。

慈禧叫瑾妃掀起轿帘，透一透车厢的闷郁。她举目远眺，看到苍翠的山峰直入云霄，山间可见红墙、黄屋、翠瓦。

“那是什么地方？简直是风水宝地。”慈禧忘记了身上的疲倦，兴致勃勃地说。

“亲爸爸，那是明十三陵，那山叫天寿山。”光绪无精打采地回答。

瑾妃问：“哪一座陵是崇祯皇帝的？”

慈禧狠狠地瞪了她一眼。瑾妃自知失言，脸红了半边，她怎么单单在逃难之时谈及那个倒霉的皇帝呢？

光绪若有所思地说：“西南角上那一座小的，他最凄凉，死了倒钻进了田贵妃的墓穴。”

慈禧听了，脸上白得像一张纸。

隆裕见势不妙，慌忙说：“咱们一人出一个联挨个对，如果谁对不出，罚他下地走一段。”

慈禧听了，道：“这倒是个解闷的好主意，我先出一个，素筠先对。”她用胳膊肘撞了一下缪供奉。

“炒豆捻开，抛下一双金龟甲。”慈禧兴致勃勃地说。

缪素筠想了想，对道：“甜瓜切破，分成两片玉玻璃。”

光绪见缪供奉沉醉在喜悦中，说道：“你还要出个对子呢。”

缪素筠眨巴眨巴眼睛，说：“七男一女同桌凳，何仙姑怎不害羞。皇上，你对吧。”

光绪瘦削的额头顿出一条刀刻般的皱纹，淡淡对道：“两宫一佛共车厢，圣明主理当躬思。”

慈禧听了，脸上红一块，白一块，嗔怒道：“你对的这下联成何体统？你好好诌出一联，要不然，将你赶下车去！”

光绪听了，喃喃道：“这下联不是挺对仗吗？”

瑾妃在一旁劝道：“皇上，你就正正经经地对一个联子吧。”

光绪小声地说：“三宫六院多关姬，万岁爷龙体欠安。”

慈禧恶狠狠地说：“驴唇不对马嘴！”转过脸去了。

瑾妃用纤纤玉指捅了捅光绪：“你还得出一个联子呢！”

光绪道：“小篮也是篮，大篮也是篮，小篮放到大篮里，两篮共一篮。”

瑾妃对道：“秀才也是材，棺材也是材，秀才放到棺材里，两材并一材。”

慈禧嘟囔道：“你们不能换一个喜气的联子？”

瑾妃赶紧又说出一联：“一大乔，二小乔，三寸金莲四寸腰，五匣六盒七彩粉，八分九分十倍娇。”

隆裕长吁了一口气，道：“好长。”她仰望着车顶想了想，说：“十九月，八成圆，七个进士六个还，五更四鼓三声响，二乔大乔一人占。”

众人哄然大笑，瑾妃笑得伸不直腰。缪素筠掩着口笑，笑得鼻涕都流了出来。光绪只是苦笑，眉宇间透出几分凄楚。慈禧只有一丝笑纹，瞬息即收。

隆裕望了望慈禧，说：“该我出联了。雪积观音，日出化身归南海。”

慈禧笑了笑，对道：“云成罗汉，风吹漫步到西天。”说罢，怡然自得地望着窗外的景色。

慈禧看到太监副总管崔玉贵短衣襟，一身毛蓝裤褂，腰里结一根绳子，汗毛巾挎在腰上，辫子盘起来，用手巾由后往前一兜，脚底下一双登山倒十纳帮的掌子鞋，真像是三十多岁的一条车轴汉子。她不禁感到好笑。目前她已将内宫护卫的重责交给他，他也十分露脸儿，骑着高头大马，带领着几个侍卫不离慈禧的轿车周围。

崔玉贵的后面是太监总管李莲英，他这两天有些蔫头耷脑的。他原来是同情义和拳的，义和拳失败了，他就像斗败了的公鸡。这些日子，他的脸拉得越发长了，厚嘴唇也越撅越高，两只胡椒眼也不那么灵活了，肉眼泡子像肿了似的向下垂着。他戴着一顶老农式的大草帽，有宽宽的圆边，把草帽的两边系上两条带子，往下巴底下一勒，让两边帽檐耷拉下来，遮住了自己的脸；穿着一身蓝布旧衣服，真像跟车伺候人的老苍头。

慈禧不愿看到他们这副寒酸相，于是又把目光落在车厢内。眼前的皇后穿着褐色竹布上衣，毛蓝色的裤子，脚穿一双青布鞋，裤腿向前抿着，更显得人高马大。瑾妃一身浅灰色的裤褂，头上蒙一条蓝手巾，裤裆向下嘟噜着，显得拙笨。缪素筠一身蓝布装束，头上顶一条白肚毛巾。

慈禧看了，也感觉不舒服，于是眯缝着眼睛，不去看她们。她平生从来没有穿过布衣服，如今穿起来，如同披了一件牛皮，浑身到处刺痒。脖子底下，两腋周围长了小痱子，不搔就奇痒，一搔就痛得钻心。

车里奇热，像蒸笼一般，歪脖太阳几乎要把人晒干瘪了。下过雨的地经太阳一晒，热气反扑上来，夹带着牲口身上的腥膻味，熏得人非常恶心。车帷子、褥垫子到处都烫人。这时候，虫子也多了起来，一团团的围着骡马转，哼哼唧唧，赶也赶不走，就在迎面随着车飞。用手一拍，它们的肚子像烂杏一样，拍出一摊脓水出来，使人直起鸡皮疙瘩。

路越走越陡，东西两边的群山挤压过来，活像凶猛的野兽，从两边在追逐着一个猎物，终于头碰头地冲撞在一起了。慈禧如同钻进了葫芦里，闷得像干沟里的鱼，向着天，嘴一吸一合地喘着。

这时，瑾妃坐立不安起来，她身子蠕动着，眼睛淌下泪来。

"怎么回事?"慈禧问。

"我……我要解溲……"瑾妃脸涨得通红，结结巴巴地说。

原来这一路上女人如厕成了一个难题。未进山前还能见到一些人家，可是也不知是什么年代兴的，说女人借厕所用会给本家带来晦气，必须进门喝口凉水，压一压邪气，出门送一个红包，散一散晦气。昨日车马走到温泉时，来到一个大户人家，女人们再也按捺不住了，死说活说，好不容易，户主才答应了，并搬来一缸凉水。瑾妃口干舌燥，多喝了一瓢凉水，有点儿闹肚子了。

车马到贯市时，骆驼行后面倒有个茅厕，可没法子下脚。蛆全长了尾巴，又肥又白。上厕所时苍蝇顺着脸爬，黏黏的，赶都赶不散，落到身上有十几只。瑾妃又急又怕，险些扑倒在地上。

这时，隆裕犯难地说："这前不着村后不着店的，瑾小主怎么办呢?"

慈禧掀起轿帘，望了望外面，又看了看瑾妃："你真的坚持不了了?"

瑾妃咬着牙，点了点头。

慈禧果断地说："就在路边，人围起来!"

光绪让车夫停车，瑾妃、太后、隆裕等鱼贯而下，太后的侍女荣子、娟子，还有几位格格也下了车。她们在路边围成一个人墙，瑾妃先钻了进去，一会儿，太后、皇后、格格们轮流着上了厕所。

尹福从队伍之尾路过轿车时，正听见蜷伏在笸箩上慈禧的两个贴身侍女的对话。

荣子小声地叹了口气："唉，也真难为老佛爷了，用野麻的叶子代替了手纸，在宫里手纸是那样精细。"

"可不是，"娟子细声细气地说，"我就加工过这种手纸。先领了细软的白绵纸，把一大张分开裁好，再轻轻地喷上一点儿水，喷得比雾还细。我们经常比赛，含上一口水，同时喷出，看谁的力气足，喷得时间长，雾星又匀又细。俗话说，拙裁缝，巧熨斗，这也是一种技巧。把纸喷得发潮发蔫以后，再用铜熨斗轻轻走过，随后再裁成长条，垫上湿布，用热熨，在纸上一来一往就行了。

"整个宫里都没有厕所，解大溲用便盆盛炭灰，完了用灰盖好；解小溲用便盆，倒在恭桶里，每天由小太监刷洗干净。所以无论春夏秋冬，宫里绝没有臭味……"

尹福听到这里，恍然大悟。他想，怪不得在宫里寻不到厕所。有一次他教光绪皇帝武术时，忽然要解小溲。转来转去，找不到厕所，最后只得找一个宫墙角解了。

那两个小宫女又说下去。

荣子赞叹着说："老佛爷用的官房真是一件国宝呢！檀香木刻的，外边刻着一条大壁虎。那条大壁虎真漂亮，四只爪子狠狠抓着地，这就是官房底座的四条腿；身上隐隐的鳞，好像都张起来了；肚子鼓鼓地憋足了气，活像一个扁平的大葫芦，这正好做官房的肚子；尾巴紧紧地卷起来，尾梢折回来和尾柄相交形成一个八字形，成了官房的后把手；壁虎头翘起来，向后微仰着，紧贴在官房肚子上，下巴颏稍稍凸出，和后边的尾巴正好平行，手的虎口正好可以托住，作为前面的把手；壁虎头往后扭着，两眼向上注视着骑在背上的人，嘴张开一条缝，缝内恰好可以叼着手纸；两只眼睛镶着两块红宝石，闪亮闪亮的。官房的口是椭圆形的，盖的正中卧着一条螭虎，作为提手。"

娟子赞道："这真是一件宝物了！"

荣子继续兴高采烈地说下去："大壁虎的肚里是香木的细末儿，蓬松着；便物下坠后，立即滚入香木末儿里，被包起来，根本看不见脏东西，当然更不会有臭味了。"

尹福听到这里，才知道所谓官房就是便盆，他想起看侠义小说《儿女英雄传》中有这么一段令他费解的情节："在一个客栈里，何玉凤救了安公子后，呆头呆脑的安公子拿起一个盆来就洗手。何玉凤这时就嚷着说：'唷！他怎么在我的官房里头洗手哇！'"

原来这官房就是便盆！

“老佛爷在宫里解溲时，由我们把油布铺在地上，有两尺见方。我不知有多少次看着老佛爷骑在上面，用手纸逗着大壁虎玩儿。”

“真有意思，我是负责太后膳食和洗浴的，还没见过这情景。”

这时，队伍前头一阵骚动，传来阵阵女子的痛哭声，那声音凄厉、悲怆……

尹福驱马来到前面，正见有个披头散发的少女跪在正中道上。她穿一身素白衣服，披麻戴孝，纤细的胳膊上挂着黑箍，头上插满了白纸花；苍白的脸，憔悴的双眼，美丽的颊上一串串泪珠簌簌而落。

她活像是从坟墓中跑出来的幽灵。连尹福都感到浑身起鸡皮疙瘩。

李莲英闻讯驱马赶来，他对着那女人厉声问道：“你是何人？为何而哭？”

少女吼道：“你难道不知道全国人都死了吗？你们这些皇亲国戚已经走入坟墓，我为何不哭?!”

李莲英阴险地一笑：“你简直是一个狂女！”

少女双手扬起来，大声道：“我不是猖狂，我说的句句是实话。我们堂堂一个东方大国，历史之悠久，文化之灿烂，举世罕有。盛唐时期，各国纷纷前来进贡，丝绸之路上，车马不绝。可是自从你们后金人进了山海关，就排斥汉人。尤其到了鸦片战争之后，国力大衰，白银外流，中华民族一蹶不振。明明是中国人发明的火药，却被西方人弄去做了炮弹枪弹，打破中国的海关炮台，堂而皇之地进了北京城。皇上日坐朝堂，形似木偶；太后垂帘听政，鸡犬升天。如今北京城里，男人多半无完尸，女人更全无贞操。你们却如丧家之犬，弃城西逃，你们为何不战死京都，以告天下？你们有何脸面去见天下父老?!”

“你住嘴！竟敢侮辱圣上太后，来人，快把她拿下！”李莲英气得脸变成驴肝色，急忙吩咐兵丁将那女人拿下。

七八个兵丁扑上前去，左抓右揪，竟然摸不到那少女分毫。

尹福在一旁见了，知道这少女身怀绝技，非一般人家女子。

“尹教头，只有你出手了。”李莲英见兵丁们难以捕捉到那少女，只好请尹福出手。

尹福方才见那少女义正词严，一腔热血，早已被感动。如今见李莲英让他出手，心里不愿伤害这少女，但又不好推辞，只好站出来对那少女道：“你是何家女子？竟敢挡皇家圣驾，快快闪开！”

李莲英在一旁听了，叫道：“哪里只让她闪开，那太便宜了她。你把她抓住，我们要吃她的肉，让她再出言不逊！”

尹福又朝前跨了几步。

那少女道："原来你就是清宫大内武术教头、'铁镯子'尹福。你若能追上我，算你有本事，也不枉你一世英名！"说罢，轻轻一跳，上了山冈。

尹福尚在犹豫。

李莲英催促道："尹教头，快追啊，我还等着煮口条吃呢！"

尹福也想探探那少女的来历，于是纵身一跳，追了上去。

那少女轻功卓绝，左一跳，右一跳，似飞兔狂奔。一会儿消失在山腰里，一会儿又出现在草丛里。

尹福追了一程，总与她有二十多尺的距离。他见已远离关沟峡谷，不敢恋追，刚要返回，只听有"嘻嘻"笑声，抬头一望，那少女正骑在前面一棵银杏树干上荡秋千呢。

尹福大喝一声："你这贼丫头，看你往哪里逃！"纵身一跳，正掉进一个陷阱内。抬头一看，洞口只有两尺来宽，往上足有二十尺之高，四壁平滑，空无一物，他自知中计，叫苦不迭。

洞口露出那少女的笑脸，她咯咯笑着说："再过若干年，你就成一堆骨头了，而我呢，就要去吃光绪皇帝的肉了，哈，哈！"尹福听了，又羞又怒，却无可奈何。

自从尹福去追赶那少女后，皇家行列又继续往前移动。走了一程，但见山高林密，苍苍莽莽，峰峦巅连，横开列嶂，直插云天。两旁巨石嵯岈，长满奇松怪柏。山路更加迤逦，举步艰难，骑马的人也都下了马，队伍行进慢如蜗牛。

这时，从山坳中突奔出一队人马，约有数十之众，个个蒙面，风驰电掣般呼啸而至。

慈禧见形势紧急，命令兵丁、护卫奋勇上前截杀，又吩咐李莲英、崔玉贵等人护住几辆轿车速行。

"鼻子李"李瑞东正为尹福担忧，猛见来了大批匪盗，急忙抽出阴阳子午锥，迎了上去，奋力抗击贼盗。

李莲英、崔玉贵等人拼命护住几辆轿车，没命朝前狂奔。轿车内，光绪脸如土色，隆裕与瑾妃抱作一团，瑟瑟发抖。只有慈禧还显得沉稳，她极力掩饰内心的恐慌，装做若无其事的样子闭目养神。

几辆轿车急赶了一程，离后面的厮杀声愈来愈远了。这时，忽从两旁树上跳下十几个蒙面大汉，直奔轿车而来。崔玉贵会一些功夫，挥动一柄宝刀上前迎战。

匪盗中为首的一个黑大汉，虬髯环眼，壮如铁塔，凶神恶煞。他手拿一柄青龙偃月刀，将几个护卫拦腰劈倒。

这时，斜刺里冲出秋太监，他手捏流星锤，朝那黑大汉掼来。几个匪盗上前围住秋太监，秋太监毫不示弱，流星锤围得如同一柄龙伞，有几个匪徒当场毙命。

轿车内，慈禧问光绪："尹教头何在?"

光绪垂头丧气地回答："追一个女贼人去了。"

慈禧叹了一口气，眼睛里滚出晶莹的泪珠。

秋千鹤力敌黑大汉和众匪徒，渐渐显得气力不支。他朝第二辆轿车大声喊道："皇上，还不快逃!"

几个匪徒闻言，朝第二辆轿车扑来。

崔玉贵在一旁瞧得真切，慌忙撇下与他酣战的一个匪徒，前来护卫慈禧、光绪等人。

慈禧见大势已去，慢慢从腰上解下一条早已准备好的白绫，对隆裕、瑾妃道："为了列祖列宗的颜面，为了咱们的身子不受到玷污，咱们互相成全一下吧。"说着，老泪纵横。

隆裕一见，哭得如泪人一般。

瑾妃夺过白绫，先套到自己脖子上，一时泪如泉涌。

光绪看到这般情景，发疯一般跳下了车，大声对匪徒们喝道："住手! 要杀要砍，随便!"

黑大汉瞧见光绪，脸乐得开了花。他躲过流星锤，几步跳到光绪面前，用胳膊卷起他，飞也似的窜到密林里。一棵树前拴着一匹黑鬃马，黑大汉将光绪推上马背，然后飞跃上去，大喝一声："上溜子! 挑回头线!"转瞬间消失在深山老林之中。

光绪被黑大汉裹持着，浑身不能动弹，耳边只听得"呼呼"的风响。

黑大汉一手抓着马缰绳，一手揉搡着光绪说："嘿嘿，真龙天子叫俺抓住了，俺要千古留名了! 你知道俺叫什么吗? 俺就是大名鼎鼎的黑旋风!"

光绪被燕山大盗黑旋风带到十几里外的一个山洞里。这山洞曲折蜿蜒，一个土匪出来牵着他的手进入洞内。越往里，路越难走，光线也越来越暗。行约百余米，忽见前面豁然开朗，阳光灿烂，原来已出了山洞。这是一个平坦的地面，四周群山重叠，古松蓊郁，流泉溅雪，静谧幽深，特别是在这炎炎之夏，山壁上还挂着一串串冰溜子，真是绝迹。

又往前走了二百多米，又出现一个更加恢宏的悬空洞府，洞顶大书“洞天福地”四个笔走龙蛇的大字。两旁有一石镌对联，左联是：月圆月缺，月缺月圆，年年岁岁，暮暮朝朝，黑夜尽头方见日；右联是：花落花开，花开花落，夏夏秋秋，暑暑寒寒，严冬过后始逢春。

这是一个“T”字形山洞，里面凿有门窗。洞内俨然一座庙宇，大殿正中塑着阎罗像，两旁彩绘着六曹判官、无常鬼吏和变幻多端的小鬼，还塑着油锅、木驴、刀山、火海等阴森可怖的刑具。东西两厢门口，有四根盘龙石柱，上雕着恶鬼凶鹰，怪兽奇龙，下立四只石狼。

黑旋风推光绪来到里面，只见洞顶吊着十盏人骨猪油宫灯，照耀得洞内如同白昼。在用人骨制作的三只座椅上铺着斑斓虎皮，洞的中央还挂着一串骷髅。

光绪有些恍惚，这难道是阴间地府吗？

这时旁边一扇门开了，一个少女笑盈盈走了进来。

“爹爹，辛苦啦！到底把这皇孙子抓来了！”

“哈哈，多亏了你这阎王爷的小鬼丫头，把那尹老头引开了。”黑旋风得意地亮出又黄又糟的牙。

原来这少女就是方才拦道的白衣女子。此时她换了一身打扮，穿的是紫碎花宝蓝底衫子，下着燕尾青裙子，头上倒梳云髻，挽了个坠马妆，插了一支慈茹叶子似的翠花。鸭蛋脸上擦了薄薄一层粉，两只大眼睛水灵灵，泪痕一扫而光。

黑旋风喝道：“弟兄们，为庆贺山寨兴旺，擒了真龙天子，咱们摆酒接风！”

不知从何处一下子蹿出数十名匪徒，蜂拥进洞，将前厅一溜八仙桌子挤满。

黑旋风道：“今日咱们喝个痛快，弟兄们，把桌子搬到外面去。”

一伙匪徒将这些八仙桌搬到洞外平地上，又端来美酒佳肴。

黑旋风将光绪倒吊在一棵松树上，对那少女道：“岚松，看你的了。”

那唤作岚松的少女冷笑着来到光绪面前，一抬手，扇了光绪左右两个耳光。

光绪脸憋得通红，问道：“你们与我有什么仇？”

黑旋风听了，将碗里的酒泼了光绪一脸，呵呵笑道：“我倒要瞧瞧是你这个真皇上厉害，还是我这个土皇上厉害！”

岚松咬牙切齿地说：“你老祖雍正皇帝闹文字狱，杀了我祖上全家，只有我父亲一人逃了出来。以后，我父亲也被你们杀了，我那时才八岁，孤苦伶仃一个人，从沧州沿路讨饭经过这里，被黑爹爹收留……”

光绪嘟囔道：“真是饥寒起盗心……”

“你还嘴硬！”岚松一个飞脚，踢得光绪嘴角淌血。

黑旋风拿起一柄大刀，晃悠悠来到光绪面前，说：“皇帝老儿，你还有什么话要说吗？”

光绪默默地摇了摇头，他心爱的妃子珍妃已经死了，他还有什么要说呢。昨日珍妃死于井中，今日他死于刀下，皆是命中注定。当皇帝如此窝囊、委屈，还不如一死了之。

黑旋风举起了那雪亮的大刀。可是没等他的手臂放下，刀却“叮当”一声落在石头上。原来他的右手腕着了一粒飞蝗石。

“不好，蹿跳子了！弟兄们，赶快抄家伙！”黑旋风一声怪啸，伸左手去拔刀，左手腕又挨了一颗飞蝗石。他不敢再拿刀，慌忙闪到八仙桌底下。

众匪徒说一声不好，酒已醒了一半，纷纷抄起器械。

黑旋风瞧见旁边树上有一个妙龄女子，从一个枝儿跃到另一个枝儿，迅捷之极。那女子风度典雅，体态婀娜，穿一身红衣服，头戴红巾，像一条红带子飘来荡去。正是她投的飞蝗石。

那女子灵巧地一跃，从晴天岩上跳下来，直奔光绪皇帝。还没挨近光绪，不知从哪里飞来一个风火轮，将光绪的吊绳击断，那红衣少女眼疾手快，顺势扯住了光绪皇帝。

光绪皇帝此时正目眩，不自觉地斜倚在那少女肩上。

黑旋风率领众匪徒围住了那红衣少女，岚松手握一双虎头钩，尖声问道：“你是哪个溜子的？”

红衣少女微微一笑，回答：“你们还不认识姑奶奶吗？我就是江湖人称‘玉面菩萨’的于莺晓！”

众人一听“于莺晓”这三个字，吓得后退几步。因为大家都知道于莺晓的观音瓶相当厉害，这瓶内有她祖传的“迷魂散”。只要一启瓶口，那迷魂香气贯出，人一闻到香气，功力强的人立即扑倒，功力弱的人一命呜呼。由于于莺晓含有解药，因此她本人不会被迷惑。

岚松问：“你素隐恒山，为何来到这里？”

于莺晓道：“我听说八国联军入侵北京，慈禧、光绪仓皇西逃，因而日夜兼程，赶来劫持。”

黑旋风躲到一块巨石后问：“你与皇上有什么仇？”

于莺晓凤目圆睁，咬牙切齿地说：“我家与大清有不共戴天之仇！”

岚松道：“既是殊途同归，咱们就一起处决这个皇帝老儿。”

于莺晓冷冷地说："你们是山野草寇，哪能与我同伍？再说哪能这样便宜了这皇帝老儿!"

黑旋风见她来者不善，试探着问她："你想怎么办?"

"我要带他到恒山，在祖先墓前一刀刀活剐了他!"于鸳晓一字一顿地说，眼中似冒出火来。

黑旋风说："可是你别忘记，这皇帝老儿落入了我们的手里，这里不是山西恒山，而是燕山。"

于莺晓"嘿嘿"冷笑道："你想怎么办?"

岚松已偷偷绕到于莺晓身后，想点她的穴。没承想，于莺晓一招"鹞子翻身"，稳稳立于一块巨石之上。

黑旋风大叫："你个不识抬举的山野泼妇，看你厉害，还是我手中的青龙偃月刀厉害!"说着，他抄起一个匪徒递给他的那柄青龙偃月刀，朝于莺晓拦腰劈来。

于莺晓自知抱着光绪不能拼杀，于是把他放在一边，抽出背上青萍宝剑，力战黑旋风。

战了十几个回合，岚松见黑旋风一直处于下风，抖擞精神，也挺起一双虎头钩，来战于莺晓。

于莺晓瞥了一眼光绪，见他卧在草丛里昏迷不醒，于是全神贯注来战黑旋风父女俩。那些匪徒在旁边呐喊助威，一时喊杀声大震。

战了几十个回合，于莺晓有些性急，生怕拖延下去会招来其他大盗。于是乘乱摸出怀里的观音瓶，用手指抠开瓶塞，一股浓香冲出，淡淡散开……

黑旋风只顾死战，慢慢地闻到一种从未闻过的烈香，猛觉头晕目眩，瘫软于地。

岚松精灵，见于莺晓将左手伸到怀内，自知不妙，来不及招呼，一招"白鹤穿林"，往后跳出七八步远，瞬间逃得无影无踪。

喝彩的那些匪徒正在兴头上，忽闻阵阵香气，顿时横躺竖卧，倒了一大片。

于莺晓见已得逞，脸上簇起一团光彩。她顾不上探查，转身便往巨石后去寻光绪帝，可是翻遍了附近的怪石奇草，哪里还有光绪的影子。

于莺晓十分恼火，手持青萍剑又回到洞府前，只见黑旋风和众匪徒仍然蜷伏于地，只是不见了那少女。于莺晓心里憋气，望着黑旋风那副狰狞的嘴脸，怒火中烧，持剑将黑旋风双目戳瞎。

却说尹福正在陷阱内唉声叹气，忽然听到附近有呻吟之声，心里陡然一惊，急忙往四外摸索。

“什么人?”尹福壮着胆子大喝道，随之抽出判官笔。

“哎哟，是我……”声音来自陷阱内一隅。

“你是什么人?”尹福抬高了嗓门。

“我还问你是什么人呢!”那声音嘶哑，像公鸭叫。

“你怎么躲在这里?”尹福爬了过去，摸到一个毛茸茸的东西。

“我是吃饱了撑的，躲在这里干吗?我是掉进来的。”那毛茸茸的东西动了动。

尹福道:“我是清宫护卫教头尹福，保驾太后、皇上西逃，没想到中了女贼的奸计，落到这个陷阱内。”

“哎哟，那咱们真是冤家路窄了，我是江南有名的‘钻天飞鼠’乔老爷。”那人战战兢兢地说。

原来这人是天下有名的神偷手乔摘星，他的偷技天下闻名，无与伦比，可谓空前绝后。他曾夸口要偷北京云居寺的佛舍利，五日后便捏出一颗亮晶晶的东西。他夸口能偷老佛爷的阴毛，几天后神不知鬼不晓地夹来一根丝毛。他夸口去盗杨贵妃的腰带，数日后捧来一根织细精致的玉带。他还曾戏谑地夸口要盗北京名妓赛金花的大红兜肚，又如愿以偿……

他想偷什么就偷什么，仿佛世界上没有他偷不来的东西。他没有武艺，但偷技和轻功却是上乘。他偷了五十二年，还没有露过破绽，沟沟坎坎虽多，却没栽过跟头。

他自称是济公转世，不管人们信与不信，他经常出没于杭州灵隐寺。

如今他乘“庚子之乱”，又在打慈禧、光绪的主意。他贪婪地盯上了光绪手中那个神秘的小盒子。

那真是一个不解之谜。

尹福早就知道有一个神偷手乔老爷，茶肆酒楼关于他的传闻甚多，却没有亲眼目睹过，想不到今生今世二人会在这里“坐井观天”。

“原来你就是乔老爷，听说你连骨头都是软软的。”尹福说着伸手去摸乔摘星。

“唉，还摸什么，恐怕是臀部骨折了。”乔老爷躲闪着。

“你是怎么进来的?”尹福问。

“千里马也有失蹄的时候，我只顾着跟踪皇家队伍，没想到掉到这个黑窟窿里，真是一失足成千古恨，我这是自投罗网。如今，没想到又来了你这个殉葬的。”乔摘星嘻嘻笑着。他是个乐天派，好像从来不知道“愁”字。

尹福道：“谁给谁殉葬还不知道呢。”

“没听说有先来后到吗?”乔摘星打趣地说。

尹福费力站了起来，使足气力往上一蹿，可是还差四五尺才能摸到洞口之沿。

乔摘星眉头一皱，计上心来，他缓缓倚壁站了起来，“你只要驮着我往上一跳，我就能扒到井沿。我先爬上去，再设法救你，那咱们两个就都可得救了。”

尹福吐吐舌头，道：“你想得倒美，你为什么不先驮我上去?”

乔摘星支支吾吾道：“谁不知道你功力强，要不然你怎么做了清宫大内高手的武术教头？而我，屁股又骨折了……”说着摸摸屁股。

“没听说有屁股骨折的。”阳光透进穴口，尹福看到了他那一张瘦瘦的老鼠脸，两只滴溜溜的小眼睛，满脸是皱纹疙瘩，颊边伸出几根老鼠须。他衣衫肮脏，散出汗的酸臭气。

“好，我先驮你上去。”尹福说着蹲下身，让乔摘星骑在他的脖子上。

“坐好了吗?”尹福问。

“万无一失。”乔摘星回答。

尹福猛地往上一跳，乔摘星趁势抓住了陷阱的两沿，一纵身，猴子般跃到地面。

尹福在下面大声叫道：“乔老爷，快找个树杈子拉我上去!”

陷阱口露出乔摘星那张老鼠脸儿，他两眼眯成一条缝，嘻嘻笑着说：“老尹头，地狱再会了，您老就蹲在这里变成一摊骨头吧。”

尹福听了又气又急，一扬手，一支飞镖飞了上去，乔摘星脸儿早没了。

一会儿，一块大石头沉重地压在了陷阱口上，穴内顿时漆黑一团。

尹福的心收紧了。

一会儿，远处传来一阵阵唤声：“尹教头，尹教头……”

这声音随着风忽远忽近，尹福听出是“鼻子李”李瑞东的声音，不禁喜出望外。他站了起来，使劲儿应道：“我——在——这儿——呢!”

可是那声音越飘越远，在山谷中回荡着。

尹福气恼地骂道：“真是聋子的耳朵——摆设，本来我能活八十多岁，如今看来只能活六十岁了。”

也不知过了多少时辰，尹福听到上面有踢踢踏踏的脚步声，并伴随着“呼哧呼哧”的喘气声。一会儿，有人似乎正坐在陷阱口的大石头上喘气。

尹福叫道："上面是哪位好汉，能否救救我？救人一命，胜造七级浮屠。"

可是上面悄无声息，连喘气声也消失了。

尹福又叫道："我已活了六十岁，死了倒不足惜，可是却要误许多大事。"

上面还是悄无声息，只有落叶簌簌地发抖。

尹福的心像从山崖落到峡谷，一点点下沉。

莫非遇到了野兽？是熊瞎子、野猪还是恶狼？

他绝望地瘫坐在冰凉的地上，地上湿漉漉的。

一会儿，他看到巨石被搬开，伸进一只长长的臂。那手上攥着一根粗树干，足有七八尺长，直落到地面。

而后那只长臂又不见了。

"好汉快留姓名！"尹福大声叫道，兴奋地站了起来。

四周重又悄无声息，穴口处可见明朗的天空，飘浮的白云。

尹福将树干倚着石壁，将双足蹬在树干上端，一纵身，成功了！他跃出了穴口，落到地面。走过这阴阳境的交界，他终于回到了阳界。

尹福望望四周，只有苍峦、树林、崎岖小径，哪里有一个人影。

这是什么人？救了我，为什么隐遁？尹福顾不上多想，奔向崎岖小径，去追皇家行列。

第三回　螃蟹马陈辞挽青天　鼻子李猜谜引杀手

行了一程，尹福见一个山坡上有两个年轻后生正在对弈。

只见那红脸后生每吃白脸后生一个子儿，就将拳头大的石棋子掐在三只手指上，只稍一用力，棋子就被碾成粉末儿。而白脸后生每吃对方一个子儿，就将石棋子撂在一旁，用中指一弹，石棋子即裂成数瓣儿，然后他将其放入嘴中，“嘎巴”几声，吞下肚去。他俩下着棋，那石块儿、石粉却堆了一地。

尹福寻思，在这荒郊野外、寂无人烟的崎岖小径，竟有两位衣冠楚楚的年轻人专心对弈，而且功力非凡，其必有来历，不可轻视。

尹福继续去追皇家行列，又跑了一程，没提防脚下被什么东西绊了一下，他随即一个“鹞子翻身”，稳稳立于地面。

一个矮矮的家伙笑眯眯地站了起来，憨声憨气地叫了一声：“师父，原来是你。”

尹福定睛一瞧，此人又粗又矮，衣背上几个破孔露出一团团带紫色的肉，腰间挂着一个大褡裢，沉甸甸的将裤带坠成了很弯很弯的弧线，红红的脸蛋上一笑就露出很圆的笑窝，活像个弥勒佛。原来是他的弟子马贵。

马贵是直隶涞水人，由于家里是开木料厂的，故人称“木马”，十八岁时便拜尹福为师，如今也在肃王府当护卫。他的螃蟹画得有名，江湖上又称他“螃蟹马”。

尹福闻到一股浓烈的酒气，问道：“你又喝酒了？”

马贵呵呵笑着，抹了抹嘴：“‘人生有酒须当醉，一滴何曾到九泉’，哪里有不喝酒的道理？”

“喝酒要误事的。”尹福一本正经地说。

"可我喝酒却办成了一件大事。"说着朝树丛中喊道："皇上，出来吧。"

光绪战战兢兢地从树丛里钻了出来，浑身是土，狼狈不堪。

"怎么回事儿？"尹福有些摸不着头脑。

马贵神气活现地说："形意门郭云深和车毅斋要在山西太谷比武，天下许多好汉都想去瞧瞧。这次比武都是因为郭云深的师父李洛能生前说的一句话。李老先生说，郭云深的武功不如车毅斋。郭云深听了不服，定于最近到车毅斋家中比武，这不是一件快活事吗？我也想去瞧瞧热闹。可路过这里，酒瘾又犯了，寻来寻去，寻到燕山大盗黑旋风的老巢，美美地喝了一顿，没想到正撞上黑旋风劫持光绪皇上。我想，师父护圣驾西去，丢了皇上，一定非常着急。于是我悄悄埋伏在树上，打算救皇上，没想到来了一个小妞把皇上救了。"

尹福问道："皇上又遇到救命恩人了？"

"哪里，那小姐口口声声要劫皇上去恒山，说要把他千刀万剐祭祖。真是一难未消，一灾又起。我乘那小姐与众匪混战之时，把皇上抢了出来，没想到走到这儿碰上了师父。"马贵得意地说着，唾沫星子乱溅，"幸亏遇上了师父，因为我已经迷路了。"

尹福道："马贵，你也跟着护驾吧，肃王府的几个护卫也在队伍里。"

"我才不去呢，这些王爷腐朽得连骨头都烂了！洋人大兵压境，他们却望风而逃。八国联军进北京时，我正在涞水老家，参加了家乡的义和团，一听说北京的义和团打败了，弟兄们也都散伙了，唉。"

马贵想了想，对光绪说："慈禧太后专权，国运艰难；皇上受掣，无力回天。何不趁慈禧远遁，返回京都，使权柄完璧归赵？"

光绪凄楚地说："我原也不想离京，可又一想，事情决非简单。兵权操在荣禄、袁世凯等人手中，我只不过是个光棍儿皇帝。"

马贵说："皇上索性与各国公使联络，在他们的支持下行使皇权。"

光绪摇摇头："我乃是中国皇帝，岂能依靠洋人自立？"

马贵听了，无言以对。他想了想，又说："干脆追上慈禧车仗，杀了这女人！皇帝在此，谁敢不服？"

光绪叹了口气，说："侠士此言差矣。自古忠孝为本，我如何行不忠不孝之事？再说国难当头，深宫又起内讧，只能对洋人有利。况且兵权操在太后手中，我若使人杀了太后，弄不好全国大乱，洋人乘机瓜分我国，国家四分五裂，我倒要背上千古罪人的枷锁了。再则车仗中后党势力强大，有李莲英、崔玉贵、秋千鹤一班奸人，也不好下手。"

尹福道："马贵，皇上深思远虑，可能考虑得更周全。"

马贵长叹一声，缓缓道："那就听万岁爷的吧，我告辞了，来日北京相见。"说着拜揖而别。

尹福也不强留，他深知这个比他小十三岁的弟子的性格。

尹福带着光绪在绝谷累石、崇墉峻壁的峡谷里往前追赶皇家行列。

走了一程，只见前面有七八十具兵丁的尸身。光绪一见这情景，唬得挪不开步了。尹福见了也觉纳闷。然而他也顾不上许多，索性背起光绪，趟着狼藉的尸首，大步朝前赶去。

正走间，猛听有人大喝："站住！"

尹福定睛一看，两旁路上跃出大批兵丁，为首的一个风流倜傥、文质彬彬，背后竖着一面大旗，上写一个"岑"字。

尹福见是大清的兵丁，喝道："皇上在此，还不快拜！"

为首的那个官员一听，往前走了几步，仔仔细细地打量了光绪一番，"扑通"一声滚下马来，拜伏在地，连连叩头道："甘肃藩司岑春煊在此迎候圣驾！"

光绪一听岑春煊到了，立刻滑下来，问道："你如何到此？"

岑春煊回答："臣正在张家口防务，以抵抗沙俄军队入侵，听说圣驾西幸，恐途中发生不测，特地率兵勤王。"

"你带了多少兵马来？"光绪又问。

"步兵三个营，每营四百多人；骑兵三个旗，每旗约二百人。"

"都到齐了？"

"正在由怀来至昌平之间的路上，一面堵击乱匪，一面赶来护驾。"

"可曾带足饷银？"

"由甘肃动身时，陶大人只发给饷银五万两。"

光绪顿了一顿，又问："你们见到老佛爷了吗？"

岑春煊回答："太后等人正在前面岔道一座庙里歇息，正在派人四处寻找圣上。"

岑春煊扶光绪上了他的战马，又让兵士牵了两匹马来，自己翻身上马，并示意让尹福骑上另外一匹马。

这时，远远地传来一声枪响，紧接着是一阵乱枪声。光绪吓得险些从马上栽下来。

岑春煊用手指着响枪的方向道："那是四乡里窜来的一股土匪，方才他们突袭了我带来的军队。"

岔道，破庙里。

火光微弱，慈禧愁眉苦脸地喝着一碗小米稀饭，瑾妃扯着湿乎乎的被子在烤火，隆裕望着黑粗瓷碗发怔。

李莲英蹲在一旁铺着门板，不敢言语。

连空气似乎都凝固了。

崔玉贵像个小孩子，连蹦带跳地窜进来，拍着手叫道："皇上找到了！身上没掉一根毛。"

慈禧听了，苦笑道："掉什么毛？如果掉毛，还不成了猴子了？"

隆裕手中的黑粗瓷碗"啪"的一声落在地上，摔成一堆碎块儿。

"好，碎碎（岁岁）平安！"李莲英的一双鹰眼烁烁生光。

瑾妃的心里好像沉下了一块石头，身子变得轻飘飘的，一会儿不能自持，斜倚在了地上。自从珍妃死后，光绪待她格外殷勤，可能是把她当成了珍妃的替身。

这时，光绪强打精神出现在了庙门口，慈禧热泪盈眶地迎了上去……

七月二十三日（阳历八月十七日），天色阴晦。行列一早离开了明永乐驻军处岔道，又朝京绥孔道所在的直隶怀来县逃去。

马玉昆带着神机营、虎神营的兵丁在前面开路。李莲英、崔玉贵、刚毅、庆王、礼王、端王、肃王、那王、澜公、泽公、定公等人驱马而行，随护在两宫车驾的前后左右，跬步不离。岑春煊得意洋洋地率领着一千多兵丁断后，尹福和李瑞东驱马在岑春煊之前缓行。

"鼻子李"李瑞东听尹福讲形意拳名家郭云深和车毅斋要在山西太谷比武，心里痒痒的。他知道这两位武林高手相斗，必是惊心动魄的精彩。而且天下高手云集太谷，内中肯定有不少旧友亲朋。李瑞东生性爱瞧热闹，好交朋友；他行侠仗义，乐善好施，家中常有不少食客，素有"小孟尝"之称。

李瑞东笑着说："尹爷，如果路上方便，咱们跟皇上告假，也到太谷瞧瞧热闹去。"

尹福白他一眼："你这辈子热闹还没瞧够吗？护卫皇上要紧，这是大事。皇上、太后要是不在了，全国还不知要乱到什么地步，洋人该看咱们的热闹了，咱们脑袋搬家了还不知怎么搬的！"

李瑞东道："这个郭云深也是个了不起的英雄，他是直隶深县东安庄村人，后移居马家庄，师承李洛能，在武林中素有‘崩拳大师不倒翁’之称。”

尹福叹道：“你可知道郭云深偷拳一事？当年神拳李洛能从山西太谷返回家乡直隶深县豆王庄，设场授徒。其时郭云深慕名向李先生求教，但李先生不喜郭云深性格激烈，好与人比试，不肯收他为徒。然郭云深心诚志坚，便在李家当零杂工，旁视崩拳一式，揣摩偷练了三年。李洛能见他学拳志坚，便收他为弟子。云深自得李师亲授之后，艰辛备尝，行走坐卧无不用功。在李师待客会友时，众徒皆偷闲，只有云深恭谨侍奉不离左右。当李师长谈时，云深便站定形意桩功立于身后聆听。李师出外访友骑着大青驴前行，云深便打着崩拳在后紧趋。星移斗转，李洛能到了晚年见云深出类拔萃，便将形意拳诀要领秘传给他。”

尹福见李瑞东听得入神，又接着说：“郭云深虽然身材矮小，但体格健壮，精力超人。光绪十一年，他曾因捕盗有功，被深县县令钱锡采引为上宾。以后，盗匪为了复仇，派了一个武功出众的刺客挟刀刺郭，但反被他夺刀所杀。按照条例，本应判处云深重刑，但钱县令爱他才华，判作误伤人命，投进大牢。在牢狱里，郭云深仍然苦练崩拳。因戴着脚镣，只能进一步，跟半步，于是云深为了随地而练之便，将李师所传的跨步崩拳，改为半步崩拳。白日，云深在狱牢练崩拳，到了晚上，则被钱县令偷偷放出来，让他教其子钱砚堂拳术。这样过了三年，正逢光绪帝婚典，大赦天下，云深才获自由。此时，他的半步崩拳绝技已练至登峰造极的境界。”

李瑞东叹道：“他真是一位奇人，听说他从直隶深县往东、南、西、北打，从未遇到对手，有‘半步崩拳打遍天下无敌手’之美称。”

尹福听了不悦，双眼望着苍翠的山峦。

李瑞东只顾自己说，猛见尹福一声不吭，急忙问：“尹爷，你怎么了？”

尹福还是不说一句话。

李瑞东为了打破眼前的尴尬处境，说道：“尹爷是不是倦了？咱们猜几个武术的歇后语吧。”

尹福哼起了小曲。

李瑞东晃悠着脑袋说：“太极拳的脾气——”

“软中有硬！”尹福抬高了嗓门。

“桌子底下打拳——”

“起手不高。”尹福像是从鼻子里哼出来的。

“门角里打拳——”李瑞东嘻嘻笑着，鼻子向上翻着。

“有劲儿使不出。”

“鸡窝里打拳呢?”

“小架势!”尹福随口答道。

“坟头上要大刀——”

“王五!”尹福漫不经心地答道。

“不对!”李瑞东哈哈大笑。

“要大刀的当然要数王子斌!”尹福大声辩解着。

李瑞东往前凑了凑:“我告诉你吧,是吓鬼!”

尹福听了,淡淡一笑,说:“我也让你猜几个武术家的人名谜。”

李瑞东笑道:“请讲!”

尹福想了想,说:“千金买一马——”

李瑞东将小辫儿一甩,答道:“伯乐。”

尹福摇摇头:“不对,伯乐是武术家吗?他会什么拳?”

李瑞东拍了拍后脑勺:“噢,是你徒弟‘螃蟹马’——马贵。”

尹福点点头,又说道:“凤凰掉在桂花塘里。”

李瑞东想了想,吐了吐舌头,说道;“这个还真有点儿难度哩,是江南大侠甘凤池!”

尹福笑了,接着又说:“张占魁家门口有三座山。”

李瑞东问:“就是天津武术家张占魁先生吗?”

尹福说:“我不是问你这个,你猜人名谜。”

李瑞东吐了一口气,道:“莫不是张三丰(峰)?”

尹福点了点头,又说:“文章满纸春秋累。”

李瑞东道:“这个可是文词,恐怕深不可测。”

尹福笑道:“你是书香门第,猜这句诗不费什么气力。”

李瑞东策马往前跑了几步,回头叫道:“通臂拳张策!”

话音未落,正见一个身材矮小的管带驰马狂奔而过,径直冲向第二辆皇家轿车。

尹福、李瑞东一见,慌忙举手发镖,那管带将身子一缩,把两腿夹在马肚子上,躲过了飞镖。

“有刺客!”李莲英一声大叫,护卫、兵丁纷纷拢来。

那管带骑马已到车前,扬手一刀,刺进车内。

“哎哟!”只听一声惨叫,皇家行列已乱成一团。

尹福、李瑞东此时已策马赶到那管带马前,那管带死死拽着马肚子,用两只脚轮番击打马屁股，驰马飞奔而去。

尹福和李瑞东的坐骑经过连日劳顿，已疲惫不堪，哪里有那匹马快。两人只有眼睁睁望着刺客向西逃去，一会儿，便隐没在山冈之后。

“糟糕，可能是皇上遇刺了！”李瑞东担忧地叫着，随尹福驱马奔向那第二辆轿车。

众人围定的第二辆轿车的轿帘一掀，有个鲜花般的姑娘笑盈盈地走了下来。她出奇的漂亮，白皙的鸭蛋脸上镶着一双水灵灵的大眼睛，长长的睫毛上能托四五根小木杆；穿着淡青色的绸子长旗袍，脚底下是普通的墨绿色缎鞋。

尹福认得这个女人，她是庆亲王的女儿四格格。

这时，光绪、慈禧、隆裕、瑾妃、缪素筠从第三辆轿车上走了下来。

光绪的眼睛像死羊眼一样，呆呆的。

慈禧阴险地笑着说：“到底是算不过老娘的手段。”

隆裕献殷勤地说：“还是亲爸爸福大命大造化大。”

尹福明白过来，原来慈禧使了掉包记，换乘了第三辆轿车。

四格格笑盈盈地从第二辆轿车上拖下一个草人，那草人的穿着与光绪一样，胸前中了深深的一刀。

慈禧走到四格格的身边，笑着拉着她的手问：“怎么，你没有事吧？”

四格格嫣然一笑：“我会缩骨法呗。”

皇家行列又开始蠕动在通往直隶怀来的路上。天，阴沉着脸，人们气短懒言，连蝉儿也不愿叫唤。

路上，李瑞东悄悄问尹福：“你说庆亲王的那个四丫头美不美？”

“谁看了谁爱，一掐一汪水，谁说不美呢？”尹福戏谑地瞥了李瑞东一眼，“怎么，教头惦记上了？”

“去你的！谁跟你开这个玩笑。我在想，如果说太后因为珍妃年轻貌美，留在北京城里一旦被洋人污辱，会丢了皇家的脸面。那么庆亲王的这个丫头比珍妃更年轻，出名的漂亮，如同金枝玉叶一般，为什么太后要拼着性命带她外逃呢？为什么就不能带着珍妃外逃呢？”

尹福压低了声音：“我敢说，太后是经过深思熟虑要除掉珍妃的。宫里的后妃，论聪明才智，有政治头脑的，哪个也比不上珍妃，将来她宠冠六宫，绝对无疑，只是与太后政见不合。老太后恐怕留下珍妃，终成祸患，因此必须置珍妃于死地，不然将来树叶落在树底下，后悔也就来不及了。我与珍妃曾谈过几次，发现她也不是省油的灯，也就是老太后压制她，她若得志，恐怕要赶上武则天的。”

李瑞东望了望光绪坐的第三辆轿车，叹息道：“唉，做了那么多年的皇帝，连自己唯一知心的女人都庇护不了，死了爱妃连问都不敢问一声，也真让人可怜了。过去唐朝诗人李商隐曾经讥讽唐明皇‘如何四纪为天子，不及卢家有莫愁’。唐明皇当了四十多年的皇帝，到后来被迫在马嵬坡让杨贵妃自缢身亡，还不如莫愁嫁到卢家能够白头偕老。听说当年珍妃刚到皇上身边时，备受恩宠，也曾经发出过这样的痴问：‘皇上这样对待我，不怕别人猜忌我吗？’皇上当时很自负地说：‘我是皇上，谁又能把你怎么样呢？’”

尹福接过来说：“皇上太单纯软弱，他整日待在宫里，什么也不知道，把一切都估计得那么简单。戊戌变法时也是一样，对政局不甚清楚，后来被袁世凯骗了，才恍然大悟。可怜只落得在这逃亡的路上用纸画个大乌龟，写上袁世凯的名字，粘在墙上，以筷子当箭，射上几箭，然后取下来剪碎了，以泄心中怨愤。”

李瑞东道：“我也见过这情景。”

尹福又说：“可怜珍妃在冷宫里忍辱等了三年，无非是‘但愿天家千万岁，此身何必恨长门’，谁想到刚刚二十五岁，青春妙龄，就被推入深井一命呜呼了。可怜，可叹！”

李瑞东望着四周，枯黄的山冈像一条死龙一样横卧在前面。天色阴沉，看不到一块晴空。穹苍好像不是被云层遮蔽着，而是蒙着一层半明半暗的烟雾。枯槁的大地之上，连那些树丛都消失了踪影。

他忽然问尹福：“尹爷，你说方才的刺客是什么人？”

尹福低头不语。

李瑞东说：“会不会是袁世凯派来的？”

尹福说：“也有可能。袁世凯在关键时刻出卖了皇上和维新党人，他深知皇上对他恨之入骨。一旦太后死在皇上前头，皇上能饶得了他吗？”

李瑞东说：“荣禄会不会派刺客来呢？”

尹福道：“荣禄当然也可能派刺客来。他是正白旗人，瓜尔佳氏；靠着能说会道、见风使舵爬上来。同治年间他花巨款买了个候补道员衔，不久入神机营当了翼长，以后又当上副都统。光绪四年任工部尚书，后因纳贿被罢官。他依靠恭亲王奕䜣和李莲英当上步军统领，会办军务。他把妻子弄到宫中，成为太后跟前儿的红人，故此对宫中的事了如指掌。不久他爬上兵部尚书、总理各国事务大臣的宝座。他深知太后与光绪的政见不一，便死心塌地站在太后一边，反对维新变法，后又在镇压戊戌变法中立下大功，成为后党中的中坚人物，兵权在握，不可一世。他与皇上处处作对，一旦太后驾崩，皇上能给他好果子吃吗？”

李瑞东道：“这么说，那刺客也可能是荣禄派来的了。”

尹福将马的速度放慢了一些，缓缓说道：“目前袁世凯在山东当巡抚，镇压义和拳众。荣禄作为北京与皇家行列通风报信的信使，奉太后之命，肩负与洋人议和的使命，对行列的行踪了如指掌，他若派刺客行刺皇上，岂不是更便利吗？”

李瑞东听了，咂吧咂吧嘴，道：“这么说，这一路上真是山高水深、林密云叠了，不可轻视。”

尹福沉吟半晌道：“可是据我推测，方才那刺客既不是袁世凯派来的，也不是荣禄派来的。”

“那么是谁派来的呢？”李瑞东性急地问。

“很可能就是那个‘臂圣’张策！”尹福回答。

“你有什么根据？”

“方才我们聊天猜谜时，提到张策的名字，那刺客恰恰经过我们身边听到了，他为什么如此惊慌，拍马冲向第二辆轿车……”尹福似在回答李瑞东的提问，又似在自言自语。

尹福继续说道：“我虽然与张策没有什么来往，但观他身形很像是通臂门的架势。”

李瑞东迷惑地问：“那他为什么对皇上如此仇恨呢？”

尹福道：“八国联军入侵北京，烧杀抢掠，无恶不作；皇上却弃城逃跑，哪个武术家不火？可又有哪个武术家知道其中的委曲？不是皇上弃城而逃，而是身不由己啊！”

这时，李莲英驱马走了过来，“尹爷、李爷，你们聊什么这么热乎？”

尹福顺水推舟地说：“我们在聊香河武术家张策。”

“好，那就给我讲讲张策的轶事，让咱也开开眼。”

尹福道：“张策经常救济穷人。据说有一年冬天，徒弟们见他只穿一件破旧的棉袄，便纷纷买来皮袄孝敬老师，前后共买了十三件皮袄。可是到过年的时候，徒弟们到他家里拜年，看到老师仍然穿着那件破棉袄，一问才知道，张策把那十三件皮袄都送给了村里的穷人。”

李莲英不以为然地说：“这都是‘聊斋’，北京人说是侃大山。俗话说，人为财死，鸟为食亡。天底下哪里有这号人？再换一个武打的故事。”

尹福又说：“张策对徒弟要求很严，他教导徒弟要以容、忍、让为怀，轻易不出手伤人，要保存人家的面子。他在家乡教拳时，香河城北岗子村有一个姓李的拳师，人称李三爷。那李三爷善于刀术，常与张策较量刀术，每次都以张策的失败而告终。这种较量长达三年之久。最后张策在去北京前，把李三爷叫到一个僻静处，再一次较量，一出手便把李三爷拨出数丈之外。李三爷十分纳闷，回家后苦思了一昼夜，不得其解。第二天再去见张策，张策已在头一天到北京去了。李三爷猛然省悟，张策原来是让我三分，保全我的面子啊！”

李莲英叹道：“这真是真人不露面，露面非真人。尹爷，再给咱说一段儿，挺过瘾。”

“张策的功夫深不可测，常一发劲、一动气，就可以把人甩到老远。他教人练武十分严格，每次只教一个小把式，让你自己去揣摩、练习。有一次，张策与弟子康国良一起回自己家，他让康国良骑驴子，自己步行。等康国良骑着毛驴跑过二十里地回到张策家中，张策早就安坐在自家的太师椅上了。还有一次，张策正在看书，康国良溜到桌边，偷偷看师父看的是什么书。张策手一抬，康国良就被弹到屋顶上，头撞了一个大包。”

李莲英正听得入神，忽见尹福不说了，催促道：“尹爷，你再说一段儿长的。”

“有一年张策闲居在家，京东八县的武友常来拜访，与他论武盘道。偶尔也有不知深浅的人到张策门前叫阵过招，想压倒他。这年三九天，武清县的武把子王老道来到张策门前，跳着脚叫阵，要与张策比个高低。张策好言相劝，自愿认输，可是王老道不依不饶，非得过招不可。张策只得一抱拳，王老道二话没说，迈着八字步随他进了屋。张策撂下门帘，拉过一把椅子，递到王老道跟前，说：‘请坐。’王老道一扶椅子，轻飘飘的，再一看，原来这椅子是秫秸秆插的架子，窗户纸糊的面儿，不要说坐，就是屁股沾一下也得散了架。这王老道也非等闲之辈，暗暗运起气功，慢慢坐在这把纸糊的椅子上，嘿，椅子居然没趴架。王老道冷笑一声，说：‘张策，就这一把椅子，您坐哪儿呀？’张策上前拉起王老道，说：‘是啊，一把椅子咋坐两人呀！我看，谁也甭坐了。’说着，脚尖轻轻往上一抬，只见那把椅子拔地飞起，箭头似的扎进顶棚，无影无踪了。张策又拿来两把木椅，让王老道坐下，说：‘您远道而来，先喝碗水暖和暖和。’说着，从火炉上提起大铁壶，倒了一碗滚开的水，递给王老道。王老道接过开水碗，先运气，后张嘴，咕噜咕噜一口气喝了下去。然后一抹嘴，递过空碗说：‘再来一碗。’张策壶不离手，赶忙又斟上一碗，王老道一仰脖子，又灌了下去。第二碗下肚，王老道脑门上挂满了黄豆粒子大的汗珠，出气也不匀净了。张策端着壶，又要倒第三碗，王老道连连作揖，说什么也不让倒了。张策也不强让，举起开水壶，壶嘴对人嘴，‘咕嘟咕嘟’，一口气将剩下的大半壶开水喝进肚里。”

李莲英赞道：“真是条硬汉子，这肠啊肝啊肺啊的，还不给烫熟了！”

李瑞东在一旁插嘴道：“人家会气功，怕什么！”

尹福又说下去：“张策一声不响，摘下墙上挂着的破棉袄，穿在身上，扣紧疙瘩绊，还直嚷嚷天冷，围在火炉旁烤火。再一瞧王老道，热火烧心，浑身冒虚汗，脱下皮袄当蒲扇，呼呼地扇着。张策烤了一阵，见王老道还没降下温来，便站起来说：‘走，我给您找个地方凉快凉快。’张策拉王老道出了屋，拐进西厢房，一挑门帘，王老道顿时觉得凉飕飕的。进去一看，原来是一间冰房子，墙上挂着冰凌子，地上铺着冰块儿。张策对王老道一作揖：‘您就躺在这冰上凉快凉快吧。’王老道暗暗运气，裹紧皮袄，侧着身子躺在冰块儿上。再一看张策，甩掉棉袄，脱下棉裤，光着身子躺在冰块儿上。一会儿的工夫，张策的身边就冒起热气，冰块儿眼瞅着融化，他的身子慢慢下沉。一会儿，只听张策在冰里说：‘真痛快，真痛快！我看您也脱光了痛快痛快吧。’王老道这时已冻得腮帮子都麻木了，他结结巴巴地说：‘我穿着衣服都快冻挺了，我算服您了！’”

李莲英听着听着，只觉得浑身凉飕飕的，他吐了吐舌头说：“我听着浑身都起鸡皮疙瘩了。不行，我得遛遛马，活动活动，不然，一会儿要感冒了。”说着仰着脖子连打了几个喷嚏，驱马往前去了。

李瑞东擦了擦脸，生气地说：“喷了我一脸羊粪沫。”

尹福道：“瑞东，我再说一个张策略施千斤坠的故事。张策的故事越传越远，有几个青年武把式听说了不服气，几个人一起来找张策。走进张策的院里，他们见到一个人，身穿土黄布肥腿裤子和补丁摞补丁的上衣，腰扎褪了色的布褡裢，双手背在后面，手指耍弄着一根铁杆铜头的大烟袋，在院子里闲溜达。一个年轻人问：‘你可知道这里住着东方大侠？’那人回答：‘我就是，东方大侠是误传，我叫张策。’张策的徒弟韩占鳌等人听到有人进院子了，蜂拥而出。韩占鳌把随身带来的一把椅子放在张策身后，张策也不客气，坐下了。那几个青年表示要见试一下张策的功夫。张策说：‘我也没有什么真功夫，你们一齐上来如果拉得动我，就算我输了。’那几个青年刷地上前，有拽张策胳膊的，有拉张策腿的，可是张策纹丝不动。几个青年累得气喘吁吁，只得罢了手。只听张策对徒弟韩占鳌说：‘占鳌，拿一双鞋来！’几个青年低头一看，张策的两只鞋底粉碎，脚下的砖也成了粉末儿，四只椅子腿陷入砖里竟有一指多深。被张策的千斤坠镇服了的几个年轻武把式回去一说，这事越传越广。这天傍晚，又有几个僧人来找张策，要看看张策的功夫。张策没办法，只得叫徒弟们找来十几根丈余长的白蜡杆，杆头沾上白粉，发给每个僧人一根，然后说：‘我赤手空拳在屋里，吹灭所有的灯，你们在屋外从窗、门往屋里进杆，起止由我徒弟韩占鳌发号，看你们能给我打成啥样！’几个僧人来到屋外，分别守住几个门窗。张策站在屋子中央，韩占鳌吹灭最后一盏灯后，一步窜出，同时喊了一声：‘开始。’十几根白蜡杆飞舞，‘噼啪’作响，一阵猛攻。过了有一袋烟的工夫，韩占鳌喊一声停，众人进屋点了灯，竟没有发现张策。几个人正在纳闷，张策在头顶叫道：‘我在这儿呢！’众人抬头一看，原来张策纵身腾空抠破顶棚纸，两手攥住了秫秸秆，施展轻功，身子弯成弓形，脚尖也反勾着秫秸秆，背贴顶棚面，躲过了云集进攻的蜡杆。此时，张策像猫一样轻落下来，张开双臂，原地转了几个圈儿。众人一瞧，他身上一个白点儿也没有。”

李瑞东道：“平时听说过张策的逸闻逸事，可是他来无影，去无踪，踪迹遍及齐鲁关外，总在这北方圈子边缘上行侠仗义，只恨无缘相见。”

尹福笑道：“你这小孟尝如果要有这样的食客就好了。”

李瑞东道：“如果这儿番真是张策前来行刺，恐怕只有不打不成交了。”

尹福道：“如果真是张策到了，我倒要以国家大利大义来说服他。”

李瑞东陷入沉思，“未必能奏效。”他想，有的人一旦入了路子，要想改变绝非易事。

尹福见李瑞东心事重重，转换话题说：“你听，这里多安静，比起北京城来真是静多了。”

李瑞东笑着说：“北京城里的叫卖声甭提多迷人了，那成千上万个胡同里，从早到晚，叫卖声不绝于耳。清早最先出现的是卖菜的人，他们一条扁担，两副箩筐。箩筐上边的各种青菜洗得干干净净，再洒上一些水，显得新鲜诱人。他们把挑子一放，右手扶耳，开始吆喝：‘茄子来黄瓜呃——夹扁豆，还有点儿辣青椒呃——’到了上午，卖冰棍儿的人出现在胡同里，他们背着一个白方木箱子，把冰棍儿裹在棉被里，边走边吆喝：‘冰棍儿——败火，败火的冰棍儿嘞——拉稀别找我。’”

尹福笑道：“哪里有吆喝‘拉稀别找我’的，还不把要买冰棍儿的人都吓跑了。”

李瑞东憨憨地笑着：“那后来一句是我加的，我是实打实地吆喝。”

“没听说这么做生意的。”

李瑞东又眉飞色舞地说下去：“临近吃午饭的时候，卖驴肉的人开始吆喝：‘驴肉——肥，肥——驴肉。’”

尹福听着，涎水流了下来，他喃喃自语：“要是有块驴肉就美了，几天没沾荤的了。”

“你是不是又惦记上这几匹马了，想吃马肉了？”

尹福苦笑着说：“我只不过是说说而已。”

李瑞东接着说：“午觉过后，口干舌燥之时，在胡同口或大槐树底下摆摊设点的人又吆喝了：‘冰激凌来雪花酪，好吃多给拉拉公道！’唱到此时，他会忽然指着围观者说：‘叫你尝来你就尝，桂花白糖就往里边扬！叫你喝来你就喝，白糖桂花就往里边搁！’临近吃晚饭之时，卖猪头肉的人便会出现，他们背着一个大圆木箱，一手扶着木箱，一手扶着耳朵，仰起头来高叫一声：‘呃——猪头肉嘞——！’一到晚上，卖萝卜的人单臂背着一个圆箩筐，绿白相间的萝卜洗好放在筐里，筐边上插着一把长刀。他们吆喝道：‘萝卜来赛过梨呃，辣了换呐——！’夜深人静以后，慢慢走来的是卖硬面饽饽的人。他们背着箩筐，提着马灯，不紧不慢地吆喝：‘硬面儿——饽饽！硬面儿——饽饽！’”

尹福咂吧咂吧嘴说：“不要说来个硬面饽饽，就是现在来块儿窝头也解馋呀！”

李瑞东道：“算了，算了，不吆喝了，一吆喝，你就想真的！”

尹福扯过李瑞东的脖领子，说：“你瞧你，脖领子都被口水浸透了，还说我呢！”

李瑞东低头一瞧，可不是，脖领子湿湿的，淹着脖子，不知什么时候，涎水顺着腮帮子缝淌下来的。

“你们这是开什么玩笑呀，乐得这么开心？”一阵风吹过，岑春煊骑着马晃悠悠走了来。

尹福和李瑞东不喜欢这个人。岑春煊的发迹，确是官场中一件令人啼笑皆非的奇遇故事。他不过是举人出身，后来竟官至总督，名闻遐迩，虽没有什么才学，但有其所能。他能酒，酒量足以顶四个能喝酒的人。他能侃，高谈阔论，无关大雅，但使满座春风。他能诗，虽没有太白之才，却歌风吟月十分拿手。他在光绪十八年由广西西林原籍迁到北京，世袭光禄寺少卿，次年转任太仆寺少卿职位。他一得空便逛南北戏班子，一有钱就嫖烟花佳人。对于女人，评头品足，论腰议臀，他有独到卓见。他是风月场中的文武全才，逛窑子、捧戏子、串格格、玩儿相公，他算是老前辈了。以后，岑春煊又当上甘肃藩司。此次发兵勤王，他火急火燎带兵赶到昌平，亲自为太后护驾。他大概属于那种有机遇的人，也属于那种能够抓住机遇的人。

尹福和李瑞东搪塞了岑春煊一阵儿，岑春煊见没有什么趣味，只得独自驱马前去。

李瑞东忽地想起一事，问尹福："尹爷，方才我讲到郭云深的故事，你为何闷闷不乐？"

尹福缓缓道："你说郭云深往北打，打遍天下无敌手，只知其一，不知其二。郭云深当年从深县出发，一路往北打，一直打到北京，连打了我的两个师弟，为的是引出我师父董海川，想与我师父较量。可是我师父一直没有找他。郭云深当时在客店里可沉不住气了，他几次到肃王府找我师父，门房都说我师父出去了。郭云深知道我师父是有意回避他，更坚定了一定要找到我师父，只要打败我师父，就是把全中国最有名望的武术家打败了，那么他就可以当之无愧地自称所向无敌了。这天晚上，郭云深正在客店里读书，忽听屋外竹门帘被'啪啪啪'敲了三下。他立刻走了出去，一看四周无人，不禁心生疑惑。回到屋里，不由大吃一惊，只见屋内桌上放着一个纸条，上面写着'董海川回拜'五个秀丽小字，墨汁未干，墨香犹在。郭云深不由得暗自慨叹道：'真是奇人，我只是出屋这工夫，董海川就从窗外跳进来，写了这几个字，又跳窗而出，我竟连他的人影也没能看到。这是多么神奇的功力，真是天外有天，楼外有楼啊！董海川不与我亲自交手，使我十余年的南征北战没有败绩，从而保住我的"半步崩拳打遍天下"的美誉，他真是位武圣人啊！'他想到这里，激动地来到院内，跪拜在地上，朝着溶溶明月，拜道：'董先生，您的心思，我郭云深领了！'"

李瑞东听了，赞叹道："董先师真是一位道德高尚、修养精深的武术大师啊！"

第三辆轿车内，岑春煊正与慈禧、隆裕、瑾妃等人聊得热闹，光绪则心事重重地拿着那个小盒子出神。

瑾妃道："岑先生，你再吟一首宫里养蝈蝈的诗。"

岑春煊晃着脑袋想了想，吟道："锦襦深处似春温，怀里金铃响得匀。争说曾逢西母笑，朝来跪进洗头盆。"

隆裕道："吟个宫里煮咖啡的。"

岑春煊色迷迷地望着皇后，吟道："龙团凤饼斗芳菲，底事春荣进御稀。才罢经筵纾宿食，机炉小火煮咖啡。"

慈禧笑道："一说起咖啡，我就口渴了，你吟个大戏台吧。"

岑春煊见太后高兴，有点得意忘形，又吟道："烟火神奇切未排，日长用此慰慈怀。宫中百色惊妖露，疑有红莲圣母来。”

缪素筠道：“老佛爷让岑先生吟大戏台，是不是又想看戏了？”

岑春煊手舞足蹈道：“你们瞧，我演‘白蛇传’中的许仙像不像？”

慈禧正色道：“岑春煊，这里尽是女人，你别手舞足蹈的。你演许仙，我叫法海把你压在雷峰塔下，看你还思春不？”

岑春煊连声说：“不敢，不敢！”

缪素筠道：“你再吟一首抖空竹吧。”

岑春煊吟道：“上元值宴玉熙宫，歌舞朝朝乐事同。妃子自矜身手好，亲来阶下抖空竹。”

“来一首放风筝。”瑾妃说。

“花朝才过又清明，天际游丝漾午晴。惆怅翠华临别苑，玉阶独立数风筝。”

“来一首养金鱼。”隆裕提议。

“金鱼池畔水淙淙，选就头鱼贮碧缸。准备内宫供进御，春来掉尾自成双。”

“吟一首养鹦鹉。”瑾妃道。

“宣武坊前雀市停，嬉春无事阅禽经。翻嫌鹦鹉能饶舌，乞取金钱买百灵。”

“再来一首养蟋蟀。”瑾妃又道。

“宣窑厂盒戗金红，方翅梅花选配工。每值御门归殿晚，便邀女伴斗秋虫。”

“来一首福海龙舟吧，别老是养什么了。”慈禧眯缝着眼，似是在打盹儿。

岑春煊清了清喉咙道：“画船箫鼓岸歌声，竞渡波间作队形。夹岸旌旗红照水，衣香人影不分明。”

“你这小子还真是才思敏捷，一肚子鬼学问。”慈禧满意地用手指头戳了一下岑春煊的脑门儿。

岑春煊有些受宠若惊，忙不迭地说：“不敢当，不敢当，承蒙老佛爷夸奖！”

慈禧猛地想起一事，掀开轿帘，朝外叫道：“小李子！”

李莲英策马而来，应道：“喳！老佛爷有什么吩咐？”

“你去叫尹福来。”

“喳！”

尹福听说慈禧找他，不知发生了什么事，急忙驱马来到第三辆轿车前。

慈禧探出头来，对尹福说：“前面一站就是直隶怀来县，你先去打探打探，瞧瞧有什么破绽没有。”

尹福领命，与李瑞东作别，骑了那匹枣红马，朝怀来县城驰去。

傍晚时分，他驰马进了怀来县城，只见城里冷冷清清，红巾、黄布扔得遍地皆是。街上许多客店早早关了门，行人极少。

尹福不便先到县衙门去找县令，他想寻个客店住下先打探一下虚实。

正巧十字路口东北有家客店开着门，一股股包子的肉香传出来。他将马拴到那家客店门前的树下，走了进去。

“客官，您在这儿住吧，里面屋暖炕热。”店主是个跛子，约有四十多岁，满脸笑容。

尹福点点头，随他来到后面。

“那匹马是您的吗？”店主问。

“是。”尹福心不在焉地打量着这几间破旧不堪的客房。

“我给您牵进来。这年头兵荒马乱的，一到晚上，街上少不了有饥民、土匪，巴不得弄匹马宰了吃马肉呢！”店主说着去了门口，牵了尹福的马穿过庭院来到后面，把马拴在拴马桩上。

尹福随店主进了一个房间，屋内一截土炕，一条脏乎乎的被子，此外空空如也。

“唉，人都走光了，东西也被抢光了。前一阵闹了义和团、红灯照，杀富济贫，闹得挺热闹，连县太爷吴永大人也热情款待他们。义和团进了北京城，红火了一阵子，被洋人打败了，逃的逃，散的散，从北京败下来的官军见到扎黄头巾、红头巾的人就杀。人人都说，洋人就要打到这里来了，哪一个还敢在这里？我是没法子，家里有年过古稀的老母，人以孝为先呀！我这腿脚又不好使唤。反正枪子儿打在脑袋上落下碗大的疤，我活到这个份儿上，也算值了，什么阵势也见过，什么事也干过，也就这样了。”

“县令还在吗？”

“在。吴大人是个好心肠，他非但没走，他的亲戚也投到他这里来了，一大家人都挤在衙门里。听人说，如果洋人打到这里，他们要集体自尽呢！自尽？我才不干这傻事，我他妈杀一个够本儿，杀两个赚一个，杀三个赚一双！我自尽了，那才窝囊呢！”店主说着走了出去，一会儿，端了一盘热气腾腾的包子进来。

“吃吧，客官，这点儿面还是偷偷埋在地窖里的，是驴肉馅的。猪都杀光了，没有肉，只好把我家的叫驴杀了，也省得被那些饿疯了的兵抢走。”

这时，前面有人招呼：“店里有人吗？”

“有人，人还没死绝呢！”店主应着，出了屋子。

进来一个身穿红衣红裤，身披红色斗篷的女人，她的脸上也包着红巾，只露出一双迷人的大眼睛。

“唉，什么年头了，你还裹着红巾，洋人看见了，还以为你是红灯照，还不一枪崩了你？官兵看见了还不一刀挑了你？”店主一瘸一拐地帮她牵过马，埋怨道。

那女人爆发出一阵笑声：“我不怕洋人，官兵更不怕！”她的笑声凄凉阴森。尹福知道，来者不善。

店主把她领进西厢一个房间，尹福凑过去，只听见店主道：“这么热的天，你还用红巾掩着脸，也不怕长痱子？”

“我怕见人。”那女人笑得更响了。

尹福抽身回屋，这时又听前面有人唤道：“店家，我要住宿。”

尹福听这声音有些熟悉，于是趴到窗前往外看。只见店主引了一个贼眉鼠眼的家伙走进后院，那家伙一身腌臜，满脸灰尘。尹福一见，气不打一处来。

此人正是“钻天飞鼠”神偷乔摘星。

原来他也到了这里。

店主将他引进与尹福相邻的一间客房。

尹福想：我不能打草惊蛇，要伺机而动。

晚上，尹福躺在炕上翻来覆去睡不稳。

那个红衣女子来历不明，行动蹊跷。

这乔老爷一路跟踪到此处，他葫芦里卖的是什么药？

尹福愈想愈不对头，于是下了炕，悄悄溜了出来。他来到乔摘星门前，听了听，毫无动静；顺着窗户一瞧，炕上无人，乔摘星不知到哪里去了。

他又来到那红衣女子房前，往里一瞧，那红衣女子也不知去向。

尹福更觉事有跷蹊，转身正要回屋，忽见南厢客房隐隐有烛光。他摸了过去，从窗外往里一瞧，只见有两个年轻后生正在叙话。那两人正是路上所见的那两个对弈的年轻人，一个红脸后生，一个是白脸后生。

但听那红脸后生侃侃而谈：“姬际可是形意门的始祖，他是山西蒲州诸冯里尊村人，生于明朝万历年间，死于康熙初年，享年八十岁。姬大师少年时在家塾里学文习武，他刻苦用功而且聪明过人。据传，一次月夜，他在村西河滩练武，来了一个老者，他观看了姬大师的拳术后说，你练得还不错，只是眼睛还不够亮，你到池子里洗洗就好了。姬大师去洗眼睛，回来时老人却不见了。从此以后，姬大师练拳，手眼身法步浑然一体。他练大枪术，造诣独精，常骑马去村里巷道上，用大枪端头去点刺屋檐下外露的椽木，无一漏过。姬大师有强烈的反清复明思想，他出走解县，朝关帝庙，往东南越中条山经平陆去河南。他骑马越过中条山时，不慎失蹄，翻下深涧。他凭多年功夫，手攀悬崖绝壁，又爬上了小路。到河南后，他听说各地反清志士云集少林寺，于是来到少林寺。在少林寺，他深入研习少林虎、龙、豹、蛇、鹤五拳。一天，他在寺内读书，忽见两鸡相斗，遂悟其理，何不根据各种动物之长独创新意？于是创立了心意六合拳。姬大师居住少林寺十年，眼看反清复明已成泡影，便离寺归里，教授子孙，他的后人称形意拳为际可拳。他死后，人们为他塑一石像，须发皆白，身穿浅蓝色明代服装，安详地坐在彩绘木墩上。像旁有后人书写的对联。左联是：创业本艰难要留好样于子孙；右联是：守成非容易不可负愧于祖宗。”说到这里，红脸后生呷了一口茶，对白脸后生说：“现在该你介绍一位大师了。”

白脸后生笑道：“我来说一说三皇炮捶大师宋迈伦！他是直隶冀县赵家庄人，生于嘉庆十四年，死于光绪十八年，享年八十四岁。他出生于以武道相传的世家，其父宋奇策是大学士，生有四子，宋迈伦为长子。他的伯父宋奇斌是武庠生，堂伯父宋奇彪是武举人，人称‘铁胳膊’。宋迈伦九岁学艺，练习弓、刀、箭、马、步、石等，由于勤奋用功，二十岁便中了武秀才。而后宋大师四处求教，广拜名师，云游天下，历览名山大川，寻访奇才异能之士。一日，宋大师登四川峨眉山，巧遇乔龄真人乔鹤龄。乔先生是三皇炮捶著名大师乔三秀之后，掌握三皇门绝艺和赵子龙枪术。二人见面立谈一昼夜毫无倦意。乔先生赞叹说：‘我游遍全国未能传吾术，今得奇人也！’宋大师见乔先生相貌古怪，双目炯炯如灯，行走如飞，谈吐文雅，想他必是身怀绝技之人，当即拜乔鹤龄为师，专习三皇炮捶拳和枪术。宋大师从乔先生学艺数年，与他同期学艺者还有于连登、张文彩、王双奎等人。乔先生晚年病卧床榻，宋大师侍奉殷勤周到，言行必从，师徒情如父子。乔先生去世后，宋大师闭门谢客，三年苦练，深研拳理，集各家之长，终于创造出三皇炮捶拳独特的技法‘夫子三拱手’。宋大师又在赵子龙枪术的基础上，将杨业、罗成、戚继光三家枪法精华与之熔为一炉，创造出子龙三十六点大枪法。道光二十五年，宋大师胸怀壮志，进北京投靠皇家神机营，准备报效国家。皇家神机营是皇宫的护卫营，由老七王管辖，营中武林高手云集，有著名教头两千余人。宋大师与众教头比武，大获全胜。老七王看了连连称赞：‘神拳也！’遂赐予宋大师五品蓝翎顶戴。‘神拳宋迈伦’的称号由此传开。宋大师在京与八卦掌董海川大师相识，二人相见恨晚，遂结为挚友。二人曾在宴会上用筷子比武，董师说：‘着打！’宋大师说：‘打不着！’随即两人的筷子碰得齐断，二人大笑，互称绝艺。宋大师在京师目睹清政府日益腐败，想自己虽有报国之心，却不得志，救国无望，遂灰志功名，专心教授武艺，并亲手创办了北京会友镖局，由弟子孙德运、张殿华，侄子宋彩臣主持营业。他还在家乡码头李村创办了南会友镖局，由弟子袁长顺、卢玉普主持营业。后来，宋迈伦的师弟于连登的儿子于鉴来京找宋迈伦谋生，又将于门三皇炮捶带到北京。光绪十八年，宋大师故于直隶冀县赵家庄。此外，宋大师灰志功名后，以琴酒书画来遣情，对竹兰梅菊的写意画造诣极深，笔法苍劲，栩栩如生，大有武人之风度。”

红脸汉子说：“又该我来谈了。我说一说杨氏太极拳的始祖杨露禅，他是直隶广平府南关人，生于嘉庆四年，死于同治十一年。他年轻时在城内西大街粮店当差。一天，有一个恶霸来到邻街太和堂药铺寻衅，而掌柜一举手，那个恶霸便跌至街心。杨露禅看了惊奇不已，便向掌柜请教。掌柜告诉他是在河南陈家沟所学的太极拳。于是，杨露禅来到河南陈家沟。可是陈家沟有个规矩，太极拳只传陈家直系子孙，不传外人。杨露禅只得装哑在陈长兴家当长工偷拳，三年后被陈家发觉，陈长兴为之感动，便正式收他为徒。杨露禅学艺期满，便回原籍授拳。他将所学陈氏拳架，不断革新，定型为杨氏太极拳。当时北京西城有个富豪姓张，因庄宅如城，人称小府张宅。张某爱武，家有镖师三十余人。他听说杨露禅的绝技，便托好友武禄青前往直隶广平府聘请杨露禅。杨大师到北京后，张某见他瘦小如柴，身不及五尺高，面目忠厚，身穿布衣，觉得他不够理想，于是待他十分冷淡。张某对他说：‘常闻武哥谈及先生盛名，不知太极拳能打人吗?’杨露禅回答说：‘有三种人不易打：铜铸的、铁打的、木做的，此外都可以打。’于是张某命令手下一能力举五百斤的教头刘某与杨露禅比武。刘某来势凶猛，拳头呼呼生风，杨露禅以右手引其落空，以左手轻轻一拍，刘某便跌出三丈之外。张某见此情景，拍手笑道：‘先生真乃神技也!’于是待他为上宾，留在家中授拳。咸丰五年，杨大师到旗营充当武术教习，收了万春、凌山、吴全佑三个弟子。同治五年，他又应聘到端王载漪府教拳。”

白脸汉子问道：“就是如今的端王吗?”

红脸汉子点点头：“正是，载漪是惇亲王奕誴的次子，自幼好武，在统领神机营时显示了才干，受到太后重视，想把他培养成掌握兵权的心腹贵族。由于载漪之父奕誴仍然健在，一个王府又不能同时册封两个王爵，适值端怀亲王之子瑞敏郡王奕志死后没有后代，太后便降旨将载漪过继给瑞敏郡王为子，晋封为瑞郡王。而太后在写旨时把瑞字误写成端字，只好将错就错，瑞郡王成了端郡王。”

白脸汉子呵呵笑道：“这个端郡王就要到了。”

尹福一听，吃了一惊。

只听那白脸汉子又说："慈禧那老贼和光绪小儿也快到了。"

红脸汉子劝道："此乃是非之地，不要说出真机。"

白脸汉子不以为然地说："不碍事，这个小小客店难道还有皇党的人？"

红脸汉子说："出门在外，还是谨慎为好。我知道杨露禅有三子，长子杨凤侯早亡。次子杨班侯性刚急躁，好与人斗，数折强梁，技艺尤精。当时有一人号称'万斤力'，自言曾打七省擂台，未遇敌手，能以双手搓石成粉。他要与杨班侯在西四牌楼比武。'万斤力'身材魁梧，一望便知力大无穷，而杨班侯颀长瘦削，状若无能。比武处有一块巨大石碑，高一丈六尺，宽四尺，厚二尺。杨班侯如约来到比武处，二人对阵，'万斤力'先发功，举拳怒击；杨班侯闪过，拳中碑石，立刻粉碎，观者喝彩，以为杨班侯必败。等到'万斤力'再进一步，杨班侯一声大喝，举起双手向上一分，'万斤力'已摔出数丈之外。杨班侯在掌声中策马扬长而去。杨班侯善使白蜡杆，杆头所至，举重若轻。一天，村里失火，蔓延芦堆，乡人一时束手无策。杨班侯持杆招呼乡亲散开，自己一人挥杆挑芦，投掷入河，瞬息火灭。"

白脸汉子说："杨班侯的弟弟杨健侯就是我们师父的师父……"

红脸汉子急忙用手掩他的嘴，说："天机不可泄漏，只恐招引祸患。"

白脸汉子脸一红，岔开道："我来说一说形意门大师李洛能，他是郭云深和车毅斋的师父，是形意拳第四代传人，师承山西祁县戴龙邦。李洛能大师自幼喜武，三十岁时在山西太谷、祁县一带经商，时闻祁县有个戴龙邦精于形意拳，便前去拜访。见面之后，戴龙邦见他尚有英武之气，便收他为徒。李洛能受教之后，专心致志，昼夜苦练，然两年之久仅学一形和半趟连环拳。是年，戴龙邦之母八十寿辰，李洛能前往拜寿。祝寿宾客除亲友之外都是戴龙邦的弟子，拜寿之后在寿堂演练武术，各将所学演练一番，只有李洛能只练拳半趟。戴龙邦的母亲性喜拳术，对拳术道理及练法非常清楚，她见到这种情景，便问李洛能：'为何只练半趟拳？'李洛能回答说：'仅学至此。'当时戴母对戴龙邦说：'此人学武已有两年，所教甚少。此人看来是忠诚朴实之人，应该用心教授。'戴龙邦本是孝子，受老母面谕，从此悉心教授李洛能。李洛能精心学习，至四十七岁，声誉大振，驰名武林。一年夏天，李洛能坐着板凳在院中乘凉，有个大汉暗行至他的背后，用拳猛击他的后背，不料刚一出手，他自己身体已被弹出丈外，跌倒于地，将几个花盆砸碎，腿部也被花盆所伤。大汉爬起来说：'这次我可真服你了。'据传，一年中秋节前，李洛能身带重金在返家路上，遭到五人从背后突然袭击，李洛能用身旋转一圈，疾如旋风扫地，五人同时跌出丈外，所持单刀都脱手飞出，个个跌得鼻青脸肿。李洛能轻松地笑道：‘要用钱何必如此！再行不义之事，恐怕再跌倒就起不来了。’而后随手从袋内拿出一串铜钱扔于地上说：‘几位拿去喝酒吧！’说完扬长而去。李洛能有一好友，对他暗暗不服，一次在室内与李洛能聊天，乘其不备，想用手捉住李先生后背，而后用力将李先生举起。不料刚一伸手，他自己的身子却腾空斜上而起，头颅触入纸糊的顶棚之内，尘落满脸，落下时仍两足直立，没有跌倒。这位好友从此心服口服。李洛能平时与人交手，从不见是何招法。出手击人，能使人凌空而起，旋转而跌，或飘然而去，远仆而倒，随心所欲。他练功时，能将身体悬贴于壁上多时，有如墙上挂画。李洛能的入室弟子有郭云深、车毅斋、张树德、宋世荣、刘奇兰等人。李洛能八十余岁时，端坐椅上，一笑而逝。”

红脸汉子提议：“大武术家已说了不少，咱们再来说一说武术家的雅号。”

白脸汉子喜形于声，说：“还是一人说，一人猜，猜的人要说出雅号的来头。”

红脸汉子击掌道：“好，我先说一个，‘牌位先生’。”

白脸汉子说：“‘牌位先生’是太极拳大师陈长兴，是河南陈家沟陈氏十四世孙，一生立身中正，形若木鸡，人称‘牌位先生’。”

红脸汉子呷了一口茶，说：“该你说了。”

“杨无敌。”白脸汉子脱口而出。

“是杨露禅，杨式太极拳奠基人，比武从未败过，人称‘杨无敌’。我说一个，‘神力’！”

“八卦掌名师董海川，因两臂有千斤之力，被誉为‘神力’。”

白脸汉子沉吟一下，又说：“单刀李。”

红脸汉子答道：“李存义，天津老龙头一战，他单刀上阵，手刃洋兵十几人，为逃避洋人追捕，听说逃往了山西太谷。我说一个，‘金罗汉’。”

白脸汉子答道：“是少林寺方丈妙兴大师，他精通罗汉拳术以及擒拿、气功等法，传有《罗汉拳诀》，‘久练自化，熟极自神’，被誉为‘金罗汉’！”

红脸汉子见白脸汉子默默无言了，说道：“该你提了。”

白脸汉子想了想说：“黄面虎。”

“是迷踪艺高手霍元甲，继承七世家传绝技迷踪艺，因年少时瘦弱多病，面黄肌瘦，人称‘黄面虎’。”红脸汉子得意洋洋地答着，将一条腿跷到桌子上。

“眼镜程。”

“不就是北京花市开眼镜铺的那个程廷华吗？练八卦掌的高手，人高马大，英俊勇猛，是董海川的高徒。可惜，几天前在家门口遇到洋兵，寡不敌众，被洋枪崩了。可惜呀，一代英杰。”

尹福在窗外听到这个消息，心里“咯噔”一下，这消息如果是真的，那可真是晴天霹雳！程廷华是他的师弟，也是董海川的八大弟子之一。尹福与他情同手足，患难与共，几次钻在一个被窝里磋谈武艺，一个月前在攻打西什库的战斗中还见到过他，难道他真的阵亡了？这两个后生究竟是何人？他们的消息从何而来？

一连串的问号在尹福的心海里撞起波涛，他的心开始“咚咚”地跳着。

那两个人的对话还在继续，可尹福却有点儿神思恍惚。

“善肘。”

红脸汉子提出的这个雅号难为了对方，白脸汉子脸憋得通红，“吭哧”了半天，也没有回答上来。

“我告诉你吧，是陈氏太极高手陈继夏，乾隆年间人，善于绘画。”红脸汉子得意地说着，“罚一杯酒吧？”

“哪里来的酒？”白脸汉子苦笑道。

“兰亭，我这里有。”说着，红脸汉子从墙上挂着的背囊里掏出一瓶老白干儿。

白脸汉子拧开瓶盖，仰着脖子，“咕嘟嘟”喝了一大口，然后说道：“我再说一个，‘神手’！”

“这个你难不倒我，是陈有本，是他创的陈氏太极新架势，陈家沟的家谱，我都背熟了。我说一个，‘神枪’！”

“是八极拳名家吴钟，他在北京与康熙皇帝的儿子允禵比武，把殳端涂上白粉，结果将允禵的双眉染白，时人称吴钟为‘神枪’。”

“小霸王。”

“刘云樵，他与山东直隶武术家比武，大获全胜。”

“不用打两次。”

白脸汉子笑道：“这是什么雅号？太白了，像白开水。”

红脸汉子一本正经地说：“是神枪李书文，他一生比武用的是‘猛虎硬爬山’一法，所以武术界盛传‘李书文不要二打’，就是不用打两次，对手往往畏惧如鼠。再罚你一口酒！”

白脸汉子又喝了一口酒。

“万能手!”白脸汉子喝罢酒，抖擞精神，又说道。

“秘宗拳高手孙通，他精通陆地飞行术、点穴法、擒拿术、卸骨法、少林拳、秘宗拳、八卦奇门枪、四门刀，因此人称‘万能手’，又称‘铁腿孙通’。”

“赛胜英!”

“陈善，直隶沧县孙家庄人，他一拳打在墙上，一多半墙应声而塌。”

“卸骨匠!”

“陈善之子陈广智，他曾同郭云深、周明泰讨伐过隆平县的大土匪窦宪钧。”

“鸭子巴掌!”

“螳螂拳高手魏三，王郎的再传弟子。他的食指、中指、无名指和小指不能一齐分开，所以人称‘鸭子巴掌’。”

“丁百万!”

“山东黄县武术家丁子成，擅长铁砂掌，因家财万贯，人称‘丁百万’。”

“螳螂拳王!”

“山东烟台范旭东，此人高大魁梧，又称‘范巨人’，精于七星和梅花螳螂拳。”

“煤马!”

“八卦掌名家马维祺，因为是开煤铺的，人称‘煤马’。”

“翠花刘!”

“八卦掌名家刘凤春，因为他是制作妇女装饰品翠花的工匠，人称‘翠花刘’。”

“螃蟹马!”

“八卦掌高手马贵，因爱画蟹，人称‘螃蟹马’。”

“估衣梁!”

“八卦掌高手梁振圃，因他是估衣行的，人称‘估衣梁’，又称‘小辫梁’，也是董海川的弟子。”

“闪电手!”

“天津张占魁，出手迅如闪电，人称‘闪电手’。”

“大刀王五!”

“北京源顺镖局总镖头王子斌，是双刀李凤岗的徒弟，只可惜被八国联军杀了。”

尹福正听得入神，猛听得京都“大刀王五”被八国联军杀害，心里又是一惊。

大刀王子斌也是尹福的朋友。尹福兼做肃王府的护卫总管。这肃王府就在东交民巷附近，与王五所在的东珠市口半壁街源顺镖局很近。尹福在闲暇之时常到镖局做客，与王五一聊就是半天，王五的老婆王章氏沏茶倒水，十分热情。

只听红脸汉子悲哀地说："王五被邻居混混儿告密，被德国人抓到前门司令部，几天后就被杀害在前门西河沿。德国人说源顺镖局是义和团的大本营，同时被杀的还有义和团大师兄张德成。"

尹福听了，脑子里"嗡"的一声，轰得里头阵阵剧痛。

八国联军进了北京，他的许多好朋友不知性命如何，眼下知道被杀的就有程廷华和王五了，不知这消息是真是假。

只听红脸汉子又说："醉鬼!"

"张三爷，张长桢，他武艺精绝，常在暗中行侠仗义。一次能喝二斤白干儿，平时总眯缝着双眼，提着一只鸟笼子，出入于闹市口'大酒缸'。在家又行三，人称'醉鬼张三'。"

只听白脸汉子又道："鼻子李。"

"李瑞东，有人说他没鼻子，也有人说他鼻子总往上翻着，反正说曹操曹操就到。'玉面菩萨'!"

"唉，小字辈儿，不就是那个小鬼丫头吗，叫什么于莺晓，恒山小妖精!"话音未落，只听"当"的一声，白脸汉子手中的酒瓶子摇晃了一下。

白脸汉子有点儿醉意，他晃晃悠悠地说："钻天飞鼠!"

"不就是住对门那个江南大盗吗？一眨眼的工夫就没影了，我看他是兔子尾巴——长不了!"

红脸汉子满不在乎地瞥了对方一眼，接着又说："瘦尹!"

白脸汉子哈哈大笑："不就是那个干巴老头吗？斯斯文文的。皇上真是瞎了眼了，让他来护驾，大内里恐怕人都死绝了，听说他是卖烧饼的出身。他跟董海川比武，被董公一掌打下两颗门牙。听说董公还掏出二十两银子，要给他镶牙。"

"咯，咯，咯……"尹福正在气头上，猛听到房顶上传来一阵女人的笑声……

第四回　赞巾帼责罚千缸酒　言判笔说破真面目

尹福抬头一看，只见有个青衣青裤的少女，背插一柄青萍剑，蹲在房顶，正掩口而笑。

原来她揭去几片房瓦，也在偷听屋内红脸后生和白脸后生的对话。

尹福听了足有一个时辰，竟没有发现还有一个偷听的人，而且是一个少女。

他一招“白鹤冲天”，上了屋顶，那女子已不见踪影。

尹福心内疑惑，只得又下房来，隐到窗前想继续听那红脸汉子和白脸汉子叙话。

他往里一瞧，却见那女子不知何时已到了屋内，正夺过那酒瓶饮酒。

红脸汉子笑道：“你是哪里来的，怎么跟我们抢酒喝？”

那女子“咯咯”笑道：“不要问我何处来，也不要问我到何处去，在家靠父母，出门靠朋友。”

白脸汉子说：“这么说，我们哥俩说的话你都听到了？”

女子点点头：“你们谈古论今，讲了那么多武圣人，却很少讲到女武术家，这实在是不公平。”

红脸汉子哼了一声，说：“历史上哪里有什么真正的女武术家？任何拳派都是男人创立的。你说说看，说出多少个女武术家，就罚我们喝多少杯酒。”

白脸汉子说：“占鳌，这话可是你说的，我可不喝，刚才都是我输了，已经喝了不少了。”

红脸汉子道：“我喝，我喝！”他又对女子道：“丑话说在前头，如果你说不出来，你给我们磕头叫几声亲哥哥。”

女子不慌不忙地说：“自古以来，身手不凡的中华巾帼，俯拾皆是。有的以奥妙无穷的精湛技艺名显千古；有的以匡扶正义的高尚武德而被人所讴歌；有的身穿戎装，驰骋沙场，能骑善射，力破众敌，为保卫祖国的大好河山和谋求民族的生存发展，作出了杰出贡献。早在春秋时期，就有一位叫越女的女武术家，越王勾践曾向她求教击剑的道理。她所说的门户阴阳，指击剑时的进退纵横；她所说的内实精神，外示安仪，就是全神贯注，从容不迫，观变进招的形态。西汉王莽时期，山东琅玡有个叫吕母的女子，其子吕育因犯小罪为县吏所杀；吕母发动起义，杀死县官，队伍发展到万人以上。吕母是我国历史上有记载的第一位农民起义女领袖。北魏时期有个叫李雍容的女神箭手，当时有诗赞她：'李波小妹字雍容，褰裙逐马如卷蓬。左射右射必叠双，妇女尚如此，男子安可逢。'唐高宗时期，有个叫陈硕真的女子，率领农民起义，自封文佳皇帝，以后被唐军杀害。唐代妇女擅长剑术者，首推公孙大娘。著名诗人杜甫在《观公孙大娘弟子舞剑器行》一诗中说：'昔有佳人公孙氏，一舞剑器动四方。观者如山色沮丧，天地为之久低昂。'穆桂英是北宋杨家将中的女英雄，她生于山东穆柯寨，智勇双全，尤擅骑射，因自招杨宗保为婿，归于宋营。在抗击辽人的入侵时，跃马披甲，大破天门阵。后来杨宗保死于抗击西夏兵马的战争中，佘太君百岁挂帅，率领杨家十二个寡妇征西，此时穆桂英年已五十岁，仍担任先锋，深入险地，力战击退敌军。"

红脸汉子抢白说："你这段可是'聊斋'，历史上哪里有穆桂英这个人？分明是《杨家将演义》小说里的人物！"

那女子一本正经地说："可是史书上分明记载有穆桂英这个女英雄，至于其他可能是文学家编出来的。反金起义军女首领杨妙真的杨家梨花枪法也名震一时。《宋史》记载：'二十年梨花枪，天下无敌手'。明成祖时期，山东益都农民起义女头领唐赛儿，精通剑术。她利用白莲教组织起义，自称佛母，有教徒数万人。起义失败后，她不知去向。明末李自成起义军中的红娘子，堪称女中之魁。嘉庆年间，白莲教起义军中的女子王聪儿，率众五万人，屡败清兵，最后被清兵所围，跳下悬崖，壮烈牺牲。太平天国天王洪秀全的妹妹洪宣娇是著名女将领。有歌谣说：'妇女去跟洪宣娇，会打火枪会耍刀。牛排岭前大摆阵，杀得清兵跑断腰。'太平军中有女军四十军，每军二千五百人，计女兵十万人，个个会武。'义和团，起山东，不到三月遍地红。''红灯照，起直隶，杀得洋人个个啼。'至于蓝灯照、青灯照、黑灯照、绿灯照的女英雄就更多了。你算算，该罚你几桶酒呀？恐怕就是整个怀来城里的酒都被你喝光了还不够呢！"女子说罢，哈哈大笑。

红脸汉子被这女子笑得有些发毛，刷地抽出腰间的佩刀，叫道："你到底是什么人？三更半夜因何到此？"

女子随口吟道："于氏有英风，莺啭土木雄。晓得古祠在，至今泪满盈。满目疮痍地，清兵末路穷。休提康乾盛，命已归东陵。"

红脸汉子笑道："可惜我们都不是有墨汁的人，而是满头高梁花子，一拍后脊梁就吐大蚱蜢的庄稼汉，哪里懂得你这斯文诗?!"

女子指着红脸汉子手中的宝刀道："那就说说你手中的刀吧，如说出点儿名堂出来，我就不罚你酒了。"

红脸汉子道："这刀的历史，我倒略知一二。商代即有青铜刀。到了汉代，刀的地位高于剑，佩刀多于佩剑，并有赠刀之风。汉武帝曾将鸣鸿刀赠东方朔，汉章帝以佩刀赐陈留太守马严，孙权将宝刀赠给蜀将费祎等。中原有'百辟''百炼''青犊''漏影'等宝刀，匈奴也有'径路'宝刀。汉军与匈奴发生多次战争，对骑兵来说，长剑的劈刺显然不如长刀劈砍杀伤力大，所以汉代骑兵中，环柄长刀逐渐代替了长剑。三国时，用刀之风更盛，关羽善使大刀，会三十六刀法。宋代有掉刀、屈刀、掩月刀、戟刀、眉尖刀、凤嘴刀、笔刀等，明代增加了倭刀。清代上海小刀会的会员均带一尺七寸长的短刀一把，曾打败过清军的藤牌军。其首领之一的周秀英，精于大刀术，人称'大刀秀姑娘'……"

"你瞧，这又是一位女英雄！"那女子插嘴道。

白脸汉子道："说了半天刀，为何不说说笔呢？"

红脸汉子道："现在说的是刀，那些毛笔有什么说头呢？"

白脸汉子神秘地说："我说的是八卦门中的一种暗器——判官笔！"

尹福听了，心头一震，心想：这判官笔是董先师依据八卦掌的运动特点和技击原理创制而成的。主要作用是取穴打位，用者多将笔藏于袖中，可随身携带。判官笔长约五寸，由硬质木料制成。两端分别为笔尖、笔环，中间为笔身。演练时如两支毛笔对握在手，故称判官笔。可是当今只有尹福一人使用八卦门这种暗器，现在被白脸汉子道出，这白脸汉子是否发现了自己？

只听白脸汉子又说："有道是'武圣门中笔为高'……"

这时，不远处传来一阵阵歌声，歌声愈飘愈近：

"看无形之酒，
醉倒三尺青锋。
步履踉跄，
醉眼半闭半睁。

仿佛忘记了生死，
跌倒是饮，
爬起酩酊，
如泥大醉透豪雄。
有剑清啸如风，
谁见化为剑身的蛇灵。
泛红的创口，
剩下饮血的剑柄。
人生的舞台，
舞台的人生。
不醉的，是心，
醉了的，是形……”

歌声初歇，门口已现出一个四十多岁的汉子，他黑而瘦的脸上有一双炯炯有神的眼睛，宽大的额头上有几道刀刻似的皱纹。这是个肌肉发达的男子汉，身穿一件古铜色的袍子，鞋子满是皱褶，风度翩翩，飘飘欲仙。

屋内的红脸汉子和白脸汉子一见这人，不约而同叫道："师父!"

那女子一见这塑像般的中年汉子，不禁脱口而出："臂圣张策!"

话音未落，一股风袭来，屋内的烛忽地灭了，只听一阵细微之声。尹福探头再一看，屋内的四人已不知去向。

原来那中年汉子就是"臂圣"张策。张策果然来了。那红脸汉子和白脸汉子分明是他的弟子。他不愿见到自己，带着两个弟子离去了。

那女子是"玉面菩萨"于莺晓，她的藏头诗道出了自己的身份。尹福颇通诗文，她瞒得了那两个庄稼汉，却瞒不了尹福。

张策到了这里，于莺晓到了这里，乔摘星也到了这里。

怀来城里杀机四伏。来者不善。可这里是皇家行列通往西方的必经之路。

尹福退回到自己房间里，他思前想后，最后决定到县衙门走一遭，然后再回去通风报信。

他溜出客店，来到街上。街上寂无一人，一片黑暗。

他拐过几个街市，来到县衙门。只见大门紧闭，只有两只石狮子龇牙咧嘴，狰狞可怖。

尹福想去见县令吴永，但又不愿从正门进去，恐怕三更半夜惊动衙役，于是来到县衙后墙前，攀上墙头，来到县衙的后院。

这时，有个巡更的衙役提着个灯笼，倦倦地走来。

尹福悄悄来到衙役身后，抽出判官笔，抵住他的后腰说："不要叫嚷，不然你就没命了。"

那衙役问："您是洋毛子？"

尹福摇摇头。

"是二毛子？"

尹福又摇摇头。

"是义和团的神兵神将？"

尹福还是摇头。

"那是哪路的豪杰，或是哪个山头的大盗？"

尹福道："别跟我猜谜了，我是皇帝身边的人，快带我去见县老爷。"

"我还以为您捅在我腰上的这玩意儿是洋枪呢！"

"少啰唆，我有要事见县老爷。"

衙役带他穿过两个庭院，来到一个幽静的院落，院内竹影潇潇，树影婆娑。衙役敲着一扇朱门："老爷，醒醒！醒醒，老爷！"

一连喊了几声，也不见动静。

"八成睡过去了。"衙役回过头朝尹福说。

尹福轻轻推开门，听到一阵细微的呼吸声。他顺着这声音找去，来到一只大木箱前，掀开箱盖，只见有个人趴在里面。

尹福揪起那家伙一瞧，竟是飞鼠乔摘星！

乔摘星在黑暗中没有认出是尹福，还以为是衙役们到了，慌得不迭声地说："我……就是想……弄几件衣服穿，县太爷……不是我杀的……"

尹福一听，忙问："吴大人现在何处？"

乔摘星哆哆嗦嗦从箱里爬出来，脸上死灰一般。

"你说，县太爷在哪里？"尹福见乔摘星抖如乱麻，觉出形势不妙。

乔摘星用手指着里间："我来时，县太爷就遭了暗算，现在正躺在那里。"

尹福飞步来到里间，只见一个官人被绑在床上，人事不省。

尹福摸了摸他的脉，尚有气息，连忙为他松了绑。衙役找来一碗温水，灌入他的口中，边灌边叫："吴大人，吴大人！"

吴永毫无动静。

尹福仔细探视一番，发现他身上多处穴位被人锁住，于是暗运气功，往他身上几处穴位拍打几下，解了他的穴。

吴永清醒过来，揉揉眼睛，问道："你是何人?"

尹福说："我是皇宫御前护卫尹福，随驾来到此处。"

吴永慌忙站了起来，叫道："原来是圣驾到了，小人该死!"

尹福说："圣驾离这里还有几十里地，很快就到榆林堡，我是前来探听讯息的。"

吴永一听，松了一口气，叹道："乱世之秋啊！我听说圣驾离京西幸，只不知何时到这里，这几日彻夜不眠。昨晚正在床上冥思苦想，忽然闻到一股异香，以后便不省人事。"说着，从怀里摸出一团纸交给尹福。尹福展开一看，原来是一张字迹潦草而又模糊的名单：

皇太后
皇上　　　　　　　　　　满汉全席一桌
庆王　　　　熥贝子
礼王　　　　伦贝子
端王　　　　振大爷
肃王　　　　刚中堂　　　各一品锅
那王　　　　赵大人
澜公爷　　　莫大人
泽公爷　　　军机大臣
定公爷
神机营
虎神营
随驾官员军兵不知多少　应多备食物粮草

光绪二十六年七月二十二日

尹福问："这是谁送来的?"

吴永回答："昨日下午有个人骑着一匹快马送来的，穿的是太监衣服。他把这个交给门口的衙役，说是万分紧要的文牒，让马上呈给县官，然后便飞马走了。我接到这个一瞧，心想，既是文牒，就该有封有面呀！怎么能是这样烂纸一团的?”

尹福听了，心内疑惑：临走前太后并没有说差人送什么文牒过来。为什么有人来绑了吴永，并点了他的穴位？这其中分明有诈，会不会有人冒充吴永前去迎接圣驾？

想到这儿，尹福身上出了一层冷汗，立即对吴永道：“你随我赶快去榆林堡接驾，去晚了恐怕凶多吉少。”

吴永结结巴巴地说：“那……等我换一身衣服……再去。”

尹福道：“来不及了，快找两匹马来！”

尹福随吴永出得门来，才想起那个神偷乔摘星，不知他逃往何处去了。

怀来本是北路的要冲，平时设有两个驿站，四个军站，备有三百多匹驿马，器具粮秣非常充足。可是如今乱世，健壮的马匹早被乱兵游勇抢得一塌糊涂；粮秣被耗费得一干二净；驿站夫役逃的逃，叛的叛，安分守己的只是一些不中用的庸人。

幸好马厩里还有几匹老马，吴永和尹福骑了上去，朝榆林堡匆匆赶去。

晓色迷离，大地朦朦胧胧。小雨如烟如雾，似丝似带，笼罩着关外的山寨；四野荒凉冷僻，凄凉悲惨；雨声淅淅沥沥，如泣如啼。风嘶嘶，吹得人寒冷彻骨。

大道上，吴永和尹福骑着黑鬃秃尾的驿马，冒着烟雨，缓步蹒跚。

吴永披了一件紫呢的外衣，被雨淋得满身是水，沾在身上，一道道紫水直往下淌，淌得马身上红一块，紫一块。一阵阵狂风，不时吹打起那件紫呢外罩的衣角。吴永瑟瑟缩缩，颠头簸脑，几次困顿得要从马背上跌下来。

风愈刮愈猛，雨愈落愈大，尹福心内焦急，想催马疾进，可是那马却像娇惯了似的，畏缩不前。尹福每呼出一口气，到空气中就变成了雾团，瞬息就被风雨吹打消失了。那一团团稀雾越呼越急，他的心绪也越来越紧张。

吴永此时可能是为了驱寒壮胆，高声吟道：“嗟乎！黄冠朝士，几人省说开元；白发宫娥，何处更谈天宝。况乃铜驼棘里，王气全消；白雁霜前，秋风已改。金轮圣母，空留外传于人间；宝玦王孙，莫问当年之隆准。昔之红羊换劫，青犊兴妖；六国叩关，双旌下殿。胡天胡帝，牵母牵儿，牛车夜走于北邙，鷇卵晨探于废屋。蜀道青天，呼癸庚而不应；长安红日，指戊已以为屯。回听内苑虾蟆，六更已断；极目南飞乌鹊，三匝何依。谁实为之，吁其酷矣！天为唐室生李晟，上付禁军于马燧。灵武收兵，百官稍集；兴元置府，十道粗通。蜡诏星驰，海内识乘舆所在，饷舟鳞萃，人心以匡以复相期。无如敞汉谋深，吞胡气怯，龟惟式怒，螳不挡车。江左画疆，首主和戎之议；汾阳单骑，未收却敌之功。卒要城下以输盟，遂据榻旁而鼾睡。从此燕云，时时牧马；可怜庐壑，岁岁填金。迢遥百二河山，鸡鸣西度；侥幸八千子弟，狼跋东归。一局棋输，九州错铸。黄花明日，青史前朝，俱成过眼之烟云，孰洗沉沙之铁戟？”

吴永咳嗽几声，又吟道：“渔川以关门之令尹，作参乘之中郎，紫气未瞻，彩符忽降；见舜容于墙上，遇尧母于门中。忍看憔悴绨袍，一寒至此；况说煎熬馁腹，半菽无沾。是主忧臣辱之时，正捐顶糜身之会，敢忘馆橐，以负诗书？太华山低，誓踏三峰而捧日；仙人掌小，拼擎一柱以承天。遂乃拥彗除宫，解衣献曝，典衾具馔，剉荐供刍。辛苦一瓯豆粥，亲进璇帏；间关万里芒鞋，远随金勒。朕不识真卿，乃能如是；众共称裴冕，故出名家。特加置顿之崇衔，命傅属车于近列。爰自海横波澄，回天起驿，登封礼岳，浮洛观图。歌风翙以岁从游，赋鹿鸣而赐宴。长信宫前，千官献寿；望仙楼下，万姓呼嵩。渔川有役皆随，无班不缀。前席敷言，常呼裴监；书屏问状，必引萧生。篚颁相属于庭阶，簪笏不离于左右。凡一路之行行止止，经年之见见闻闻，往日冲埃，霜凄月黯，来时飞盖，云会风从；鸡虫得失之场，冰炭炎凉之感，覆雨翻云之世态，含沙射影之机牙；并珠记心头，丹留枕底。鸿爪之余痕仿佛，印雪长存；蚕丝之积绪缠绵，逢人偶吐。昔年历下亭边，萍因偶合；今岁怀来城畔，凄雨相随。便回西陆之余光，重续南柯之旧梦。且收淡屑，聊缀丛麻，写黍离麦秀之遗音，作瓜架豆棚之闲话。君慕介子推之雅节，渔川定当仿效！”

吴永正吟得起兴，忽见前面有一马轿迎面而来，赶车之人凶神恶煞，轿内隐隐有哭声。

马轿经过尹福、吴永坐骑前，只听车内有一女子高叫：“官人快来救我，我被这恶人抢了！”说罢哭声更加凄厉。

赶车人一听，用马鞭紧抽坐骑，飞快朝尹福身后驰去。

尹福有心救那车内女子，但急务在身，一时踟蹰不前。

“救命啊！救命啊！”女子的哭声充满悲哀绝望，凄切动人。

吴永道：“此地已离榆林堡不远，不会有什么危险，你快去救那个妇人，然后再赶去榆林堡不迟。”

尹福犹豫了一下，望了望前面，只见大道上空无一人，榆林堡遥遥在望，于是说：“我去救那个妇人，你好自为之吧。”说着，拍马朝那辆马车追去。

谁知刚跑了几步，那马“扑”的一声倒下了，把尹福跌出一丈开外。尹福爬起来一看，只见马屁股上中了一只飞镖，流血不止。尹福又恼又急，快步朝那马车追去。

他追了一程，在一片废弃的玉米地里追上了那辆马车，赶车人恶狠狠地问："你来干什么？"

尹福怒喝道："你为什么抢别人家的妇人？"

赶车人回答："她是我婆姨！你真是狗拿耗子多管闲事！"

只听车里女子哭道："谁是他的婆姨，昨夜他杀了我的爹爹，把我抢了来，说是要把我卖到大同的妓院……"说着，痛哭不止。

尹福抽出判官笔，疾步朝那赶车人刺去。那赶车人飞速闪过判官笔，从马上跃了下来，一扬手，一支飞镖朝尹福颈部击来。

尹福闪过飞镖，又冲上前去。

赶车人从怀里抽出一只宫天梳，这扁扁的武器呈月牙铲形，四角有棱刺，共有十二根梳齿，锐利无比。

他手持宫天梳，一招"猛虎扑食"，朝尹福击来。

尹福躲过宫天梳，用判官笔紧锁对方的头部。战了几个回合，赶车人有些力怯，败下阵去，朝玉米地深处飞奔而逃。

尹福也不追赶，掀开马车轿帘，只见有个洋女子被绑在车上。

她项上戴着时髦的珠宝，衬着件浅桃红碎花绫子衬衫，套着一件深藕色折枝梅花的绉银鼠披风，系一条松花绿洒线灰鼠裙儿，西湖光绫挽袖，大红小泥儿竖领儿。她那又软又亮的秀发，闪烁着琥珀的光芒；美丽平滑的双肩，略微向前弓着；两只眼珠呈淡绿色，不杂一丝儿的茶褐，周围竖着一圈儿粗黑的睫毛，腮角微微翘着，上面斜竖着两撇墨黑的蛾眉。她的眼睫毛和嘴唇不时急促颤动，充满了魅力。

"你是什么人？"尹福见到她这副模样，有些迟疑。

洋女子娇声说："我叫米兰，是法国人，前年随着当神父的爸爸来到中国，在宣化的教堂里居住。后来闹起了义和拳，他们烧了我们居住的教堂，我和爸爸逃了出来，躲到榆林堡，想找机会逃回国。昨夜，我们被一阵敲门声惊醒，刚才逃跑的那个土匪闯了进来；他杀死了我的爸爸，把我抢走，说是像我这样的洋女人要是卖给大同的妓院，要发一大笔财呢！"

尹福替她松了绑，米兰快活地抱着尹福，在他脸颊上吻了一下说："你真是中国的好老头！"

尹福脸发烫，直红到耳根，赶快说："你快逃吧。"

米兰忧郁地说："我走不动啊，昨夜那恶魔糟蹋了我的身子，弄伤了我，以后又一直把我绑在这马车上，我的下身都麻木了。"

尹福犹豫着问道："你想到哪儿呢？"

米兰眼里淌出泪花："我要回榆林堡，把我爸爸的尸首掩埋了。再说那屋里还藏着金子，我要把金子取出来，然后想法到北京去。"

尹福恨恨地道："你们洋人在北京作了孽，不知杀了我们多少中国人，不知污辱了我们多少姐妹！"

米兰呜呜地哭起来："真是一报还一报。中国是多么美丽的东方古国，有那么多珍贵的文物，那么悠久的文化，那么多风土人情，为什么要有战争呢？"

尹福背起米兰，叹口气道："我正好也到榆林堡，咱们一起走吧。"

雨停了，天已大白，路上湿漉漉的。玉米叶子翻卷着，"滴滴答答"淌着雨珠，泛着光彩，远山如黛。

尹福背着米兰朝榆林堡走着。

"你的中国话说得不错。"尹福夸赞道。

"我的爸爸一直居住在中国，他是一个虔诚的天主教神父，咸丰皇帝还接见过他；我的妈妈是中国人。我是在巴黎长大的，以后一直在学中国话。中国话咬文嚼字，有时快得像炒豆，好听！"

"你的妈妈是谁？"

米兰摇摇头："不知道她还在不在人世，她与我爸爸有着一段神话，一段传奇般的生活。听说她是个书香门第的大家闺秀。神父是不能结婚的，他们偷偷地相爱，爱情的花儿结出了果子。"

"那果子就是你。"尹福打趣地说。

米兰"咯咯"地笑着，她那栗色的长发抖落了尹福一脸。尹福不好意思地用手拂去她的披发，又问："你想你的中国妈妈吗？"

米兰的眼眶里布满泪水，泪珠像断了线的珍珠，一滴滴淌到尹福的脸上。尹福觉得那泪珠柔润、冰冷。

"怎么不想呢？后来他们的私情被人发觉了，爸爸只得离开了那座教堂，妈妈也离开了家乡不知去向。"

"那座教堂在什么地方？"

"在中国一个美丽的地方——太谷。"

大道上寂无人声，只听见踢踢踏踏的脚步声。

沉默了半个时辰，米兰又开口了："我猜你是宫里当差的。"

"你怎么知道？"

"你穿着宫里的衣服，你是太监？听说要是当太监，都把男人那个玩意儿给割了，多残忍！"

尹福笑道："看来你还真是个中国通。"

米兰又说："你刚才与那个恶棍相斗时，拿着一支笔状的武器，真稀罕，让我开开眼好吗？"

尹福说："就在我腰里别着呢，你拿去看吧。"

米兰用手去尹福腰里抽出了判官笔，紧接着尹福只觉身子一软，瘫了下来……

第五回　怀来县逢疯癫飞贼　榆林堡遇真假吴永

尹福被洋女子点了穴位，而且是几处。

原来米兰会点穴。

米兰用脚踢了踢尹福，舒展着双腿说："我当然是中国通，我还会点穴呢！"

尹福有嘴说不出话，有劲儿使不出来，只能呆呆地望着米兰。

米兰呵呵笑道："实话告诉你，昨晚咱们还是邻居呢。我是八国联军统帅瓦德西将军的秘书，是美国人。你们的慈禧太后和光绪皇帝马上就要完蛋了，中国将会大乱！德意志帝国将会控制局势。古老的中国将不复存在，它将变成八个国家。"

尹福想起昨晚怀来县城客店里那个蒙面红衣女子……

这时，那个赶车人神不知鬼不觉地来到了洋女子面前："黛娜小姐，你干得真漂亮！"他谄笑着。

"用不着你来奉承，你这个洋奴！"说着，她把判官笔插进了赶车人的胸膛。

赶车人脸如死灰，瞪着双眼叫道："你……你还没……给我赏钱呢……一千两白银啊！"话音未落，便气绝身亡。

黛娜扛起尹福，来到道旁的玉米地里，把他朝田埂上一放，笑道："念在你肯救我的分儿上，我不杀你，一报还一报，但是如果你在这里冻死、饿死、渴死，我可就不管了，拜拜了！"说着，扬长而去。

尹福躺在田埂上，望着黛娜逐渐远去的背影，心里有说不出的恼怒，但又无可奈何。

他正在愤恨，忽然听到一阵哼哼唧唧的声音。一个人踢踢踏踏地走了过来，嘴里哼着小曲儿：

“细细的雨儿蒙蒙松松地下，
悠悠的风儿阵阵呼呼地刮。
村头上，有个人儿说些风风流流的话。
我只当小妹妹，
不由得口儿低低声声地骂。
细看他，却原来不是标标致致的他。
唬得我不由得心中慌慌张张的怕，
吓得我不由得慌慌张张的怕……”

那个人一脚绊在尹福的身上，摔了一跤，一股浓烈的酒气扑鼻而来。

尹福定睛一瞧，正是神偷乔摘星，他喝得醉醺醺的，口水淌着，衣服凌乱。

“好晦气，我乔老爷一大早就撞上了僵尸……瞧瞧我的运气如何……”说着，动手剥脱着尹福的衣服。

乔摘星摸来摸去，摸到一锭银子，赶紧藏进怀里。

他一眼看到了掷在一边的判官笔，不禁欣喜若狂，发疯般把它抢到手：“啊，笔，能写大篇大篇的文章，可是我要它有什么用?”说完一把把判官笔扔得老远。

尹福心里的火不打一处来，可是无奈身不由己，动弹不得。

乔摘星哼哼了一会儿，突然“哇”的一声，吐了尹福一身，直吐得翻肠倒肚、翻江倒海，玉米渣子、野驴汁、高粱秸子，臭不可闻。

“我还要偷皇帝老儿的传国玉玺，也做个风风流流的大圣皇上，做一场真正的黄粱美梦……”说着，歪歪扭扭地朝榆林堡方向走去，他哼的小曲儿在清晨的原野中回荡着：

“小妹妹羞羞答答从未经风，
抱住情郎颠鸾倒凤兴冲冲……”

天蒙蒙亮，皇家行列就出了岔道城，冷冷落落，没有一点儿仪銮的排场。

崔玉贵找来了几乘轿子，是用西北人织的蓝咔叽做的轿面，又硬又厚，一种是大红颜色，一种是藏蓝颜色，一顶轿子由四个人抬。慈禧太后坐了第一顶轿子，以下依次是光绪皇帝、隆裕、瑾妃等。行列就这样一溜长龙似的出发了。

皇家行列出了东门，沿着城墙，绕道走上了京绥通路。

这时，路上的散兵游勇多起来了，三五成群接连不断。他们碰到皇家行列，也不让路，只管混在一起走。

护卫们提高了警惕，紧紧地盯住那些散兵。

走了大约有一个时辰，将到怀来县境时，天忽然下起大雨，雷声响亮，惊得骡子的耳朵都立起来了。

风卷着雨点儿，掀开了车帘子，简直等于往身上泼水。

雨由大变小，天虽然不开晴，雨点儿总算变成雨丝了。轿子拖泥带水地向前走着。

"鼻子李"李瑞东见马路旁有两间屋子，窗户洞开，像两个黑窟窿。门外有一眼井，井台下有一个大草帽，随风掀动。

李瑞东想捡起这顶大草帽遮雨，可是掀开一看，原来是个死尸。他是被人杀死的，埋在井旁边，只露着一个头，满脸是血，草帽系在脖子上。

雨后，路上的人多起来了，三五成群的散兵游勇，一簇簇的戴红巾的义和拳，还有牵着秃背牲口的残兵。他们和皇家侍卫相安无事，虽然摩肩接踵，但谁也不理谁，井水不犯河水。

路面越来越不好走，石头纵横，轿子一倾一斜地来回乱晃。路旁的青纱帐和野草侵蚀着道路，两边的山开阔坦荡，显得空荡荡的。

慈禧太后的驮轿时时漂浮在青纱帐的上面，断断续续地只听到沉闷的铃声。

天昏昏，人沉沉。

"砰，砰!"突然从东北的青纱帐里传来土枪声。

枪沙落在青纱帐里，响起一片"沙沙"的声音。

李莲英、崔玉贵听出这是火铳的声音，赶紧奔向慈禧的驮轿。

李莲英用身子靠在驮轿前站着，有个叫溥伦的王爷也紧紧贴在光绪皇帝的驮轿旁。

轿夫们很有经验，他们把轿停住，站在左前方，纹丝不动。

几个手持火铳的土匪从青纱帐里钻了出来。光绪透过轿帘一看，为首的正是关沟那个叫岚松的女匪首，她是燕山大盗黑旋风的女儿。

"哪顶轿子里是太后和皇上？快把他们交出来，不然，我们就开枪了!"岚松大声嚷道，眼里似冒着火。

没有一个人敢吭声。

一个轿夫歪歪斜斜地倒了下去，他显然是被唬得魂飞魄散，又加上劳累，昏倒了。

“砰!”岚松开枪打死了那个轿夫。

“快说，不然他就是下场!”岚松又大声喝道。

李瑞东悄悄溜了上来，躲到一顶轿子的后面，一扬手，只听“嗖，嗖”几声，岚松和那三个土匪手中的火铳纷纷坠地，几个人的手腕上都淌着鲜血。

“连珠镖!”岚松大叫一声，首先退入青纱帐。那几个土匪见势不妙，也纷纷抱头鼠窜。

这时，护卫和兵丁们也纷纷赶到，他们追了一程，又撤了回来。

慈禧见李瑞东转危为安，十分高兴。她把李瑞东唤到轿前，夸奖说：“你这个‘鼻子李’，人长得怪模怪样的，倒是有一手好武艺，多亏了你。”

李瑞东说：“几个小土匪，成不了什么气候，老佛爷尽管放心赶路。”

他嘴里这样说，心里却在说：哼，我这可不是冲着你的面子，我这是为了咱们中国。中国不乱，比什么都好。

榆林堡终于到了，其城内有一条正街，路北有三家骡马店，各家的门都紧闭着。

骡马粪的气味刺鼻子，雨后满街流泥水，垃圾狼藉。

街心石墩旁跪着一个人，穿着县官的袍子，湿淋淋的，恭恭敬敬地望着皇家行列。

肃王爷骑着一匹高头大马向那人走来，那人叩头说：“怀来县知县吴永跪接圣驾。”

肃王爷下了马，扶他起来，问：“行宫设在哪里?”

吴永指着旁边一个栈房说：“太仓促了，只好设在这店里，这地方也只有这一家还宽敞。”

“很好。”肃王爷淡淡地说。

“请王爷多关照。”

肃王爷告诉他，皇太后乘的是第一顶轿子，后面是皇上和伦贝子、皇后、大阿哥、小主、李莲英等。

十几个禁卫骑着马飞奔到门口。

“驾到!”为首的禁卫传呼了一声，吴永弹了弹补服，正了正冠，跪在那里。

蓝呢大轿已经到了街头，慢慢地抬了过来。

“怀来县知县吴永，跪接皇太后圣驾!”吴永的声音响亮悦耳，慈禧在轿里听了为之一震。她满意地瞥了这小小的县官一眼。她从北京逃到这里，还是头一遭看到有这么一个官员，正正式式恭恭敬敬地迎接她的圣驾。

吴永瞥见第二顶轿子里坐着的是两个人，便又说："怀来县知县吴永，跪接皇上圣驾！"

他等这乘驮轿进了店门，便站了起来，往旁边一闪，让一乘乘的驮轿往里走。

轿子后面紧跟着来了八辆骡车，有单套的，也有双套的，都在客栈门前停了下来。骡车里爬出宫闱中的女眷。

紧接着来了一大群太监、王公大臣、军校旗尉，吴永指点他们到另外两家骡马店歇息，自己则不敢离开客栈门口一步。

陆续而来的骑、步兵卒足有两千人，把一条小街挤得水泄不通。他们个个狼狈不堪，饥疲万分。

"谁是怀来县知县？"一个尖锐的声音问道。

吴永转过身来，躬着腰道："卑职正是。"

"上边叫起，跟我来！"那个太监带他走进客栈。

"你就是曾国藩的侄女婿？"那太监问。

"是的。"吴永打了一躬说，"请您多关照。"

"都是自己人，我是二总管崔玉贵。"崔玉贵笑嘻嘻地说。

吴永见崔玉贵容貌清癯，身材瘦而长，唇突而垂，鼻隆颚阔，双眸炯炯，蕴藏着阴险奸诈。

崔玉贵挽了吴永的手进了后院，到了正房的外面。他先让吴永往旁边一站，然后报了一声："怀来县知县到。"声报之后，擎起门帘，示意吴永进去。

圣驾的行宫是两明一暗的乡下房间，正中放了一张破旧粗陋的方桌，左右两把椅子。慈禧坐在右边的一把椅子上。她穿的是布袄，梳的是汉髻。吴永注意到太后的手指秃秃的，没有一个是长指甲；她目光明丽，脸上没有半条皱纹。

吴永跪在地上，报了履历，然后脱了帽子叩头如仪。

"是旗人，还是汉人？"慈禧问。

"汉人。"

"是哪里人？"

"浙江吴兴人。"

"你的名字是哪一个'永'字？"

“‘长乐永康’的‘永’字。”

“噢，是水字头上加一点的那个永字呵。”

“是。”吴永恭谨地答着。

就在这时，只听外面有人高声叫道：“怀来县知县吴永到!”

话音未落，李莲英、李瑞东引着一个身穿县官衣服、湿淋淋的人走了进来。

“怎么来了两个怀来县令？两个吴永?”慈禧一怔，崔玉贵也是一愣。

两个怀来县令，两个吴永，衣服相同，形貌相似，都跪在慈禧面前。

李莲英、崔玉贵等人目瞪口呆。

慈禧眉头一皱，唤过李莲英、崔王贵说：“这两个吴永中必有一个是贼人，如此大胆，竟敢谋行刺之事。你两个分头把他们带到两个屋内，细细盘查，如查出哪个是冒充的，千刀万剐!”

李莲英、崔玉贵一齐说声“喳”，各自带着一个吴永，分头来到客栈外一个骡马店内，各拣了一个屋子。

李莲英叫上秋千鹤和十个兵丁；崔玉贵唤过李瑞东和五个护卫，各自开始审问。

李莲英屋内，李莲英问那个吴永：“到任几年了?”

“三年了。”吴永平淡地答道。

“何时到任的?”

“丁酉年。”

“县城离此地多远?”

“二十五里。”吴永言辞简捷而响亮。

“你叫吴永，表字什么?”李莲英眼珠一转，又问道。

“字渔川。”吴永的神色坦然。

“祖籍何方?”

“浙江吴兴人。”

“曾国藩是你什么人?”

“是我夫人的祖父。”

“你夫人呢?”

“已然亡故。”

崔玉贵屋内，崔玉贵使出浑身解数审问那位迟到的吴永。

“你什么时候到的北京?”

“光绪十三年春天，我由湘省晋京，当时二十三岁，是郭嵩焘侍郎把我推荐给曾国藩大人的儿子曾纪泽的。曾大人让我搬到北京台基厂府第住下，第二年夏天把他的女儿嫁给我为妻。曾大人在我们婚后第三年，光绪十六年春天亡故，我曾经护丧到长沙去了一趟。我是在光绪二十三年补授直隶怀来县知县的。”吴永哆嗦着一口气说完。

李莲英和崔玉贵两人凑到一起，商量来合计去，都说看不出什么破绽。

李莲英说：“我那边的吴永，对答如流，面无惊惶之色，大气不喘一口，不像是假的。”

崔玉贵说：“我这边的吴永，虽然神色惊惶，哆哆嗦嗦，可是知道的事儿不少，也不像是假的。”

李莲英沉吟一下，露出狰狞面孔：“干脆都给杀了，反正有一个是假的。”

崔玉贵道：“那要看看太后的意思，看她老人家如何发落。”

两个人又来到慈禧居住的房间。几个宫女正忙着搬几挪椅，把那些闲杂商旅的涂鸦、俗不堪言的屏条摘下来，只留了被烟熏得紫黑的乡村年画；临时七拼八凑了一些红黄色布，作为椅帔坐垫。

慈禧的贴身宫女荣子正用炕头上的小铁锅煮小米稀饭。另一个贴身宫女娟子正在择萝卜叶。

慈禧见李莲英、崔玉贵怏怏不乐地走了进来，说：“八成没有结果吧？”

李莲英沮丧地说：“问了一个底朝天，两个人都没有什么破绽。我跟老崔商量了一下，我们都主张把他们……”他做了一个杀头的姿势。

慈禧慢条斯理地说：“这兵荒马乱的，不久就要到怀来县城了，把一个真县官杀了也不好。不如把他们先押起来，绑结实了，一同解到怀来县城，那县衙门里自有认识吴永的。”

李莲英喜形于色道：“这倒是个好主意，我们就按老佛爷的旨意办。”

李莲英、崔玉贵吩咐兵士分别把两个吴永绑在两间屋内，派兵士监管。

李莲英吃了一碗小米稀饭，觉得肚子不好，想找个地方泻肚。转来转去，他来到马厩，找了个旮旯，刚蹲下来，忽然，只觉脚一软，滑进了一个地窖里。只见里面藏有两棵大白菜，十来根胡萝卜，还有一口袋黄豆、一口袋小米。

李莲英喜出望外，连忙穿上裤子，背起一口袋小米，抱起一棵大白菜朝客栈走去。

这时，只见崔玉贵带着一个矮矮粗粗的人走来，那人浑身泥泞，衣衫不整。

崔玉贵叫道："这下可有办法了，我找到了榆林堡的地堡，他叫赵如意。"

赵如意朝李莲英点头哈腰："小的正是榆林堡地堡赵如意。"

"你为什么不迎接圣驾？"李莲英板着面孔问。

"小的被乱兵打了一顿，绑在一口枯井里。刚才这位大人来找井水，正好找到了我，就把我吊了上来。"这赵如意活像个胖虾米。

"你为什么不叫呢？"

"小的不敢叫，只怕一叫，叫出祸来。因为小的听到外面乱哄哄的，以为又来了一伙乱兵。"

"混账！"李莲英骂道，接着又问："你认识怀来县知县吴永吗？"

赵如意眼瞪得像包子，几乎挤出眼珠："扒了他的皮，我能数出他有几根筋。他是俺县的县太爷，小的怎能不认识？催租拉税，都是他干的，整治得小人好苦！"

"好，你带我们去认他，告诉你，认错了可要你的脑袋！"李莲英恶狠狠地说。

"小人不怕他，小人的脑袋早已挂在裤腰上了。"

李莲英、崔玉贵带着赵如意先来到早到的吴永被关押的地方。

赵如意上上下下打量了一番这个吴永，说："这个多多少少有些像，这蒜头鼻子、蛤蟆嘴、水蛇腰，真的像极了！"

"我问你是不是，谁问像不像！"李莲英用眼睛瞪着赵如意。

赵如意摇了摇头："这年头一天三变，人也变得跟拨浪鼓似的，跟汉奸一样，说不好，说不好。"

那吴永可怜巴巴地望着赵如意，说："你可积点儿德，别把你们的父母官往火坑里送。有句话说，但行好事，莫问前程！"

赵如意吐了吐舌头："两位大人，那看看另一个再说吧。"

李莲英、崔玉贵无奈，只得又带他去见那个迟到的吴永。

赵如意一见到这个吴永，"啪"地打了他一个耳光，嚷道："就是他，他就是狗县官！他抢走了我的一匹好马，还把我的一个侄女抢去了。"

李莲英把崔玉贵拉到一边，悄声说："这个地堡不怀好意，他指的这个真吴永有可能是假的，他想使借刀杀人之计，借我们的手杀掉真吴永。现在假设刚才那个吴永是真的，眼前的吴永是假的，他肯定了眼前这个假吴永，叫我们去杀那边的真吴永，这就遂了他的愿了。这叫公报私仇，用心歹毒。"

地堡赵如意耳朵尖，听到了他们的谈话，大声说：“我说的可是真的啊！”

眼前这个吴永也听到了李莲英与崔玉贵的对话，也大声叫道：“这个地头蛇说的是真的，一点儿没有掺假，我就是他们的父母官！”

崔玉贵朝他瞪了一眼，说道：“没有你的事，你插什么嘴？”

这时，门外又是一阵骚乱，几个兵丁绑着一个瘦老头走了进来。

“这是谁？”李莲英指着瘦老头问兵丁。

“这是我家的管家董福，是我派驻榆林堡的人。”吴永在一旁开了腔，脸上绽开了笑容，像是遇到了救星。

“你究竟是谁？”李莲英厉声问瘦老头。

瘦老头此时被松了绑，揉了揉眼睛，回答：“我是怀来县知县吴永家的管家，几个月前被派驻这里。”这时他发现了地堡赵如意，眼睛里闪着愤怒的光：“就是这个赵如意命令手下的人把我绑了，关在一个马厩里，他这是抗上！”

“他怎么到这里来的？”崔玉贵问那些兵丁。

一个兵丁回答：“我们搜到一个马厩里，正好见到这个老头躺在那里，便把他带来了。”

李莲英笑得露出黄板牙，说道：“真是雪中送炭，你来认认谁是你们县老爷？”

他指着屋内的吴永问：“这位是不是你的主人？”

董福颤巍巍来到吴永面前，上上下下打量一番，摇摇头，说：“不是，我家主人比这位胖一些。”

吴永骂道：“你这个狼心狗肺的家伙，真是忘恩负义，是谁给你灌了黄泥汤子？几壶马尿，灌得你六亲不认！”

董福啐了吴永一口，说：“我他妈整整在马厩里躺了几十天，每天闻的都是马粪干儿。你是哪里来的强盗，竟敢冒充我家主人？”

崔玉贵一听，火冒三丈，“刷”地抽出腰刀，就要杀吴永。

李莲英按住他的刀柄，冷笑着说：“真的假不了，假的真不了，你还怕他飞了不成？先带这个管家去见见那个吴永，然后再来问问这个假吴永，究竟是何人所派。待弄个水落石出，再杀他不迟！”

吴永一听，仰天长啸：“我冤枉呀！曾文正公在天之灵会为我洗雪的！”

李莲英、崔玉贵带董福、赵如意又来到关押早到的吴永的屋里。

此时，这个吴永正在长吁短叹。

董福一见他，便恭恭敬敬给他作了一个揖，问："主公如何落到这等田地？"

吴永叹道："我是皇上的忠臣，在皇上落难之时，想尽一个下属的职责，冒雨前来迎驾。没想却遇到一个假县令，弄得我人不像人，鬼不似鬼，官不像官，民不似民，唉！"

董福叹道："在这人妖颠倒的世间，是非是，非是非；是是非非，是非颠倒；人妖自然颠倒了！"

"嘿嘿嘿"，这时只听窗外有人在冷笑。

李莲英向外望去，只见院内树上坐着一个乞丐模样的中年汉子，背倚着树干，手拿一只驴蹄子，正有滋有味地啃着。

"你是什么人？"李莲英勃然大怒，抽出腰刀向外冲去。

树上那人呵呵笑道："谁不知我乔老爷，一贯杀富济贫，盗富赠贫！"

院内一个太监嚷道："刚煮的一大块驴肉，被他偷去了驴蹄子，这是准备给老佛爷送去的。"

树上那汉子笑道："我是个忠臣，我要不先尝尝这驴肉有毒没毒，那老佛爷敢吞下肚子里去吗？"

李莲英叫道："看我不封了你的狗嘴，叫你贪吃！"说着冲到树下。

那汉子依然漫不经心地笑道："狗嘴，人嘴，总是要吃驴肉的。驴或许有时也要吃驴肉，而人有时也要吃人肉的。不论谁吃，吃什么肉、什么东西，拉的都是黄灿灿的臭屎；吃得越香，拉得越臭。人若没有嘴，连滋味也品尝不出来。人在远古时代，靠打野兽为生，那时没有盐，也没有佐料，不是也一样吃吗？"

李莲英骂道："你这头叫驴，谁让你给我讲历史，有种的你下来！"

那汉子头一歪，也叫道："有种的你上来！"

李莲英手一扬，一支飞镖飞了上去，只见那汉子不慌不忙，用手摇了摇树干，飞镖结结实实钉在了树干上。

"还是少用点儿手劲儿，这个铁玩意儿打起来不容易，何况被你这公不公、母不母的人用了，更是可惜呢！"

李莲英恼羞成怒，吩咐兵丁道："给我烧了这棵树，看他还能飞了不成？待把他烧成灰，看他嘴还刁不刁？"

众兵丁拖来一捆捆柴火，堆到那棵槐树下，准备烧树。

树上那汉子道："前人栽树，后人乘凉，还是积点儿阴德吧。"说着，纵身一跳，跳到一座房上，三蹿两蹿，便无影无踪了。

"这真是个鬼堡，鬼里鬼气的！"李莲英沮丧地回到屋里。

榆林堡地堡赵如意指着吴永道："这是个假的，不是怀来知县吴大人!"

李莲英正在气头上，骂道："连你这个地堡也是鬼精灵！我叫你到阎罗殿见鬼王!"说着，手起刀落，将赵如意拦腰劈了。

两个兵丁拖着赵如意的尸首走了出去。

李莲英赶出门来叫道："把他的尸首吊在堡头，叫这些小鬼儿亮亮相!"

李莲英亲自给吴永松绑，皮笑肉不笑地说："知县受苦了!"

吴永作了一揖，道："老公公受累了!"

崔玉贵问："那个假吴永怎么处置?"

李莲英气恼地说："把他绑到堡头，弄五匹大青骡子，给他来个五马分尸！去去鬼气!"

第六回 人与狼斗气功显威 功同法论各振其辞

崔玉贵带着几个兵丁来到迟到的吴永屋里，不由分说，拽起他就走。

吴永道：“有个水落石出了吧，善有善报，恶有恶报，俗话说，假的真不了，真的假不了！”说着，瞥了一眼崔玉贵：“怎么？带我去见太后？”

崔玉贵鄙夷地望着他：“到了那儿，你就明白了。”

吴永跟着崔玉贵和几个兵丁走出骡马店，绕过密密匝匝在地上扎堆的兵丁，来到榆林堡的堡头。

他远远望见前面树上吊着一人，登时明白了，气得顿足叫道：“你们要后悔的！连真假都辨不清，如何侍候太后、皇上？”

崔玉贵用力推着他，狞笑着说：“错不了，你说，你是谁派来的？”

“哈哈，我是皇上派来的。”吴永有些神经错乱，嘴角抽搐着。

这时，几个兵丁牵着五匹骡子走了过来。那是五匹老羸的瘦骡，不堪驾驶，冻饿得奄奄一息。

吴永惊疑不解地问：“你们这是干什么？”

崔玉贵道：“干什么？今儿个要叫你来一个五马分尸！”

吴永一听，软绵绵瘫在地上，有气无力地嘟囔道：“你们真是缺了八辈子德了，我是无辜的呀！”

崔玉贵朝旁边几个兵丁一努嘴，几个兵丁一拥而上，将吴永手、脚分别绑在五条骡腿上，又点燃了一个火把；只要一烧骡尾，五马分尸的惨剧就要发生。

吴永气息奄奄，仿佛只有呼出的气，而没有吸进的气了。

崔玉贵用脚踢了他一下，问：“快说，是谁派你来的？”

吴永没有反应。

“是洋人派来的，还是义和拳派来的？要不然，是哪个山头的土匪头子派来的？”

吴永的眼皮翻了几下，露出白眼珠儿，说：“是皇上派来的，学而优则仕，我是凭着真本事考上来的，不，不是靠割家伙上来的。”

崔玉贵一听，脸红了半截儿，用力踢了吴永一脚，正要吩咐兵丁点马尾，只听有人高声喝道：“刀下留人！”

话音未落，从土路上飞也似的翻上来一个人，那人滚得如泥猴一般，文弱的身子，一双剑眉分外英武。

崔玉贵一看，惊得后退几步，叫道：“尹爷，你去探虚实，怎么到现在才回来？我们还以为你叫野猫叼走了呢！”

来人正是“铁镯子”尹福。

原来尹福正躺在田埂上冻得发抖，忽听旁边有动静。他睁目一瞧，不知从哪里来了一条饿狼，摇着尾巴，从草丛里钻了出来。

尹福身上被点了穴位，动弹不得，口中又喊不出。可怜一生英雄，遭了暗算，眼看就要落入饿狼的腹中，他如何不伤心落泪。

那只饿狼两眼泛着绿光，蹿到了他的身旁，离他的身体只有半丈远。然而饿狼似乎被尹福的镇静威慑住了，它见尹福毫无反应，感到异常，反而预感到有一个危险的圈套或可怕的陷阱。这只狼恐怕不是山里辗转而来的狼，而是平原上的狼，比一般狼要多疑和谨慎。它用鼻子嗅了嗅，又耸起耳朵听了听，发现没有其他的动静，才敢一步步逼近尹福。尹福静静地躺在那里，双目微闭，胸脯一起一伏，脸上没有任何表情。

就在那只狼逼近尹福身体的一刹那，猛然感到有一股强烈的气流向它袭来，使它像触电般地发抖，欲进不能，欲退不得，伸出的硬爪似乎凝结住了，张开的血盆大口也仿佛合不上了。这股气流是那么猛烈，使它寒彻骨髓。

尹福依旧躺在那里，仿佛睡熟一般。而他的额上却渗出了汗珠，一滴，两滴，三滴……汗滴结成了霜，白白的。他的胸口猛烈地起伏着，好像一座山升起了，又消退了……

尹福的脸色由白变青，渐渐泛绿。

狼的眼睛由凶猛变懦弱，由恐怖变恐惧，由碧绿变灰暗，渐渐黯淡；它的前爪不能自持，颤抖着，颤抖着……

这是一场人与兽的拼搏！

一方是奔波数日、腹中空空、筋疲力尽、饥饿欲昏的饿狼。

一方是年近花甲、劳顿数百里、心力交瘁、疲于奔命的老人。

谁胜谁负，难于揭晓。

时间一分一秒地过去，但是在此人此兽看来，时间停止了，空间消失了……

这时，传来一阵脚步声，两个年轻人簇拥着一个中年汉子走了过来。他们神色庄重，气宇轩昂。

中年汉子伸手去抓狼，想救地上那人垂死的生命。可是他的手指离那狼尚有半尺时，那只狼却将头一扭，软软地倒下了，嘴角淌出了殷红的鲜血，一滴滴，一片片……

它永远闭上了那双灰暗的眼睛。

中年汉子弯下腰，仔细地端详着尹福，那双利眼中透出几分尊敬。

他用双手在尹福身上拍了几拍，尹福睁开了双眼。

“你的气功不错。”中年汉子赞叹地说。

尹福的嘴角嚅动了一下，露出了苦笑。

他站了起来。

中年汉子也站了起来。

尹福双目炯炯，一字一顿地说：“你为什么不杀我？”

“我为什么要杀你？”中年汉子脸上毫无反应，话儿仿佛是从嘴里蹦出来的。

“因为我是皇帝的侍卫，而你是刺客。”尹福紧紧逼视着对方。

中年汉子的眉毛动了一动，道：“我要杀的是皇帝，而不是皇帝的侍卫。我要当的是正义的刺客，不是狭隘复仇的刺客。我要当荆轲、高渐离。”

尹福说：“可是你不要忘记，当今实权在握的是太后，光绪皇帝只不过是一个陪衬，况且他的变法维新，更是为了富国强民。你也不要忘记，八国联军的利舰强兵正盘踞于沿海和京都，堂堂古老中国正面临着四分五裂。而太后这柄老伞还能支撑残局。鞋子固然破了，但毕竟是绣花鞋，是中国姑娘精心制作的。如果鞋子破了，以后还有机会再缝补；如果脚没了，那么，人也就活不成了。”

中年汉子斩钉截铁地说：“人遍体鳞伤，衣服又破得无法遮体，那么要脚和鞋又有什么用呢！我们要造一个新人！”

尹福道：“康有为、梁启超是不是有学问的人？”

中年汉子回答：“当然是。”

尹福又说：“他们都主张维新变法，重振朝纲。日本自从伊藤博文变法后，一扫颓靡之风，国风焕然一新。”

中年汉子淡淡地说：“日本是日本，中国是中国。我们不仅要杀皇帝，也杀太后。”

尹福终于认出他就是昨晚客店中最后到来的人，问道：“你就是‘臂圣’张策?”

中年汉子点点头：“不错，我就是直隶香河人张策，这是我的两个徒弟。”他指指身后的两个年轻后生。

尹福此时才注意到立于张策身后的那两个人，正是红脸汉子和白脸汉子。

红脸汉子自我介绍道：“鄙人叫韩占鳌。”

白脸汉子道：“我叫李兰亭。”

尹福问道：“你们为什么不杀我?”

张策道：“我们杀了你，就是杀了八卦掌的掌门人，就如同得罪了八卦掌门人。董海川先师有五十六个弟子，个个神勇，人人又都有得意门生；通臂门若与八卦掌门结了仇，世世代代，互相残杀，则失了初衷。况且，乘人之危，下了阴手，将会被天下武林笑死。我张策不做不仁不义之事，杀也要杀个光明磊落。”

尹福虽然与张策并不相识，关于张策的故事也是从亲朋好友处略知一二，但如今听了张策这番气壮山河的语言，不禁肃然起敬。多么刚直的汉子、铁塔般的人物，真真热血肝肠，快人快语!

尹福闷闷地说：“看来这一路我们的较量是不可避免的了。”

张策道：“也不尽然，如果尹爷及时与当朝分道扬镳，结果将会相反。”

尹福道：“世间多少事，尽在不言中。你知道我的师父董海川，那么一个身材魁梧、英俊轩昂的汉子，为什么非要割阉栖身王府当了太监？为什么最后长叹三声，端坐太师椅抑郁而亡？这里头有多少委屈不为人知。”

张策说：“这至今是武林一大疑案，虽然众说纷纭，但无最终定案。”

“你师兄王占春先生近日可好?”尹福转换话题，想改变一下紧张的气氛。

张策望了望四周：“他既是我师兄，又是我师父。他的师父韩老道将平生通臂绝艺传给他后，曾告诫他不可再传他人。王占春先生是代师授徒。他如今不知云游至何方，只闻说他近日也要亲赴山西太谷，参加郭云深和车毅斋的比武盛会。”

言罢，张策往后退了几步，说：“尹爷，咱们后会有期，你快去榆林堡吧，恐怕皇上和太后又有难了。”

尹福问：“你为什么要提醒我?”

“因为我要亲手杀死太后和皇上!”张策的声音里充满着杀机。

此时，崔玉贵见尹福突然出现在眼前，又惊又喜，忙问：“你到过怀来县衙了吗?”

尹福点点头：“到过了。”

“见到知县了吗?”

尹福又点点头，说：“我们一块儿出了县城，路上遇到麻烦，我被一个洋女人骗了，她是八国联军统帅瓦德西派来的杀手。知县吴大人到了吗?”

“到……到了，我在这儿呢，你快来救我!”被五花大绑的吴永已从昏迷中醒来，跪在地上，朝尹福嚷着，他的声音充满了凄哀。

尹福来到吴永身前，仔细辨认道：“来去匆匆，我也忘记了他的模样。”

吴永声嘶力竭地说：“怎么刚过了半天，你竟连我也不记得了？还是我给你找的马呢，后来你去追一个俊俏丫头……”

尹福装出无可奈何的样子，问：“这可怎么办?”

崔玉贵说：“那你再认认那个真吴永。”

“原来还有一个真吴永，咱们认认去。”尹福说着拔腿欲走。

吴永叫道：“把我也带去认啊!”

崔玉贵吩咐兵丁道：“你们先看住他，早晚要五马分尸。”

兵丁们把刚点燃的火把弄熄了，各自拽着一头骡子，生怕它们跑起来。其实，那几头骡子好几日未进草料了，哪里还有心思和气力跑呢。

尹福随着崔玉贵穿过街市，走过席地而坐的兵丁群，来到关押那个吴永的骡马店内。

不料没有见到人，崔玉贵一问才知道，那个吴永被李莲英领着见太后和皇上去了。

崔玉贵和尹福急忙来到那家大客栈，只见慈禧太后、光绪皇帝正和那个吴永叙话，吴永身后立着李莲英和董福。

只听假吴永说：“原来预备了三大锅绿豆小米粥，熬好了等候御用，可是后来来了一帮乱兵，一抢而光了。俗话说，有势力的怕不要命的。这都是些亡命徒，谁也不愿招惹他们……”正说着，他猛地抬头见尹福和崔玉贵走了进来，慌了神，一扬手，就要向光绪皇帝发暗器。

尹福眼疾手快，也是一扬手，只是比假吴永快了一分一毫，尹福发出的镖正射中假吴永的手腕，假吴永惨叫一声，“呼”地跃起，扑出窗外。

但听一声惨叫，尹福等人来到房外一瞧，假吴永已倒地身亡，胸前插着密密的飞针，鲜血渗了一片。

尹福抬头四顾，院内并无一人，房上也没有人迹，隔壁房内只有瑾妃和隆裕的说话声。

“是谁发的飞针？”尹福问。

李莲英和崔玉贵一齐摇头，各自纳闷。

董福不会武艺，早已瘫软在地。

慈禧太后喝问：“是谁派你们来的？”

董福哆哆嗦嗦地说：“我不认识这个假县官，我是被一个洋女子唆使来的；她嘱咐我认那个假的是吴大人，说事成后给我两根金条，事先先给了我这锭银子。”说着从怀里掏出一锭银子。

此时，尹福等人已走了进来，尹福问：“那个洋女子在哪里？”

董福道：“就在那个枯井里。”

李莲英道：“你带我们去瞧瞧。”

慈禧道：“快把那个真知县请来，委屈他了。”

李莲英叫崔玉贵去请真吴永，自己和尹福随着董福七绕八绕来到榆林堡西头的一个土院内。那里果然有一口枯井，多年未用，井架枯朽。

尹福朝下望了望，井下有一丈多深，没有一滴水，野草丛生，井口仅容一个人下去。

李莲英也朝下望了望，疑惑地说：“难道她跑了？”

董福说：“井壁有个洞口，里面很深，直通到野外。这是榆林堡地堡赵如意早先差人挖的，主要是躲灾避难用的。昨晚那个洋女子先来到堡内，找到了我。我便把她藏在这里，夜里她又出去了。”

尹福一个人先钻了下去，在井下四尺处果然发现一个洞口，由于有茅草遮掩不易发觉。他钻进洞内，闻到一股胭脂香味。洞内漆黑一团，伸手不见五指，仅容一人爬行。他摸索着前进。爬了一阵，前面出现一片开阔地，是个地下室，有十几平方米大小；中间有个石桌，另有四个石凳，残烛未尽，闪烁着微弱之光。

尹福心细，在地上细细搜索，发现了一个小刀片儿，亮闪闪的，上面沾着几根胡须；他在地上摸来摸去，又摸到几根胡须。

“洋人一定部署了一个个暗杀计划。”尹福暗暗想。他见石室右壁又出现一个洞穴，于是钻了进去，又是漆黑一团。

爬着爬着，他摸索到一只鞋子，连忙揣进怀里；继续往前爬，前面出现了亮光。他又爬了几步，来到洞外，原来到了郊野，四面都是玉米地。他登上一个高坡，只见榆林堡遥遥在望，离这个洞口有二里之远。

尹福从怀里掏出那只鞋子，那是一只非常精致的大脚绣花鞋，湖色软缎子面，绣着一对活泼的鸳鸯，栩栩如生。

尹福的目光又落在洞口，他的眼睛一亮，只见距洞口半尺处有一个纸团。他快步走过去拾起纸团，打开一看，原来是一张用钢笔画的图，都是洋文，密密麻麻、曲曲折折。

尹福看着看着，猛地省悟：这是一张慈禧、光绪西逃路线图。东头那个圆点便是北京，西头那个圆点则是西安。

尹福把这张图和绣花鞋藏好，向榆林堡走去。

此时正值正午，天空由深灰变成了浅蓝，广阔的田野在阳光里显得特别清新，绿油油的玉米上挂着亮晶晶的雨珠，仿佛无数珍珠。远处是深黄色的耕地，笔直的渠道；洼地积满了明晃晃的一片水，青蛙哼哼哈哈得意地叫着。更远的山峦，像云烟似的，贴在蔚蓝色的天边。燕子啾啾地叫着，在天空中飞来飞去，寻找吃的东西，有的大胆地停在田埂上，用嘴刷洗着它的毛羽。旁边，流动着一条明亮的小河，轻风吹动，皱起粼粼的波纹。潮润的微风，满载着玉米的香气，柔和地轻轻地拂动着。

尹福正走着，猛然听到身后玉米叶子呼啦啦地响，感到不妙，急忙就地一滚。

“砰，砰”，几声沙哑的枪响。

尹福趴在田埂边，悄悄回头望去，只见红绸子一闪，不见了。

“是黛娜，一定是这个妖精。”

尹福爬起身来，一甩手，接连发出几支飞镖，朝那红绸子消逝的地方飞去。

尹福回到榆林堡那座枯井前，见李莲英和董福还在眼巴巴地往井内张望，便道：“李总管，我回来了。”

李莲英正瞧着井口发怔，猛听背后有尹福的声音，吓了一跳，转过身来，见尹福笑嘻嘻立于身后，忙问：“尹爷，你是怎么出来的？”

尹福把经过叙了一回，李莲英道：“咱们快去太后那里。”

这时，董福跪了下来，哀求说：“两位爷们儿，求求你们，我是一失足成千古恨，看在我家里有个傻儿子的分儿上，就饶了我这一遭吧，我给你们磕头了。”说着将头“砰砰”地朝地上磕，直磕得鲜血迸流。

李莲英一掌击在董福头顶上，董福顿时脑浆四溅。

他抄起董福的尸首往井中一掼，与尹福回到了客栈。

慈禧太后和光绪皇帝正与怀来县知县吴永亲热地叙话。

厨役送来了热腾腾的豆粥，太后的贴身宫女荣子先尝了尝，然后依次递到每个人手里。慈禧的碗内还飘着几根细丝咸菜。

光绪愁闷地说：“没有筷子可怎么办？”

慈禧道：“取点儿秫秸秆儿来，一样顶筷子用。”

崔玉贵找来几根秫秸秆儿，分给众人。几个人喝起豆粥。

吃完粥后，慈禧问荣子：“荣儿，有水烟吗？”

荣子回答：“水烟、火镰全没丢，就是没烟袋。”

慈禧的另一个贴身宫女娟子出去找烟袋，一会儿找回来，慈禧“吧嗒吧嗒”抽起烟来。抽在兴头上，又对吴永说：“这回由于十分仓促，皇帝、皇后、格格们都是单身出来，没有替换的衣服，你能不能给找些衣裳替换一下？”

吴永跪着回禀说：“微臣的妻子已经亡故，衣服箱笼多寄存在京城里。臣母尚有几身遗物，还在臣的身边，皇太后不嫌粗糙，臣竭力供奉。”

慈禧叫他平身，又低声对他说：“能找几个鸡蛋来，才好！”

吴永说：“臣竭力去找。”说着请跪安退下。

此时，尹福、李莲英正好进屋。

慈禧问：“抓到贼人了吗？”

尹福回答：“没有，在一个枯井里发现了她的老巢，捡到了这张图和一只绣花鞋。”说着，把那张图和那只绣花鞋递了上去。

光绪皇帝也凑上来观看，赞叹道：“这只鞋倒是好手艺，比宫里的人穿的都漂亮。”

慈禧看了路线图，吸了几管水烟，沉闷地说：“看来咱们这一路上都不得安生，这是洋人中主战派干的。”

尹福又把在地下室内见到刀片儿一事讲了，然后说：“我见到的黛娜明明是个女人，怎么会在地下室发现洋刀片儿呢？这洋刀片儿是洋男人刮胡子用的。”

李莲英说：“那个假吴永看来是他们雇用的汉人。”

这时，吴永用粗盘托着五个煮熟的鸡蛋进来了，他说：“各家各户都跑光了，我在一家的抽屉里找到这五个鸡蛋，现敬献太后。”

娟子过来剥了一个鸡蛋尝了尝，平安无事后，才把鸡蛋递给慈禧。慈禧拿了两个，把另外两个递给光绪。荣子过来剥了鸡蛋皮，娟子又找来一撮盐，慈禧一口气吃了两个鸡蛋。

吴永又说：“臣知道皇太后一路劳乏，特意备了轿子一顶。找到几个轿夫，都是抬轿多年，往来当差惯了的。”

慈禧点点头，流下一行眼泪，道：“我跟皇上连日来走了这么好几百里，就没有见着几个百姓，朝廷的官吏就更不知逃到哪里去了，影子也没见到过一个。”

吴永屏住呼吸听着，有些欣然。

“如今到了怀来县境，你居然能不避危险，衣冠整齐地前来迎驾，可算得是我的忠臣!”

“皇恩浩大，臣誓死效忠。”吴永说着叩拜了一下。

“我如今见到你，处处不失地方官的礼教，使我十分感动!”慈禧说到这里，又悲切起来了。“我不料大局坏到如此地步!”

吴永也呜咽着说：“请皇太后放心，局势还没有坏到不可收拾的地步。皇太后不是已经派人进京找洋人议和了吗？车到山前必有路，我吴永在要被五马分尸之时，不是还觉得有盼头吗？”

慈禧痛哭了一阵，心头觉得畅快不少，问道：“照你说，难道本朝的江山，不久还可以恢复吗？”

吴永道：“绝对无损于万世无疆的皇室帝业，不过目前圣驾恐稍受辛苦和委屈。”

慈禧叹了一口气：“从京里出来，奔走了这好几天，找不到吃的喝的，饿得要命，渴得要死，憋得难受。加上阴天下雨，冷得发抖；出了太阳，又热得发蔫儿。吴永，我想你活到今日，也没有挨过这苦头。”

吴永点点头，心里却在想：我险些尝了五马分尸的滋味。

“昨天，我坐在车子里，远远地看到一口井，就着太监去弄点儿水来。可在这荒郊野地里到哪儿去找辘轳和水舀子？万不得已，太监由井口爬到井底下去兜水，没想到摸到好几颗人头……那井水当然喝不得喽，可是越渴越紧，渴得我简直情愿死。后来小李子出了个点子，到田地里去采了一些秫秸秆儿，秫秸里多少有点儿浆汁，我跟皇上不得已嚼嚼秫秸秆儿煞煞渴。有一天夜里，我们歇息在一个地方，那破房子里只有一张门板，我和小李子背贴背坐了一夜。唉，你瞧我这副腔调，完全像一个乡下佬了。”

这时门外传来一声喝："赵军机到!"

话音未落，军机大臣赵舒翘已经跨进门来。

"什么事?"慈禧一怔。

"据探子报，有人冒充皇太后，已经进了怀来县城。"

"什么?!"慈禧听了，脸上陡地一变。

第七回 睹惨景两义士嗟叹 沉旧梦光绪帝惆怅

军机大臣赵舒翘奏道："那冒充的皇家行列只有十几人。"

慈禧急忙说："可是知县还在我们这里呢。"

赵舒翘道："城里人谣传，知县已被乱兵打死了。"

吴永道："不知是哪路贼人竟敢冒充圣驾先到了城里，咱们还是快动身吧。"

慈禧道："先差尹福、李瑞东进城探探虚实，咱们随后就启程。"

慈禧坐着吴永找来的轿子，光绪乘着延庆州备的轿子，皇后、瑾妃同乘一个驮轿，大阿哥和溥伦贝子同乘一个驮轿，李莲英脚上有疾，也乘了一个轿子。一行车马出了榆林堡，朝怀来县城而来。

吴永也在皇家行列里走着，他偷偷地瞥了一眼轿内的光绪，见其身材适中，较常人微高，两眼大大的，眼珠呈深褐色，眼皮微微下垂，似乎平日就不大举目观眺。他蓬首垢面，憔悴万分，颔髭已长得有寸把长，可能是多日未刮的缘故。多日的奔波加上感情上的伤害，光绪日渐形销骨立，他身穿一件半旧了的元色细行湖绉袍，宽襟大袖，毫不合身，腰无束带，上无外褂。

"谁料到这个青年就是当今的光绪皇帝?"吴永一边走一边暗暗地想。

尹福、李瑞东各骑一匹马，先离了榆林堡，朝三十里外的怀来县城驰来。他们一路上看到的净是残村破户，破棉絮烂褂子扔了一地，大道上有马粪、人尿、弃骨等，时而有几只野狗盘踞在横尸上，还有那半死的溃兵和难民在呻吟、挣扎。尹福和李瑞东觉得简直是踏进了鬼蜮王国，这西去的路上，充满了昏暗和死亡。

他们的马正奔驰着，被前面一伙人挡住了去路。原来是一些逃兵争抢着一只烂了五脏散发着腐臭的死狗，他们争着抢狗肉往嘴里塞。

一会儿，那只死狗已被众人抢夺得只剩下一副紫血模糊的骨骼。

李瑞东和尹福驰马绕过他们，又往前赶路。

李瑞东说："我想，人饿急了，连人肉也咽得下去。"

尹福道："皇太后的两个贴身宫女荣子和娟子，不是也曾想割掉股肉献给皇太后吗？被皇太后阻止了。"

李瑞东道："我听说在皇上饿得发慌的时节，小主也想割掉一块股肉煮汤献给皇上，被皇上骂了一顿。"

尹福忽然指着路旁说："你瞧！"

李瑞东转过头，只见玉米地里有个赤裸的年轻女人，不知被谁割掉了两只奶子，还没有断气，有一只老鸦正站在她那鼓胀得老高的肚皮上啄着。

"真惨啊，不知是谁家的女人。"尹福叹息着，一扬手，一支飞镖飞了出去，正击中那老鸦的咽喉，老鸦栽倒在一旁。

两个人飞马朝县城奔去。

皇家行列仍在慢慢蠕动着，有消息传出，河南总兵统领了五营人马到了京郊，已经挡住洋人的追兵。

慈禧听了这消息，精神为之一振，顿时来了精气神。她探出身子问崔玉贵："河南总兵是谁？"

"蒋尚钧。"崔玉贵毕恭毕敬地回答。

"玉贵，你要记住，等平定了，我要重赏他们。"

"刚才探子来报，广东押解银元七千绕道追赶圣驾而来，听说已到了山西。"崔玉贵说完，抬头看着慈禧。

慈禧脸上露出笑容，道："好极了，我们到了山西便不愁没有钱花了。"

她望了望走过的虎神营兵士，又问崔玉贵："李鸿章有消息吗？"

"李大人仍未到达京城。日本军队目前已进驻颐和园。各国联军议定，轮流居住，每七天一调换。"

"各国洋兵眷恋着那座园子，倒也罢了，但愿他们不要瞎折腾，我有好多日常用的东西还在园子里放着呢。"慈禧拂了拂乱发，又问："不知洋人进皇宫没有？"

崔玉贵回答："听说洋人没有进去，王文韶大人等正在跟他们谈判。"

慈禧听了，松了一口气，喃喃自语："老祖宗留下的东西能保住就好了。"

娟子在一旁听了，高兴地说："这么说，宫里那么多姐妹有救了，谢天谢地！"

皇家行列走出榆林堡才十里，已接二连三地倒毙了十几个饿死的兵丁。只要有一个倒毙的，就有第二个，这是心理暗示在起作用。那些倒毙的兵丁面目可怖，马玉昆吩咐轿夫们抓紧赶路，以免贵妃、格格们看见害怕。

岑春煊从队尾来到队前，指挥几个兵丁迅速清扫着路上见到的尸首、弃骨。

光绪在轿里看到路旁人尸纵横，鸦犬争食，心里万分难过。他想到自己从登极到如今已有二十六个年头，可是没想到如今落到这个处境，国家败落到如此地步。他看到那倒毙在路旁的尸首，仿佛都活了过来，爬着，立着，向他伸出手，他的面前出现无数狰狞的脸。

他惊恐地叫道："我也不是甘愿当傀儡的，今日的局面不是我造成的！"

恍惚中，他忽然看到珍妃披头散发，现出一副苍白的脸庞。他绝望地叫道："杀你的不是我！我救不了你，我也救不了我自己！"

光绪晕倒在了轿子里，可是没有人知道。抬轿子的人只觉得皇上在轿子里动了一阵，后来便一动也不动了，稳稳当当地倒是好抬得多了。

就这样顺顺当当地走了一程。

"走了多远了？"慈禧在轿子里问。

"我到前头瞧瞧去，大概快到了，可是还没看到城墙垛子。"崔玉贵说着赶到前面去了。

风，凄切地卷过来。

慈禧面色蜡黄，形容枯槁，仰卧在轿中。她感到周围是一片坟场。她绝不是一个仁慈怯懦的妇人，而有的是野兽般的残戾和机警。她非常清楚，自从戊戌变法以来，她和洋人的关系一天比一天紧张，也许只有俄国是例外，因为在那次变法运动中，俄国人是支持她的。其他各国，尤其是英国和日本，已成为她又恨又怕的"洋鬼子"。她恨的是，洋人们想利用光绪废掉她这个皇太后。她怕的是，数十年来，大清国与洋人打了许多次仗，就没有一次是占了便宜的。戊戌政变，她以果决的手段，镇压了新党，在朝廷内部换上了自己的心腹，将不听话的光绪关在了瀛台。可是那些支持新党的洋人，仍然虎视眈眈，处处作梗。去年义和拳闹起来后，烧教堂、赶洋人，她想利用义和拳刹一刹洋人的威风，巩固自己垂帘听政的地位。没想到义和拳闹进了京城，惹恼了洋人，西什库教堂和东交民巷使馆区又久攻不下。洋人组成八国联军，大举进攻，落得自己寡母孤儿西逃的败势。

自从戊戌变法以来，她早就想除掉光绪这个可怜的政治对手，只是刘坤一、张之洞等封疆大吏和全国臣民反对，又有洋人的压力；加上溥隽这个大阿哥实在不成才，而又另外找不出一个合适的继承人来，她才迟迟未敢动手。八国联军入犯京城，如果光绪留在北京，正应了洋人们的心意，趁机废了她这个皇太后。光绪说不定会与洋人议和，掌握军政大权，或者洋人会把他当政治木偶，随意摆布，大清帝国会土崩瓦解。

慈禧咂吧咂吧嘴，舌尖还沾有小米粥的残渣，她依稀记起了几天前在颐和园传膳的情景。

"传膳——哪——!"只见仪鸾殿门帘高挑，几十名太监排成队列，抬着大小七张膳桌，捧着几十个绘有金龙的朱漆食盒，恭恭敬敬地走进殿内。殿内，又有十多名套上白领头的太监把食盒接过，摆好膳桌，将一百多样菜肴迅速布好。崭新的银器食具，刻着蟠龙和"万寿无疆"的字样，下面托有盛着热水的保温瓷罐，每个菜碟或菜碗上都挂着一个戒备下毒用的小银牌。七张膳桌被摆得银光交映，夺目生辉。

当慈禧被扶到正座之后，有一名太监喊道："打碗盖!"马上有四名小太监分别打开菜碗上的银盖，并归拢到一个大银盘内取走。这时，每个菜碗内都升腾出一缕缕热气：三鲜龙贝、口蘑肥鸡、红烧鱼翅、素扒海参、黄焖鹿尾、清烩猴头、软炸蛎蟥、肉烩淡菜、胡桃腰花、芙蓉肺片、瑶柱蒸蛋、珍珠肉圆、山药樱桃肉、干煸牛肉丝、白切羊肉片、凤尾虾、面拖蟹、银鱼蛋、东坡肉、爆两样、宫爆肉丁、滑溜里脊、炸春卷、狗不理包子、羊肉串……数不清的珍馐美肴。慈禧的御膳还有一个火锅，里面除了寸长白肉片外、还填进了熊掌、猴脑、鹿肺、鲍鱼、蛏干、银耳、冬茹等山珍海味……

想到这里，慈禧鼻子一酸，淌下几滴热泪。真是不堪回首啊！政治风云，变化莫测，胜者英雄败者寇啊！

光绪此时恍恍惚惚来到一座幽雅静谧的庭院，古槐参天，绿荫覆地。这是北京宣武门内西太平街醇亲王府的槐荫斋，是他的生身之地。他的父亲醇贤亲王奕譞和他的生母醇王福晋跪在地上，惶恐地向他称臣，光绪看到他们那笨拙的样子，感到好笑。

光绪又来到书房毓庆宫，那是个工字形宫殿，南窗下有个长条几，上面有帽筒、花瓶；靠西是一溜炕，上有炕桌；靠北板壁有两张桌子，放着《四书五经》和文房四宝。壁上有个大钟，镜盘直径六尺，指针比人臂还粗。

光绪看到了老师翁同龢先生。翁老先生木然地坐在那里，他教导了光绪十多年。翁先生是咸丰丙辰年的状元，学问高深，名噪一时。

翁先生朝他冷冷地问："励精图治，驯致富强，四海苍生，咏歌圣德。皇上，你为何落魄到此?!"

光绪惊恐地说："翁老师，皇太后不是把你永远逐回老家了吗?"

翁同龢脸上浮起一丝笑纹："皇上，你忘了吗？每当一有暴风雨的雷声，你便吓得扑进我的怀里。"

光绪留恋地说："是啊，老师，如今我又遇到了雷声，我又找您来了!"说着，扑向翁同龢，可是却只摸到了一张纸，原来是翁同龢的一幅画像。

崔玉贵从前面转回来，才走到大阿哥乘的轿子旁边，看到后面轿子里荡出了一条腿，脚上的鞋子不知去向，那脏黑的布袜子已褪下一半，摇摇欲坠。

崔玉贵为之一吓，撵到轿子前面，往里一望，只见光绪正躺在轿底板上，嘴里吐了一堆白沫儿。

崔玉贵吃惊不小，急忙低声唤道："皇上，皇上，您怎么啦?!"

光绪醒了，发觉自己躺在轿子里，忙爬了起来。

崔玉贵说道："皇上，您不太舒服吧?"

"没有什么。也许是刚才的小米粥喝得猛了些，上了轿，吹了一阵风，有点儿往上泛。"

"您该把轿帘子放下呀。来，我替您放下。"

崔玉贵发觉这顶轿子上没有帘子，"奇怪，延庆州的这顶轿子竟没有装帘子。"

光绪回答："原本是有的，启銮的时候，被秋太监下走了。"

"我再找一个帘子，替皇上挂上。"

"玉贵，算了，再走一会儿就到怀来县城了。"

"到了县城就好了，一定要找人给您赶制一件龙袍。"

光绪失神地望着前面，淡淡地说："我早就不稀罕那龙袍了。"

尹福、李瑞东在傍晚时分进了怀来县城，只见街上空无一人。

二人驱马朝官衙走去，走到官衙门口，出来一位衙役，拦住他二人说："你们是什么人？竟敢闯入县衙！”

尹福说：“圣驾就要到了，我们是清室大内护卫，前来打探信息。”

衙役听了，惊奇地说：“圣驾已在上午到了这里，正在后面歇息，明早就要起身。”

李瑞东说：“圣驾明明在后面，怎么会先到呢，一定是冒充的，你带我们去瞧瞧。”

衙役带尹福、李瑞东穿庭过院，来到内宅，只见那里站着两个兵丁，都是清宫虎神营士兵装束，扛着大刀。

他们见到尹福等人到来，将刀一架，不让他们进去。

尹福一见，抽出判官笔，左右虚晃一下，用笔隔开双刀。

那两个兵丁被震得虎口发麻，忙问：“义士从何而来？”

尹福回答：“你们是何人？我们是圣驾的护卫！”

一个兵丁说：“怎么又来了圣驾？我进去禀报一声。”

尹福一挥手：“不用禀报，我们自己进去。”说着与李瑞东大踏步地走了进去。

他们来到一座庭院，门口又立着两个兵丁，同内宅门口的兵丁装束相同。

这两个兵丁手持洋枪，见到尹福、李瑞东，便端起了洋枪，枪口对着他俩。

尹福往里一望，有正房三大间，正中的一间房内太师椅上坐着两个人，一个与慈禧太后相似，一个与光绪皇帝相似。慈禧身后立着李莲英，光绪身后立着崔玉贵，两侧坐着隆裕、瑾妃等人。

尹福和李瑞东看糊涂了，怔怔地，竟说不出话来。

一会儿，那李莲英三蹦两跳地来到尹福面前，亲热地拉着他的手，叫道：“大师兄，我就知道你一定会来。”

尹福惊得用眼睛瞪着这个“李莲英”，半天才惊喜地叫道：“哎呀，是‘单刀’李存义！”

李存义，字忠元，直隶深县小营村人，生于道光二十七年，比尹福小四岁。他秉性温厚，轻财好义，性喜拳术，幼年学习长短拳。三十八岁时，拜形意拳名师刘奇兰为师，学习形意拳，习之数年，深得形意拳之精髓。以后闻听北京董海川精于八卦掌，便进京欲拜董海川为师。由于他与程廷华是同乡人，便请程廷华介绍引见。董海川知道李存义精于形意拳，起初不肯收他为徒，后经程廷华、刘凤春、梁振圃等八卦掌门弟子一再说情，才同意收李存义为徒。李存义艺成后，到天津以保镖为业，往来各省，名声大震。他因惯使单刀，人称“单刀李”。光绪二十六年，李存义看到清廷日益腐败，民不聊生，参加了张德成组织的义和团，任义和团武术教头。八国联军入侵后，李存义身先士卒，单刀上阵，面对洋枪洋炮，毫不畏惧，奋勇杀敌。在天津老龙头车站一役，他手刃洋兵十几人，誉满中原。义和团运动失败后，李存义退出京津。有人传说，他去了山西隐居。

尹福见李存义如此打扮，忙说：“一别数年，师弟为何如此打扮？”

李存义急忙招呼“慈禧”“光绪”等人：“这就是我常向你们谈到的‘铁镯子’尹福。”

他又拉着“慈禧”的手对尹福说道：“这位是红灯照忆贤师妹。”又指着“光绪”说：“他是义和团的小安子。”

尹福一一与他们见过，拉过李瑞东说：“这位是‘鼻子李’李瑞东。”

李存义喜道：“久仰大名，原来是直隶武清县‘鼻子李’到了。”

李瑞东喜形于色道：“天下谁人不知‘单刀李’老龙头一役，单刀上阵血刃十数洋兵的佳话，幸会！幸会！”

李存义又拉过“瑾妃”“隆裕”等人说：“这都是红灯照的姐妹们。我从天津逃出后一直在山西宋世荣大哥处藏身，以后遇到忆贤、小安子等义和团、红灯照兄弟姐妹，又聚到一起。我们要找慈禧那老贼妇索命，她出卖了义和团、红灯照，整整索去我们几万条性命，我们要把这老贼妇千刀万剐，油炸清蒸……”说到这里，李存义咳嗽不止。

尹福劝道：“我们坐下来慢慢谈。”

李存义、尹福、李瑞东、忆贤、小安子等依次坐下。

李存义缓缓说道：“听说慈禧等人由北京西逃要经过此处，我们便先扮作圣驾，大摇大摆地进了城，演了这场戏。”

尹福问：“你们有多少人？”

李存义呵呵大笑道：“实不瞒大师兄，我们只有十二人。但都是神兵神将，刀枪不入，以一抵百，个个都是好功夫，对付一个如丧家之犬的老太婆足够了。”

尹福说：“现在慈禧身边有岑春煊的骑、步军两千余人，又有马玉昆掌管的虎神营、神机营和护卫数百人，你们仅有十二人，如何对付得了呢？”

李存义神秘地一笑：“只可智取，不可强攻。我们出奇制胜。”

尹福把李存义拉到旁边一间屋内，掩上门，急切地说：“存义，我何尝不想杀慈禧！她就像一具僵尸卧在紫禁城里。光绪皇帝在康有为、梁启超的支持下，变法维新，学习外国的先进技术，重振朝纲。可是慈禧暗握大权，蓄谋反扑。那时我何尝不想杀慈禧。因为除掉慈禧，就如搬开绊脚之石，可是慈禧深居简出，颐和园有重兵群卫坚守，不能接近她一步。慈禧发动政变，捕杀了谭嗣同等六君子，将光绪皇帝幽禁瀛台，不少维新党人家破人亡，我又何尝不想杀慈禧！义和团运动爆发后，如火如荼，轰轰烈烈，慈禧妄图利用义和团对付洋人、钳制洋人，从中渔利。然而当看到洋人出兵入侵，又断然出卖了义和团，使轰轰烈烈的义和团运动失败，我更是恨不得杀了她。可是你要知道，现在兵权掌握在后党手中，光绪皇帝只不过是个木偶，是个傀儡。杀掉一个慈禧，很可能又冒出一个荣禄，一个袁世凯，还是无济于事。况且如今八国联军大兵压境，重扼京都，他们正希望慈禧在这场兵灾之中死掉，酿成全国大乱，藩镇割据，而洋人正好坐收渔人之利，趁此机会瓜分中国。此外慈禧在当今清王室中还有权威，连袁世凯也惧怕她几分。如果在这兵荒马乱的时节，她突然暴毙，恐怕无人再能控制时局。”

李存义听了沉吟未语。

尹福又说道：“前不久，八国联军统帅瓦德西派了黛娜等杀手前来刺杀慈禧，其在榆林堡险些得逞，后被识破，逃之夭夭，不知去向。洋人的意图，已是司马昭之心，路人皆知。”

李存义说：“我们在路上也曾遇到过一个洋女人，她坐在车轿里，神色诡谲，非等闲之辈。除了一个马夫外，还有一个跟车的保镖。他们与我们这一行人，只打了个照面，便匆匆而去。”

尹福说：“存义，你要三思而后行啊！”

李存义缓缓道：“听了你这一席话，我好像多了几个心眼儿。此话确有道理。真是螳螂捕蝉，黄雀在后；鹬蚌相争，渔人得利。我见许多义和团弟兄、红灯照姐妹死于洋人和清兵之手，愤懑已极，前几日又有这班弟兄、姐妹前来义愤填膺地要求处死慈禧，于是领了他们来到这里。如此看来，这个慈禧目前是杀不得。也罢，日后再杀她不迟。”说到这里，他喟然长叹道：“只怕是她日后虎归山林，再杀她也不容易了。”

尹福道：“人生七十古来稀，此时饶了她，她受到八国联军入侵的如此惊吓，又能活得了多少年呢。可是皇上还年轻啊。”

李存义握着尹福的手道：“大师兄，我听你的，咱们后会有期。”

尹福笑道：“师弟，咱们见面的机会还多。有句话道，山不转水转。我常年在北京，慈禧目前正派李鸿章等人与洋人议和，我想出不了两年，他们就会回京，你我后会定会有期。”

李存义临出门又问：“近日形意门车毅斋和郭云深要在山西太谷比武，届时，我也会去。如果你们路过太谷，师兄可抽空到太谷一会。”

尹福笑道：“我何尝不愿目睹二位高手比武，况且又有那么多名家前去观战，就怕无缘前去。”

二人出了门，李存义对忆贤、小安子等人一挥手道：“咱们撤了。”

忆贤听了，凤眼一瞪，急道：“存义兄，这是为何？”

李存义一挥手：“待会儿我再告诉你们。”

李瑞东、尹福将众人送出城，折回县衙。

几个衙役迎了出来，又鞠躬，又磕头，皆说瞎了眼睛，没有看出李存义等人是假皇室。尹福、李瑞东也不怪罪他们，叫他们赶快准备迎接圣驾。

一个衙役把尹福、李瑞东迎到后院一个干净的房间安顿下，一会儿，又有一个衙役赶来请他二人去看为太后、皇上准备的房间。

尹福二人随衙役来到一个庭院，院内有正房三大间。进了正房，只见陈设不多，但很雅洁。尤其西面的一张床，湖色软缎子夹被、新枕席配着螺纹帐子、垂着山水画卷的轴子、两个青绦子帐带。中堂的北面，一个条山的架几，一张八仙桌子，两把太师椅，鲜红的椅垫，显得匀称。正房东边有两间矮房，是耳房，与正房隔山相通。

那个衙役道：“这是我们县老爷的卧室，准备让太后住的。皇上住外院的签押房，那是县老爷办公会堂的地方。”说着又带尹福二人看了看外院的签押房。

那个衙役又指着跨院的三间西花厅说：“这里可以让皇后、格格们住。”

尹福、李瑞东看了，连连点头。

这时，县衙门口传来一阵吵吵嚷嚷的声音，那声音越来越大，还夹杂着女人的叫骂声。

第八回 盘踞水浒双侠赠谜 落魄怀来吴永送裳

尹福、李瑞东赶快来到县衙门口。只见看守大门的衙役正与一个叫花子老头扭打着，旁边有个年轻的女叫花子跺着脚叫骂着。

尹福细观那叫花子老头：他赤着上身，满是污泥，下身穿一条破旧的短裤，拄着一根树干，双目失明，身上的肉又黑又肥又厚。那个女叫花子，穿一身蓝布碎花白边衣裤，膝盖处露出白皙的肉皮，脸上头上脏乱不堪，那双眼睛透出几分机警，身段轻巧、灵活。

衙役见尹福、李瑞东来了，忙说："这两个叫花子口口声声要闯进来要口饭吃。"

老叫花子冲着尹福"噗通"一声跪了下来，哭道："老爷，行行好吧，俺们是从直隶香河县一路要饭来的，洋人都打到张家口了，俺和俺闺女三天没吃一口饭了。"

女叫花子也说道："真是衙门的口朝南开，有理没银子甭想进来。俺和俺这瞎爸爸都快饿昏了，这么大的一个衙门，就不能给俺们弄口饭辙儿!"

尹福见这两个叫花子可疑，朝李瑞东使了个眼色。

李瑞东会意，对衙役道："后头有什么吃的吗?"

那衙役吞吞吐吐地说："好不……容易弄来了一袋麦子，刚蒸了一锅馍馍，是给太后、皇上准备的……"

"怎么?太后和皇上是人，俺们就不是人?没有俺们庄稼人每年辛辛苦苦种庄稼，那太后、皇上就得喝西北风去!"老叫花子使劲儿一拄树干，震得地嘭嘭地响。

女叫花子也开了腔："要知道，俺们庄稼人汗珠子摔八瓣儿啊!"

尹福对衙役道："给他们父女俩一人拿一个馍来。"

衙役应诺，一会儿端出两个热气腾腾的馍馍，递给那两个叫花子。他们接过馍馍，狼吞虎咽般吃了，然后四只眼睛怔怔地望着尹福。

老叫花子开口道："但行好事，莫问前程。好事做到底。现在天色已晚，俺们流离失所，没有地方安身，睡在人家的门洞里又不安稳。俺这个闺女正当黄花年纪，若遇上歹人又说不清道不明白……"

衙役有点儿火了，嚷道："有话快说，有屁快放。"

老叫花子翻着白眼道："俺的意思是，让俺们在县衙门里住一宿，明儿个鸡一叫就上路。"说着，拄着树干就往里挤。

衙役慌忙将他扯住，叫道："不行！你真是得寸进尺，给你轿子你就上。圣驾一会儿就到，今晚县衙里要住圣驾，几千个兵士还没地方住哪！"

女叫花子撇撇嘴道："谁稀罕住你们这个王八窝，要俺说，你们这门口应该有副对子，叫庙小神灵大，池浅王八多。"

"对，好，妙！横批是一窝混蛋！哈，哈……"老叫花子得意忘形地跳着、嚷着。

李瑞东按捺不住心头的怒火，举拳欲打老叫花子，被尹福拦住："瑞东，算了，他大概是老糊涂了。"

女叫花子搀着老叫花子哈哈笑着远去了，只听到"嘻嘻""哈哈"的声音愈来愈小，渐渐消失。

衙役一甩袖子："哼，城里这么多空房子，他们偏偏要往这里挤！"

尹福喃喃道："来者不善啊！"

他吩咐一个衙役骑马到城门口去迎皇家行列，然后与李瑞东来到后院。刚进屋，猛见窗外对面房上有个人影一闪，尹福飞步奔出房间，那人影已无踪迹。

李瑞东道："好像是个穿红衣服的女子。"

尹福道："今晚又有一场拼杀了。"

二人进了屋子，点燃了蜡烛，只见壁上有四个毛笔写的大字：善者不来！字迹如飞龙走蛇，墨香横溢。

尹福道："这四个字肯定是那个红衣女子所题。"

李瑞东拉尹福坐在木椅上，说道："尹爷，管他呢，'人生有酒须当醉''人生得意须尽欢，莫使金樽空对月'。咱们弄点儿酒，先喝上几杯再说。"

他出去向衙役要了一瓶竹叶青酒，又找了两颗山核桃，两个人相对而坐，每人磕了一颗山核桃，对酌起来。

酒过三巡，李瑞东提议猜谜，尹福眨巴一下通红的眼睛问："猜什么谜?"

李瑞东回答："猜《水浒传》的人名。我先说一个，你猜。然后，你再说一个，我猜。哪个猜不出，哪个罚酒。"

尹福呵呵笑道："酒喝光了怎么办?"

李瑞东搔着头皮想了想，说："以水代酒。"

尹福道："好，你先说，我先猜。"

"斗转星移。"李瑞东笑眯眯地望着尹福。

"时迁呗!"尹福得意地说。

李瑞东点点头："该你说了。"

"蓟门烟树。"尹福说。

"嗯，燕山青翠，是燕青。"李瑞东绽开了笑脸。

"替爷爷站岗。"李瑞东又冒出一句。

"你小子又有什么花活儿吧。"尹福扳着李瑞东的肩膀，想了想，脱口而出："孙立!"

"正值寒冬凛冽时。"

"方腊。"

"三代两传捷报。"

"公孙胜。"

"秦始皇统一中国。"

"王定六!"

"曹丕篡位立帝基。"

"魏定国。"

"关云长千里走单骑。"

李瑞东喷了一口酒气，笑道："当然是顾大嫂喽!"

"咱们再来个各打《水浒传》人名两个，怎么样?"李瑞东问。

尹福斯斯文文地正襟危坐道："我从小在朝阳门听说书的讲《水浒传》，耳朵几乎听出了茧子，还怕你出题吗?"

李瑞东道："好，先不要把昆明湖的铜牛皮吹破。我先说一个，长生殿盟誓。"

"李忠、杨志。"尹福气昂昂地回答，也说道："文物说明书。"

"当然是解珍、解宝。"李瑞东望着窗外，说："满城春色宫墙柳。"

尹福想了一会儿说："郭盛、花荣。怎么样?"

李瑞东咂吧咂吧嘴，说："不赖，这个答得还挺合适。"

"咱们来个各打《水浒传》人名三个，怎么样?"李瑞东又问。

尹福回答："当然可以，不过，这回该我先考你了。七擒七纵，从此南人不复返。"

李瑞东发了一会儿怔，尹福笑道："难住了，那就喝一杯。"

李瑞东道："孔明、施恩、乐和。"

尹福笑道："不错，你考我吧。"

"我才不及卿，乃觉三十里。"

"曹正、宣赞、杨雄。"

尹福答后，又说："咱们来个各打《水浒传》泊号三个，怎么样?"

李瑞东回答："奉陪到底。"

尹福道："直上云霄。"

李瑞东道："行者、没遮拦、摸着天。"

尹福称赞道："这三位的绰号再合适不过了。"

李瑞东道："该我考你了，不肯过江东。"

"小霸王、没面目、小遮拦。"

尹福道："你再考我打《水浒传》泊号四个，我也能答上来。"

李瑞东道："过五关斩六将。"

尹福皱着眉头，思索一会儿，回答："行者、美髯公、大刀、没遮拦。"

李瑞东一拍大腿道："我算是服你了，咱们再来猜各打《三国演义》人名三个，如何?"

尹福道："来者不拒。"

李瑞东道："背负青天朝下看。"

"张飞、高览、陆景。"

尹福道："鸿雁传书报平安。"

"张翼、高翔、陈泰。"

李瑞东道："喜望稻田千层浪。"

"张辽、田丰、黄盖。"

尹福道："三国归晋。"

"曹休、孙休、刘禅。"

李瑞东道："频年不解兵。"

"何曾、戈定、干休。"

尹福道："杜绝灯谜撞车。"

"文虎、雷同、于禁。"

李瑞东道："事事齐全说汉高，五柳先生也折腰。臣人奏章朕曰可，即可胡为不早朝。"

"刘备、陶谦、王允、何晏。"

李瑞东见尹福一口气答出《三国演义》四个人名，不禁赞叹道："你真是熟读《三国演义》了。"

尹福道："我是熟听《三国演义》，算起来也有二十多遍了。该我考你了，骅骝开道路，骐骥跃高坡。不偏三尺津，阿瞒子孙多。"

李瑞东冥思苦想，只回答出马超、马腾和魏延三个人名，第四个再也想不出，只得举起酒杯一饮而尽。

尹福道："还有一个是法正。我再考你一个，萧相国荐贤，汉高祖授印，淮阴侯为帅，楚霸王被困。"

李瑞东笑着说："我实在想不出来了，索性多喝几杯吧。"说着端起酒瓶子，一连倒了三杯，都一饮而尽。

尹福也有些醉意，他抢过李瑞东手中的酒杯，说道："你别喝得太猛，今儿个晚上还有好瞧的呢。我告诉你谜底吧，是何进、刘封、韩当、关羽。"

这时，但听前面传来一阵喧哗，原来是圣驾到了。尹福连忙拉起李瑞东，到前面迎接圣驾。只见慈禧、光绪的轿子直抬到内宅门口。

李莲英一眼瞧见尹福、李瑞东，急忙走过来问："那些冒牌的'圣驾'呢?"

尹福回答："是义和团，我劝他们走了。"

李莲英叹道："请走也好，省得刀对刀，枪对枪，双方都有死伤。又是一场虚惊。不过，冒充圣驾，是要砍头的。"

尹福道："这国难当头，顾不上那么多讲究了。"

慈禧、光绪等人饱饱地吃了一顿晚膳。

晚膳后，知县吴永捧着四个包袱来到慈禧面前，说道："这些衣服粗陋不堪，只因太后、皇上出皇宫时，没带衣服，特将先人的遗物及自身的衣饰奉献，聊备替换，望太后赦臣死罪。"

慈禧点点头道："你先下去吧。"

她打开包袱一看，有蓝薄呢子整大襟袄一件，深灰色螺纹裤子一条，没领绸汗衫一件，半截白绸中衣一条。她又打开一包，只见是红绸大袖马褂一件，蓝捞长袍一件，另备随身内衣一套。她又打开第三包，尽是长袍丝裤。第四包都是全新的袜子，是细白市布做的，有十多双，包里另有一双矮腰细绒软胎的毡靴子。

慈禧满意地点点头说："这个吴永有分寸，很细心。两天多来，几次遇雨，别处都能忍受，只有两只脚在湿袜子里沤着，真难受。有了这些干净袜子，真是雪中送炭。"

这时，太监又抱来两个梳妆盒子，慈禧打开一看，梳篦脂粉一应俱全。

慈禧道："三天没照镜子了，不知成什么样子了，如今有了这梳妆盒里的镜子，可以装扮一下了。"

李莲英打来温水，慈禧的贴身宫女荣子和娟子赶快给慈禧洗头洗脸擦身。李莲英给慈禧细心地梳头，把过去的盘羊式改成了两把头。

慈禧照着镜子，伤感地说："这头发又改了回来，过了几日难民的日子，真是甜酸苦辣都有。现在，我要换上旗装，露出庐山真面目。"

荣子拣了一件素雅一点儿的旗装替慈禧换上。

慈禧梳了头，搽了粉，换上旗装，在屋里踱了几步，颇为得意，她高兴地说："一出了雁门关，那洋人分明是追不上了，各路勤王的兵马一到，咱们大清江山又得救了！"

一会儿，皇后、小主、格格们也走了进来，各拣了一件男人长衫穿了。

忽听门外有人高声奏道："军机大臣王文韶到了！"

慈禧一听，怔了一怔，忙道："他不是在北京城里吗？怎么到了这里？"

一会儿，一个官人冒冒失失地闯了进来。他身穿蓝布衫，斜挎着一个浅褐色的包袱，包袱里鼓鼓囊囊的。

"文韶，你慌慌张张追到这里干什么？"慈禧此时已安坐在太师椅上，装作不慌不忙的模样问着。

此人正是军机大臣王文韶。

王文韶哆哆嗦嗦从背囊里摸出一堆印信，递给慈禧，说："我把军机处的印信带出来了。"

慈禧听了，十分欢喜，说道："你立了头功，有了这些印信，我们在路上就能发号施令，调动全国军队了，这是件至关重要的大事。"

王文韶道："洋鬼子厉害得很。他们带有一种绿气炮，不用弹子，只叫炮火一燃，这种绿气一喷出，人一触着，便要僵毙，所以我兵屡败。"

慈禧道："这又是那刀枪不入的神话，反正我们是败了……唉！"

李莲英过来数着军机处的印信，数着数着，忽然道：“这印信如何少了一颗?”

慈禧、王文韶等人听了，吃了一惊。

王文韶过来又数了一遍，汗水渐渐淌了下来，哆哆嗦嗦道：“是少了一颗，一定是那个叫花子偷去了。”

“哪个叫花子?”慈禧问。

“在将到怀来县城的路上，从高粱地里走出一个叫花子，拄着拐棍向我要饭吃。我说没有，他偏偏不信，上了马车，到处搜寻。我见他纠缠，给了他二两银子，才算打发了他。那颗印信定是被他偷去了。”

慈禧道：“一个印信，叫花子拿去有什么用?”

李莲英道：“就怕他卖到歹人手里。”

慈禧听了，叹了口气：“听天由命吧，那叫花子什么模样?”

王文韶道：“四五十岁模样，浙江口音，衣服破得不能再破了，一身酸臭气，活像个济公。”

慈禧对王文韶说：“好了，你一路上冒着危险前来送印信，也够辛苦的了，你先下去歇息吧。”

王文韶随崔玉贵下去了。

慈禧换了衣服，让李莲英篦刷，卸了汉髻，又恢复了叉子头。随后她叫来庆亲王奕劻，让他迅速回京，接应李鸿章、荣禄，加快与联军议和。

奕劻支吾了一会儿，有些不愿意去。

慈禧说：“看来只有你去了，从前英法联军入都，亏得恭亲王奕䜣商定和议。你也应追效前人，勉为其难罢了。”

奕劻见慈禧形容憔悴，言语凄楚，不得已硬着头皮，遵了懿旨，立即前往北京。

王文韶歇了一会儿又被慈禧召去叙话。

慈禧从王文韶口中得知，紫禁城现被日军占领。宫中妃嫔仍得安然无恙。满汉官员有数十人殉难。联元女婿寿富，慷慨赋诗，与胞弟吞药自尽。大学士徐桐自缢身亡。承恩公崇绮先与荣禄同奔保定，住在莲花书院，后赋数首绝命诗，投缳毙命。直督李鸿章已由海道搭轮船到了天津，即刻便能到北京。

王文韶说：“如今只有一条路可走。”

慈禧问：“哪条路?”

王文韶缓缓回答：“杀端王、庄王及袒护义和拳的王公大臣赵舒翘、英年、启秀、徐承煜、刚毅等人，以谢天下，才好议及善后议策。”

慈禧听了，默默无言。

由于连日风餐露宿，道路颠簸，又当这乍阴乍晴的季节，这一晚大家早早睡了。尹福和李瑞东负责值前夜，秋千鹤和崔玉贵负责值后半夜。

正是二更时分，尹福藏于跨院西花厅旁，注意光绪皇帝房间周围的动静。李瑞东则守卫在正房门口，负责慈禧太后的安全。

天空一片暗黑，丝毫风息也没有，也没有什么声音。四周的房屋和林木在整日的炎热之下勉强度过，依然还不敢喘气。

几星萤火伏游来去，不像飞行，像在厚密的空气里飘浮，忽明忽暗，像夏夜的一只只微绿的小眼睛。一切都寂静下来，仿佛万物都困倦了，闭上憔悴的眼睛，沉睡了。

只有尹福目光炯炯地望着夜空，那被云遮住了的弯月，有说不出的忧郁气味。北斗星的朦胧光亮正在天空黯淡下去。县境上的山峦已分不出层次，只是黑黝黝的一片，沉沉地低垂在星空下，显出无比的坚强。山色如墨，弯月消遁，这不免使人感到寂寂寞寞，一片空灵。

尹福望着那几颗孤零零赤裸的星星，忽然觉得它们很可怜，仿佛在瑟瑟发抖着，可怜巴巴地眨着泪光盈盈的眼睛……

蓦然，在顷刻的寂静之后，隆隆的炮声、砰砰的枪声重又响了起来，惊天动地，惊心动魄。他看到紫禁城在炮火中震颤，黄头发、蓝眼睛的洋兵蜂拥而上，黄龙旗悄然飘落，卷在一片喧嚣的风尘中；血水涌了上来，涌上了城头，眼前一片血海……

尹福扬臂叫道：“中国不能亡啊！这是一个古老勤奋的民族啊！”这叫声划破了夜空，显得是那么凄厉。

李瑞东闻声跑了过来，叫道：“尹爷，你叫嚷什么?”

尹福揉揉眼睛，才知道是幻觉，忙不好意思地回答：“是……是一个梦……”

李瑞东埋怨道：“吓死我了，我还以为你发癔症呢!”

“你看!”尹福用手一指，正见有个红衣少女从房上跳了下来，手持宝剑欲进慈禧居住的正房。

“什么人?!”尹福话音未落，一支飞镖击了出去，“当啷”一声，飞镖撞在剑身上，落了下来。

那红衣少女见尹福二人发现了自己，“嗖”的一声，又飞身上了房。

尹福在房上，李瑞东在房下，二人紧追那少女。

红衣少女身捷如燕，飘来荡去，退到一家当铺的屋顶上，呵呵大笑。

尹福问："你是何人？"

少女笑道："我说一首诗，你猜猜。"

少女掠一下被风吹乱的头发，将宝剑一横，吟道："于氏有雄风，莺啼土木中。晓钟明月夜，侠气冠悬空。"

少女诗音未绝，尹福脱口而出："原来你就是于谦老将军的后代于莺晓小姐。"

于莺晓红了半边脸颊，气咻咻道："好，算你猜对了。我也办一件好事，你们可知道'螳螂捕蝉，黄雀在后'的道理？"

于莺晓这番话提醒了尹福和李瑞东，尹福说："莫非又来了强人？皇上性命不保，咱们赶快回去吧！"说着，一把拉了李瑞东朝衙门内宅跑来。

跑进衙门，刚进了二层院，远远见一个人蹲在那里。

尹福问："何人？"

那人慌里慌张叫道："是我。"

尹福听那声音颇熟，又问道："你是谁？"

"连秋大总管也不认识了？"那人提着裤子站了起来。

"原来是秋大太监，你不是值后半夜班吗？"李瑞东问道。

秋千鹤拴好腰带，慢悠悠说道："好几天没吃好米了，今日多吃了几碗，肚里堵得慌，出来解个大溲。"

尹福闻到一股臭气。

秋千鹤问："你们不在内宅守着，跑出去干什么？"

李瑞东回答："方才看到于莺晓前来行刺，我们一起去追她，又恐怕这里出事，因此又跑了回来。"

秋千鹤说："我正睡不着，我在这里守着，你们追去吧。那于莺晓就如天马行空，独往独来，可谓云中燕、草上飞呢！不知她如何流窜到此？"

尹福说："深更半夜的，到哪里去抓那毛丫头，还是回去吧。"

秋千鹤说："回不回由你们。"

三个人刚回到内宅，正见光绪皇帝住的外院签押房外，有个窈窕的黑衣少女正趴在窗前，手持一根旱烟管，往里呼呼吹熏香呢。

李瑞东抽出子午阴阳锥，大喝一声："贼人哪里逃？！"

那黑衣少女吓得扔掉烟管，倒退几步。

李瑞东几步上去，用锥抵住她的后心。

少女娇喘吁吁，不敢动弹，叫道："爹爹救我！"

这时，跨院西花厅的房门开了，一个黑乎乎的大汉裹挟着昏迷不醒的隆裕皇后走了出来。那大汉手持尖刀，刀尖正对着隆裕皇后的前胸。

他大声叫道："谁敢动我女儿一根毫毛，我就先杀皇后娘娘！"

尹福见那大汉有五十开外年纪，身材魁梧，体壮如熊，满脸络腮胡子，两只眼睛没有一丝光亮，原来是个瞎子。

秋千鹤见状不妙，慌忙溜进慈禧太后的房间。

李瑞东看看尹福，尹福瞧瞧李瑞东，二人一时没了主意。

黑大汉呵呵笑道："江湖上谁不知道燕山黑旋风的厉害，杀人不眨眼！"

黑旋风说着对那黑衣少女道："岚松，不要害怕，他们不敢动你！"

这时，正房的门开了，秋千鹤闪电般跑了出来，叫道："尹福、'鼻子李'，快放了那女人，要保皇后的命！"

尹福和李瑞东听了，无动于衷。

秋千鹤又叫道："这是老佛爷的旨意！违旨者斩！"

尹福、李瑞东见慈禧太后居住的房间烛闪了几下，立刻放开了岚松。

岚松夺路而逃，转眼即逝。

黑旋风见女儿已逃遁，放下昏迷的隆裕，一会儿便跑得无影无踪。

慈禧太后在李莲英、崔玉贵的搀扶下，颤巍巍地走出门来。

"快看看皇上如何了！"

尹福、李瑞东慌忙跑进签押房，点燃蜡烛，但见光绪皇帝和贴身太监王商昏昏而睡，人事不省。

尹福见摇不醒光绪，知他中了熏香，急忙把他抱了出来。

慈禧慌里慌张走了过来，问道："皇上怎么了？"

尹福道："中了熏香，一会儿就醒，没事儿。"

李瑞东从屋里抱出几床被子，尹福将光绪放在被子上，李瑞东又将一床被子盖在光绪身上。

崔玉贵走过来，又将隆裕皇后抱了上去。

"皇后怎么了？"慈禧又凑到隆裕面前。

尹福走过来瞧了瞧，说："八成也是中了熏香，一会儿就会醒的。"

尹福、李莲英又来到小主、格格们住的房间。

房内漆黑一团，伸手不见五指。

熏香未散，闻了使人昏昏然。

李莲英点燃了蜡烛，只见地上散着一堆麻袋，几个格格东倒西歪，昏迷不醒。

瑾妃仰面躺在床上，双目微闭，似在昏睡。

慈禧太后走了进来，见到这般情景，叫道："男人们都出去!"

第九回 雁门关赏景多奇辞 点将台赋愁少弱皇

尹福和李莲英退了出来。

慈禧的贴身宫女荣子和娟子也赶了来，李莲英叫她们去帮助太后。

这时，光绪皇帝悠悠醒来了，见自己躺在院内，惶恐万状。尹福刚要对他解释，他却发疯般扑向屋里，从枕下取出那个盒子，将它揣进怀里。

这小盒里藏的是什么珍奇宝物？众人都莫名其妙。

光绪见隆裕也躺在一边，迷惑不解。尹福把方才发生的事情对他讲了，他听了长叹一声，又跑进格格们住的房间。

“贼人沾了她的身子了吗？”光绪愣头愣脑地指着瑾妃问。

自从珍妃死后，他就把对珍妃的热恋投在瑾妃身上。他觉得珍妃的灵魂已寄托在瑾妃身上，他生怕失去瑾妃。

慈禧太后木然地摇了摇头。

此时隆裕皇后也醒了过来，崔玉贵问她发生的事情，她只说昨晚上床睡熟后全然不知发生何事。

庚子年七月二十五日的早晨，皇家行列出了怀来县城的西关，经宣化，过怀安县，八月初匆匆进入山西境地。

八月初十的清晨，这一凄凄惨惨的皇家行列来到了晋北重地雁门关。

这些天慈禧的心情看来不那么紧张了。八国联军到了保定府，就没有再往南行进，也没有进山西。往北到了张家口，也是和巡哨一样，驻两天就撤回京城了，始终没有进山西地界。最重要的是，荣禄来了，他是慈禧的心腹，他给慈禧出谋划策，慈禧心里有了依靠，比前一阵儿踏实多了。

如今走到雁门关下，慈禧心情舒畅，提出巡幸雁门。

前面有几个顶马，尹福、李瑞东、崔玉贵夹杂在内。后面四乘轿子，依次为太后、皇上、皇后、大阿哥。轿子的颜色被阳光连日晒得都褪了色了。雨痕污渍很明显地留在轿围子上。

皇家行列行进在崎岖的雁门古道中。这晋北的天气，说晴就晴，说下雨就下雨，就是平常好天，也是早晚冷飕飕，中午热死牛。时有大雾袭来，瞬息间，天光、山色融为一体，混混沌沌，不知所至，如入仙境。忽然，山风呼啸，大雾被翻卷成缕缕云带，飘落在山凹，卧地枕石，悠然而歇了。峰峦又沐浴在阳光下。那珠光水气，斑斓夺目，闪闪烁烁，有如金盔银甲。此情此景，使人神驰意往，浮想联翩。

慈禧喜笑颜开，吟道："黑云压城城欲摧，甲光向日金鳞开。角声满天秋色里，塞上燕脂凝夜紫。半卷红旗临易水，霜重鼓寒声不起。报君黄金台上意，提携玉龙为君死。"

光绪喜道："这是唐代诗人李贺的《雁门太守行》。我也吟一首唐诗：'黄云雁门郡，日暮风沙里。千骑黑貂裘，皆称羽林子。金笳吹朔雪，铁马嘶云水。帐下饮蒲酒，平生寸心是。'"

隆裕笑道："你们吟的都是古人之作，看我吟一首自己作的诗。"说罢，仰望山峦雾气，清清喉咙，吟道：

"雁门仰立俯云中，真气冥冥仙座通。
一柱当天撑斗极，千山亘地镇华戎。
雁衔秋影山腰渡，风弄松涛涧底空。
抬首问天天不语，龙盘虎踞为谁雄？"

光绪笑道："我来和你一首。"说罢，拂袖吟道：

"缥缈神仙云雾中，紫芝生处泽滑通。
山腰双涌碧瑶水，关顶飞驰赤紫戎。
浩浩平沙崔嵬劲，莽莽塞野徘徊空。
流云画壁开灵府，日照棋台拱立雄。"

小主瑾妃近日也恢复常态，现见皇上、皇后欣然吟诗，也说："我也和一首。

有句话道，熟读唐诗三百首，不会吟诗也会瞎溜。”她用脉脉双眸瞟着云气缭绕的雁门关，吟道：

“神游关镇古松中，徒倚流云仙气通。
幽径当通西世路，古关何曾领戈戎。
崖悬丹篆佛家字，关锁天书宫阙空。
却忆前朝出征乐，山灵当日有谁雄？”

慈禧叹道：“瑾丫头做的这首诗不错，比起皇上、皇后做的更有气势。不过诗到唐代是做绝了，清诗还是不如唐诗有气势。”

皇家行列跨过淙淙的山溪，踏上峻峭的石磴，步履艰难地登上了雁门关。但见滹沱河，波光粼粼；勾注山，峦映朝晖。真是天下九塞，雁门为首。雄关依山傍水，高踞勾注山上。东西两翼，山峦起伏。山脊长城，其势蜿蜒，东走平型关、紫荆关、倒马关，直抵幽燕，连接瀚海；西去轩岗口、宁武关、偏头关，至晋右严疆黄河边。观其形势，确是外壮大同之藩卫，内固太原之锁阴，根抵三关，咽喉全晋，势控中原。

关有东西两门，皆以巨砖叠砌，过雁穿云，气度轩昂；门额分别雕嵌“天险”“地利”二匾。东西二门上建有城楼，巍然凌空；内塑杨家将群像。在东城门外，有李牧祠。

慈禧、光绪等人站在东城门外，见有古松数株，傲然苍穹；松下丰碑巨碣，有的挺然龟趺，有的杂陈荒草。石狮子怒目睨视，石旗杆比肩争高。凭高远望，群峰纷沓，烟树苍茫，那如丝的白练滹沱河，似带的黄绢桑干水缓缓流动；俯瞰山谷，山坡上浮动的是白云般的羊群。

慈禧兴致勃勃地往前走，出了关，喃喃地说：“这可能就是书上说的塞外了吧。”

只见一片空旷，满地荒草，只有塞北的风挟着小沙子，打在人的脸上，麻酥酥地有些发疼。众人不敢正面向北看，只能侧着身子。如果张着嘴面对北方，风能噎死人。折回头来，又回到关里，往西侧走，轿子只能抬到半山腰，山上根本没长什么草，只有灰黑色的石头。靠山的东南角上，有一块平坦的地方，方圆有几十丈开外，中间有块扁平的石头，差不多有五六间房子大。

李莲英凑过来说：“这块大磐石就是传说中的佘太君的点将台。”

慈禧领着众人上了点将台，往天上看，瓦蓝瓦蓝的，像靛染了似的深蓝色。

往西看，山峦起伏，绵延不断，如万头猛兽在窜动。两边的烽火台，年久失修，已经塌毁了，呈现出一片荒凉的景象。

慈禧喟然叹道："想当年佘太君擂鼓点将，三关排宴的英雄豪气，现在是一点儿也没有了。"

李莲英劝道："到哪说哪，别替古人忧乐了。"

慈禧环顾一下四周，说："本打算在这点将台上排午宴，可是风大，旋风刮起来，黄土、烂树叶子全起来了，还是回去吃饭吧。"

这时，她见大阿哥溥儁正一蹦一跳地逮蚂蚱。塞外的蚂蚱个头大，深绿色，两只脚上带刺儿，嘴上能流黑油。

这个大阿哥是己亥年十二月进宫的，当时只有十四岁，是端王爷载漪的儿子。端王载漪是有名的花花公子，声色犬马，吃喝嫖赌，无一不好。然而，他有一个好福晋，能说会道，八面玲珑，让人处处满意，常进宫侍候慈禧，很是得宠。说他夫以妻贵，一点儿也不过分。乘着戊戌变法失败以后，光绪帝不得志之际，他把儿子举荐进宫。

大阿哥绝顶聪明，学谭鑫培、汪大头，一张口学谁像谁。打武场面，腕子一甩，把蛋皮打得又薄又脆。对精巧的玩具能拆能装，手艺十分精巧。可是他对人情一概不知，稍不遂意，便对天长号，谁哄也不听。一个十五六岁的孩子，在宫里使奴唤婢，娇生惯养，要星星不敢给月亮。现在他闷在驮轿里，除去吃饭睡觉以外，下不了地，一连几天，怎能忍受得了，于是千方百计找消遣的东西。大阿哥驮轿里有手鼓、唢呐，驮轿后还添了一辆车，专为给他装玩物的。笼子里装着两只黄色野兔子，车内有两只大黄狗，还有逮的油葫芦、蛐蛐儿等。在大阿哥的眼里，珍珠翡翠玛瑙，那些冰凉梆硬的东西，吃不得，玩不得，算不得什么宝物。真正的小动物，能玩儿，逗人喜欢，才算宝物。在怀来县城时，小太监从外面弄来几只野鸽子，大阿哥欢喜得连饭都不吃了。

端王载漪处心积虑想让儿子当皇帝，自己好当太上皇。俗话说，知子莫如父。儿子究竟是龙还是泥鳅，做父亲的最清楚。正因为端王深知儿子不成气候，自己若当上太上皇就可以为所欲为。但端王又自知德望不够，于是就利用义和团扶满排外，迎合慈禧的心意。

此时慈禧看着大阿哥一心一意捕捉蚂蚱的情景，叹了口气。她对光绪早有不满之心，而后光绪闹变法，使她伤透心，于是她下决心除掉光绪，可一时找不到合适的继承人。端王和福晋举荐溥儁，正中她的心意，然而相处两年，她开始讨厌这个不懂礼数、没有出息的大阿哥，觉得他成不了什么气候。一路上，这个小子还不知趣地吹唢呐。自己在前面坐轿走，后头跟着个吹唢呐的，这不是成送殡的了吗？慈禧气得发抖，还是李莲英懂得老太后的心思，慌忙找到大阿哥，劝他不要再吹唢呐了。可是这位候补皇帝哪里肯听这个大太监的话。李莲英无奈，只得去找端王载漪。端王听说后吃惊不小，立即来到大阿哥面前，劝他不要再吹。如果要吹，就把唢呐筒子塞上手绢，免得声音飘到太后耳朵里。这位大阿哥见父亲真的动了气，才住了声音。

大阿哥不怕太后，在他眼里，当不当皇帝无所谓，玩蛐蛐儿、大蚂蚱、油葫芦，才其乐无穷。

可是慈禧已痛下决心，回京后就取消他大阿哥的名义。

她看着大阿哥，猛地想到光绪，她用眼睛瞟着随行的人，忽然发现光绪不见了！

光绪到哪里去了？

听到慈禧发问，人们才发现光绪不见了。

尹福等人离开佘太君点将台，又来到关上，可是哪里有光绪的影子。

“你看！”李瑞东指着北山脚，尹福望去，只见一个红点儿在迅疾地动着，一颤一悠。

尹福叫道：“一定在那里！皇上被贼人掳去了。”

李瑞东说：“何人大胆，竟敢在光天化日之下劫皇上？”

尹福道：“你去禀报太后，我去追！”说着，飞也似的下了山。

尹福追到北山脚，那红点儿已进了翠林之中。尹福又追进翠林，远远看到有一个红衣女子背着光绪疾跑。

尹福大叫：“快把皇上放下！”

那红衣女子不听，依旧疾奔。

尹福使出浑身气力，快步疾追。眼看快要追上，忽见树上“噗噗”跳下两个翠衣少女，各挥鸳鸯剑一齐朝他劈来。

尹福一闪身，抽出判官笔，慌忙架住那两个少女的宝剑。

那两个少女，一个穿一件翠色辉肩贴背，水红里子，西湖色夹衣，露出半截子裤腿儿，脚下穿一双过桥高底儿大红缎子小鞋儿；手腕子底下耷拉着一条桃红绣花儿手巾，斜尖儿拴在镯子上。清水脸儿，一双乌黑的大眼睛，一张樱桃小口，嘴上一点儿亮丽胭脂。

另一个少女身穿湖绿色布衫，乌布鞋，头戴一顶白边紫花的小草帽，一头漂亮的黑发从草帽下面溜出来。布衫下面一对丰满的乳房高高隆起，像两颗洋白菜。她肩部和臀部较宽，体态轻盈灵活，像一只小母鹿。

其中一个少女咯咯笑道："你这个人，青天白日，追我们小姐干什么？"

尹福道："你们是何方贼人，竟敢劫持当今大清皇帝？"

另一个少女冷笑说："京都已被洋人占据，哪里还有什么大清皇帝？你这是说梦话吧？"

尹福说："你们快让路，不然性命难保。"

一个少女说："那就不客气了。"说着挽了一个剑花，朝尹福左肋刺来。

尹福闪过剑锋，又赶上另一个少女手持宝剑朝他右肋刺来。

尹福"呼"地一腾身，用双手拽住剑身，双足一蹬，蹬飞了两个少女的宝剑。

两个少女大惊失色，各自散去，边退边说："有本事到悬空寺去取光绪老儿人头！"说完，各自转进树林不见了。

尹福心想：莫非是于莺晓劫走了皇上？那晚在怀来县城，她穿的就是红衣服。她一定把光绪皇帝劫持到她的老巢恒山悬空寺了。

正想着，忽见树林里转出一个文雅先生，五十多岁年纪，身着烟色长袍，倒骑一头小毛驴，手里翻弄着一本发黄的古书，一边走一边振振有词地说："天下皆知美之为美，斯恶已；皆知善之为善，斯不善已。有无相生，难易相成，长短相形，高下相盈，音声相和，前后相随，恒也。是以圣人处无为之事，行不言之教，万物作而弗始，生而弗有，为而弗恃，功成而不居。夫唯弗居，是以不去。"

尹福见他眉慈目善，文质彬彬，知是读书之人，急忙上前拱手道："先生，请问恒山悬空寺在何方？"

那先生问道："你可问的是北岳恒山的悬空寺？"

尹福点点头。

先生吟道："石壁何年结梵宫，悬崖细路小溪通。山川缭绕苍冥外，殿宇参差碧落中。残月淡烟窥色相，疏风幽籁动禅空。停车欲向山僧问，安得山僧是远公。"

那先生眯缝着眼睛，看了看尹福，又吟道："鸟道盘云一线长，碧流俯视绕西方。僧逢危阁谈三味，山到高头洞入荒。琪树遥瞻金界色，昙花静落玉楼香。清幽自与尘环隔，恐有听经龙虎藏。"

尹福见这位先生絮絮不休地吟诗，有些沉不住气了，又说道："先生，我是问您这悬空寺在何方？"

先生不紧不慢地说："恒山此去无多路，青鸟殷勤为探看。"

尹福心想：这位读书先生看样子是要"日午悲吟到日西"了。

那先生又说："两岸峭削如门，大类吾乡剑阁诸峡，泉流峡中，澎湃奔泻。伊阙双峙，武夷九曲，俱不足比恒山也。恒山乃塞北第一名山，素有十八胜景，磁峡烟雨、云阁虹桥、云路春晓、虎口悬松、果老仙迹、幽窟飞石、危峰夕照、断崖啼鸟、石洞流云、龙泉甘苦、茅窟烟火、金鸡报晓、玉羊游云、紫峪云花、脂图文锦、仙府醉月、弈台弄琴、岳顶松风……"

尹福见他如数家珍般地介绍恒山，急忙插嘴道："我到恒山悬空寺有急事。"

先生笑道："是不是悬空寺于莺晓那个老姑娘抢走了你们家里的人？我刚才看见她背着一个英俊男子正喜盈盈地赶路呢！"

"那不是什么英俊男子，是当今皇上。"尹福火急火燎地说。

"嗨，皇上到了这个份儿上，不也得让她背着吗？皇上离开了金銮宝座，就是草民！他也是吃五谷杂粮长大的，我就不信他拉的都是黄澄澄的金子！既是皇上，这于姑娘更合适了，她快当娘娘了！"

尹福急忙问："恒山离这儿到底有多远？"

先生朝东北一指："不远，就在东北方向，再走几十里就能望见山顶了。"说着，一拍毛驴屁股，毛驴"嘚嘚嘚"地小跑起来。

"天下本无事，庸人自扰之……"先生抑扬顿挫的声音随着风儿飘过来。

尹福心内如焚，飞也似的朝东北赶去。

正疾奔间，尹福猛见一座山脉似自西南朝东北奔腾而来，一座座山峰比肩而立，重重叠叠，气势博大雄浑。真有些"岩峦叠万重，鬼怪浩难测"。断层峭立，山势雄峻，关隘险要，灵峰秀立，森严肃穆，宛如版画。

中峰恒宗为恒山极顶；东峰紫微峰，驼峰般地与恒宗隔凹相连；南峰飞石峰，像一堵丹壁，屏立于恒宗面前；北峰香炉峰似一炷高香，插于恒宗之后。两峰翠屏，五峰拥立，像一朵含苞欲放的腊梅，昂首天外。

尹福进了山口，只见幽深的峡谷两面，奇峰插天，犬牙相错，怪石嶙峋，千姿百态，晴岚缥缈，烟雾纷飞，石壁万仞，青天一线，最宽处不足三丈。涧底流水，像一条狂舞的金龙，纵穿关隘，夺口而泻，形成形胜龙门、雄似剑阁的绝塞天险。

尹福刚行数里，便见一处神奇的空中楼阁，悬挂在峡谷西侧绝壁的半山腰。远远望去，神楼仙阁，凌空危挂，丹廓朱户，傍崖飞栖，仿佛是玲珑剔透的雕刻，镶嵌在翠屏峰的刀切峭壁间，又像是精细入微的剪纸画屏，吊挂在恒山的大门口。整个楼阁面对恒山，背倚翠屏，上载危岩，下临深谷，大有凌空欲飞之势。

尹福平生从未见过如此奇观。他想：这大概就是著名的悬空寺了。真是悬空寺，半天高，三根马尾空中吊。中国如此之大，山水胜处，遍藏着数不清的名刹宝寺，有的占山之胜，有的据水之秀，有的依洞之幽，有的傍泉之奇。可是天下竟然还有悬挂在半空之中的寺刹！

悬空寺中没有一丝光亮和声息。尹福沿着小径来到寺院门前，但见寺院以西为正，大门南向。他进了寺门，穿过暗廊，便踏进一处长不及十米，宽不过三米的长方形寺院。背崖处是一排整齐的二层楼殿。下层有禅房和佛堂，上层是三佛殿、太乙殿和关帝殿。

整个悬空寺半插飞梁为基，巧借岩石暗托，梁柱上下一体，廊栏左右紧连，背崖倚龛，别具匠心。其殿楼的分布，形制的装饰，对称中有变化，分散中有联络，曲折出奇，虚实相生。一会儿钻天窗，一会儿穿石窟，一会儿步长廊，一会儿跨飞栈，手扶岩石，忽上忽下，如置仙境。崖壁微呈弧形，整个寺院就躲在这个弧凹崖龛里。寺下泉飞瀑泻，叮咚成曲，鸣震空寺。

尹福见佛堂内摆着一个高不及一米的木雕像，飞龙盘顶，剔透玲珑。像前有一牌位，上写：大明忠义之臣于谦老先生之位。牌位前有一香炉，香烟缭绕。四下望望，哪里有于莺晓等人的影子。

寺院南北两端各有一座正方形耳阁，悬空突出，相互对称，内置悬梯，上下相通。底层向外一面皆砌砖壁，启月宫式圆窗，两相对称，形制颇为美观。在三佛殿、太乙殿和关帝殿的脊顶，南北各起配殿两间，高倚于岩龛，分别为伽蓝殿、送子观音殿、地藏王菩萨殿和千手观音殿。

从北耳阁循北向上，在寺院北面的断崖绝壁上，悬挂着两座宏伟的三层九脊悬空飞楼。楼体大部悬空，下面就岩支撑的木柱，尽都不及碗口粗。两楼南北高下对峙，争奇斗险，中隔断崖数丈，飞架栈道以通。尹福踏上去，似有摇晃之感，如履薄冰，惊心骇目。

尹福大叫：“于莺晓，你躲在哪里？为何不敢出来?!”

回声在山谷久久荡漾。

尹福又大叫：“万岁，你在哪里?!”

见没有应声，尹福沿栈道来到石壁前。那里有五处石窟，窟内镂刻着栩栩如生的大石佛，形体高大，气魄雄伟，端庄大度，体态丰满。石窟上方镌刻着“公输天巧”四个大字，四字下就崖镶嵌着一块金代大定十六年重修悬空寺的碑碣。尹福猛地发现碑前挂着一颗血淋淋的人头，惨不忍睹。下面有个木牌，上写：犬虏光绪老儿之头，罪该万死！

尹福一见，头晕目眩，猛地扑倒在石碑上。这难道就是光绪的人头？他果真被于莺晓杀害了。尹福抱起人头，泪如泉涌。那人面目血肉模糊，不能辨认。

尹福一生极少失声痛哭，唯一的一次失声痛哭是在慈母去世之后，而此次是第二次。他和光绪结识八年多，他同情光绪，了解这个欲有所作为而幽闭的皇帝，了解他的为人、他的思想、他的宿愿、他的处境和遭遇……

他不具有秦始皇的暴戾，他懦弱的性格导致了他郁郁不得志的悲剧。他没有刘邦的狡诈，一身书卷气使他缺少政治家必要的铁腕。他缺乏唐太宗的宽容和才气，优柔寡断和思前顾后使他遗恨终生。他也没有康熙皇帝的胆略和气度，他只不过是一个耽于空想的书生。

他是一个弱者，空戴着皇帝的桂冠，留下许多传奇故事。

他与珍妃的爱情，曾给予他人生的希望，而当这位美丽又善于思考的少女沉入井底之后，他人生的希望全部破灭了。他就像一具躯壳，横陈于世，默默地耗着青春，耗着生命……

尹福自小便对倚强仗势欺负弱者的行为愤恨不已，他多次仗义挺身，惩治恶霸凶痞，为民除害。他曾为饥寒交迫者慷慨解囊，为受辱挨屈的人们伸张正义。他是一位极富正义感的武术家，在京都侠名远扬。以前他这个出身布衣世家的下层劳动者，对权贵不屑一顾。他是受师父董海川的委托才到肃王府任护卫总管，本着弘扬八卦掌的宗旨到皇家授拳，没想到光绪也想试学八卦掌以健身壮体，无奈，他又成为光绪的武术教师。在与光绪相处的日子里，他渐渐熟识了这个欲想富国强民的年轻皇帝的苦心，因此尹福也想成为皇帝的左臂右膀，专心护卫皇帝，唯恐他被政敌吞掉。戊戌变法初期，尹福受光绪指引也曾到康有为主办的强学会听过演讲，也听过翁同龢先生慷慨激昂的说教。他觉得中国应当赶上时代的潮流，学习外国的先进东西，使国家壮大起来，振奋起来；皇帝应当是好皇帝，民众应当是好民众；市民有活儿干，农民有田种，大家有衣穿、有饭吃，不许人欺负人，更不许洋人在中国横行霸道。

基于这种思想，他同情皇上，憎恨太后。太后的顽固、专制、骄横，使尹福愤懑。他觉得太后就像一具腐朽的僵尸，躺在中国人前进的道路上；太后的双眼就像一对深潭，深不可测，皇上陷在这潭里不能自拔。以前他曾萌生刺杀太后的念头，但是被皇上劝阻了，皇上不敢杀这个垂帘听政的魔鬼，他不忍看到全国大乱，他想用天真的语言劝说这位老妇人光荣退隐。尹福想起师父董海川当年忍下奇耻大辱，受太平天国天王洪秀全的派遣，阉割栖身王府，伺机刺杀咸丰皇帝，造成清廷大乱，以解救太平天国之危。然而董先师失去了一次次接近咸丰帝的机会。以后太平天国失败，天王洪秀全服毒自杀，铁拐道人郭济元千里迢迢赶到北京，速告董先师，刺杀使命停止。董海川最终抑郁而终。是啊，刺杀一个咸丰皇帝又有何用，历史又会造就一个新的咸丰，新的统治者。

尹福正在痛哭，忽听下面有人嗤嗤地笑，他十分惊异，叫道："什么人在下面?"

只听传来一个女子的声音："尹爷，不要哭了，那不是皇上的首级!"

第十回 果老岭夜探撞果老 桃花洞中计采桃花

尹福听了，急忙放下那人头。

那女子又叫道："尹爷，我们于小姐在恒山天峰岭桃花洞等你，有要事找你。"

"皇上呢?"

"皇上也在那里。"

尹福走出悬空寺，但见一个人影在对面山谷一闪即逝。他沿着岳门湾、步云路攀山而上，刚走了四里，骤然见崛起一个高耸的石峰，峭岩挺立，古松倒挂。峭壁高处镌刻着醒目的"恒宗"两个楷书大字，那两字高有十三米，笔画如栋梁，点捺大如牛；丹漆重抹，气势雄浑，遒劲有力，仿佛是挂在恒峰的一块巨匾。

尹福也不知这桃花洞究竟在何处，只知其在恒山天峰岭上，便沿着古人精心开凿的石级云径北上，峰回路转，步步入云。行不到一里，蓦地一股清凉的山风扑面而来，沁人肺腑，一阵高似一阵的松涛声，就如虎啸龙吟。在这如虎啸般的山岔风口上，临风屹立着一株参天古松，只见其根茎盘露，紧抱岩石，虬枝迸发，遮日留荫，宛如恒宗使者，在此迎客送宾，又似天然凉亭，供人揩汗休憩。

尹福继续上行，岭上陡石为径，岩面光滑。

这时，前面出现一个人，那人喜滋滋地吟道："松老名山客老人，石门依旧闭青春。未妨踏履成孤注，何处逢樵许问津。仙梦并随丹灶冷，闲身还与白云亲。玉玺久盼值千吊，却笑桃源苦避秦。"

尹福听这声音有些耳熟，故意咳嗽一声。那人本没有看到尹福，这时听到尹福咳嗽，"噗通"一声跪在地上，哆哆嗦嗦问道："你……是人？是鬼?"

尹福戏谑地答道："我是鬼！"

那人一听，跪在那里唬得连放了几个屁，又问："你是什么鬼？"

"屈死鬼！"尹福答道。

那人一听，再也支持不住，"咕噜咕噜"滑了下来，路过尹福旁边时，尹福猛闻到一股酸臭气。

那人一直滚到那株古松前，大叫道："你是鬼，我是仙，我是八仙之一的张果老。"

尹福仔细辨认着那声音，试探地问道："你可是江南神偷乔摘星？"

那人一听，慌了神，迭声叫道："我是张果老，倒骑毛驴的张果老神仙……"说着，不见了。

尹福心内疑惑，心想：若真是乔摘星，他到这恒山干什么？

尹福救光绪心切，没有理会那人，又往上走。走着走着，脚下被什么东西绊了一跤，低头一看，原来是一个小包袱。打开包袱一瞧，是颗印信。

他在月光下仔细一瞧，正是军机大臣王文韶丢失的那颗印信。

他想：刚才仓皇逃下山的人一定是乔摘星。

这个山岭叫果老岭，在山径上陷有行行小圆石坑，浅的一两寸，深的三四寸，看上去很像是畜蹄踏下的行行深印。据说这些蹄印是八仙之一的张果老，昔年在恒山隐身修仙之时，倒跨仙驴出入而留下的印迹。果老岭东侧，是一段耸入云天的刀切绝壁，面西峭立。抬头仰望，危崖欲倾，古松摩云，险峰怪石，诡奇万状。尹福转过山崖，恒山的各种祠庙建筑便展现在眼前。沿着一条林荫曲径登攀而上，便到了一个天然的大石窟内。只见幽洞半开，松柏掩映，外若门室，内如方院。

尹福心想：这大概就是桃花洞了。于是高声叫道："于莺晓，快把皇上交出来！"一连喊了数声，只有回声，没有人迹。尹福走进窟内，但见窟内有个平台，约有二百多平方米，东岩龛下建有北岳寝宫和后土夫人庙，南岩龛内建有二层梳妆楼。寝宫背岩就龛，殿宇形制为重檐歇山顶，面宽三间。

尹福走进屋内，只闻得一股花香，原来是个书房。书柜里陈设着善本古籍和文史书籍，有《史记》《国榷》《资治通鉴》《红楼梦》《金瓶梅》《蜃楼志》《女仙外史》等，书案上摆着文房四宝。月牙形古瓷瓶内斜插着一支枯萎的腊梅，屋内摆放着硬木桌椅，显得古色古香。

正面壁上挂着一幅画，画面上一个老臣举杯望月，身后疏影横斜，竹影潇潇。两旁有一副对联，左联是：安得广厦千万间，庇天下寒士；右联是：愿与吾党二三子，称乡里善人。书案上有一宣卷，上面余墨犹在，只见写的是：“勇于敢则杀，勇于不敢则活。此两者，或利或害。天之所恶，孰知其故！天之道，不争而善胜，不言而善应；不召而自来，禅然而善谋。天网恢恢，疏而不失。”

尹福出了房屋，见窟内三面环壁，松柏遮天，花草封阶，盛夏凝冰，幽森彻骨，真有点儿置身仙境的味道。

寝宫南侧的耳殿内，有一灵穴，尹福探头瞧瞧，其深莫测。洞口塑着一尊神像，瞧其形状，像个货郎。洞两侧有一副对联，左联是：或为君子小人，或为才子佳人，出场便见；右联是：有时忧忧戚戚，有时欢天喜地，转眼皆空。

尹福见这个洞穴也不像桃花洞，于是返了回来，只见窟壁上布满了历代名人墨客的题刻和诗碑。在昏暗的烛光里，那题刻大都模糊，难以辨认。只隐约看清有“飞石遗踪”“云中胜迹”“洞门春晓”“峻极于干”“拱极浮桥”等。

这时，只听窟外有一个女子叫道：“前面才是桃花洞！”

尹福连忙跑到窟外，那女子倏而不见。

尹福骂道：“你这鬼丫头，既然带路，就要像个带路的样子，别这么躲躲闪闪的！”

前面传来一个女子“咯咯”的笑声：“我怕你的判官笔！”

尹福又往前走了一程，只见前面出现一个幽静的洞府，洞额书“桃花洞”三个字，两旁有一副对联。左联是：闭门宛在仙境姝花解寂啼鸟揭闷尽是性天活泼；右联是：开卷如游往古几辈英雄几番事业都成文字波澜。

洞内烛火辉煌，尹福一进洞，登时呆住了。只见光绪皇帝端坐正中，左边坐着珍妃，右边坐着瑾妃和隆裕皇后，两个宫女侍立光绪两侧。尹福揉揉眼睛，定睛一看，果然是光绪皇帝，他面色苍白，呆呆地坐在那里。珍妃、瑾妃等人喜眉笑眼，秋波荡漾。

光绪缓缓说道：“尹福，你真是忠心耿耿的臣子，终于到这里来护驾了。”

尹福问：“你真的是皇上？”

“你怎么连我都不认识了？”皇上站了起来，朝尹福走来。

尹福疑疑惑惑地问：“你不是被于莺晓劫持了吗？”

光绪已来到尹福面前，泪眼涟涟地说：“是啊，你快逃……”逃字还未说完，尹福只觉左肋一阵麻痛，又觉右肋一阵麻痛，方知已被人点了大穴。

于莺晓笑吟吟从光绪身后闪了出来，嘻嘻笑道：“尹爷好难请啊！”

尹福始知上当受骗，这时光绪已瘫软于地。“珍妃”搀起光绪进入一个侧门，“瑾妃”“隆裕皇后”也摘下头饰，笑嘻嘻来到尹福面前。

“瑾妃”道：“尹教头，一路上辛苦了。”

“隆裕皇后”搀扶着尹福，问于莺晓：“于小姐，先把他安置何处？”

于莺晓道：“先安置在梨香院内。”

“隆裕皇后”搀扶着尹福进了另一个侧门，沿着甬道走了一程，来到桃花洞外一个幽静的庭院。院内栽着翠柏秀竹，有假山流泉。“隆裕皇后”把尹福带进正房，房内有硬木桌椅，朱绡纱帐，翠茜秀窗。她将尹福扶到床上，神秘地一笑：“尹爷，按照小姐吩咐，你就在这里歇息吧。”说罢，她翩翩而出。

尹福中了暗穴，心里明白，也能言语，只是浑身不能动弹。他见于莺晓安排自己住这么舒适的房间，不知她葫芦里卖的是什么药。正在纳闷，一个少女笑盈盈端着一盘水果走了进来。

尹福见那盘上摆着荔枝、香蕉、枇杷、菠萝等南方水果，心想：在这偏远山上还有这等水灵的水果。

那少女问：“尹爷，你吃水果吗?”

尹福生气地说：“点了我的穴位，我哪里能吃水果?”

“我来喂你嘛。”少女说着剥了一颗荔枝塞到尹福的嘴里。

“呸!”尹福一张口将那颗荔枝吐了出来。

少女恨恨地说：“我还不愿意伺候呢!”说着，“噔噔噔”地走了出去。

尹福经过一晚上的奔波，疲倦已极，一会儿便呼呼入睡了。

一觉醒来已是早晨，他猛地想起光绪皇帝，一种内疚感缠绕着他。他欲想动作，但却无可奈何。

这时，门帘一挑，伸进一个少女的脑袋。她见尹福醒了，又缩回脑袋，一会儿端着一盆温水走了进来。她用毛巾擦着尹福的脸。

“皇上在哪里?”尹福问。

“押在后面。”少女回答。

“你们于小姐如何处置他?”

“准备拿他的头祭祖。”少女一字一顿地说。

“什么时候?”

“不知道。”

少女端着盆出去了。

尹福的脑袋“嗡”的一声像炸开了。

光绪皇帝危在旦夕。

一会儿，进来一个四十多岁的婆娘，尹福一见不禁倒抽了一口冷气。只见这婆娘穿着一件条子花布汗衫和一条黑湖绉裤子；鸡蛋脸，颧骨凸出，上面好像蒙了一层土黄色的皮；那对松弛的乳房已经下垂，一直耷拉到凸起的肚皮上。

尹福感到一阵恶心，他有生以来还没见过这么丑的女人。

丑妇笑吟吟来到尹福面前，摇了摇手帕，说："尹爷，给你道喜来了。"

尹福轻蔑地问："喜从何来?"

丑妇笑道："我家小姐看中了你，想招你当大寨主呢!"

"我可没那个福气!"尹福气鼓鼓地说。

"真的，我家小姐是个老姑娘呢，她的眼睛刁得很，以前遇到那么多美侠客、秀才子，没有一个看得上眼。这次，小姐一直尾随皇家队伍，一眼就瞧上了你。"

"我都是五十多岁的人了，又有妻室，高攀不上你家小姐。"

丑女大笑道："你是交了桃花运了，小姐偏偏看上了你。以前久仰你的大名，但从未见过面，只是耳闻而已。她此番见你一片忠心、一腔热血、气宇轩昂、与众不同，立意招你上山，想请你当寨主，她当个压寨夫人。"

尹福问："你是什么人?"

丑女回答："我是恒山老母，是这里的总管，于莺晓七分听我的呢!"

尹福道："我已是花甲之人了，于小姐如何看上了我?"

恒山老母妖媚地一笑，露出一排焦黄的牙齿，说道："人世间有爱孙猴子的，就有爱猪八戒的；有爱崔莺莺的，就有爱潘金莲的。于小姐品貌双全，尹爷，你好福气哟!"

尹福道："我要是不从呢?"

恒山老母冷笑中露出几丝残忍的目光，道："那就对不住了，我们小姐脾气不好，如果爱上了你，如胶似漆；如果恨上了你，能把你撕得粉碎。你是聪明人，可要三思而后行啊!"

尹福又问："我要是从了呢?"

恒山老母的脸阴得快，晴得也快，此时，眉头一松，脸上又充满阳光："那你小子算是抄上了，金银财宝随你挑，珍珠玛瑙随你捡，燕窝鱼翅随你点，名山胜迹随你游。"

"那光绪皇帝如何处置?"

"你既已当了这北岳恒山的大寨主，每日吃喝玩乐，要啥有啥。要星星，俺小姐上天给你摘；要云彩，俺小姐入云给你采；要月亮，俺小姐到河里给你捞一个；要太阳，俺小姐把这天都给遮了，你还管那皇上不皇上？”

尹福道：“我可以从，但必须放了皇上。”

恒山老母嗔怒道：“你真成了铁杆保皇派，那皇上有什么惦记的？”

尹福道：“先不讲什么大道理，我是他的保镖啊。”

恒山老母神秘地凑到尹福面前，尹福闻到一股浓烈的腋臭味儿，不由得皱了皱鼻子。

“你可知道小姐的身世？”

“知道。”尹福点点头，“她是明朝忠臣于谦老将军的后代。”

“现在是什么朝代？”

“清朝光绪年间。”

“那大明是不是大清灭的？”

“是啊，是明朝山海关总兵吴三桂降清，引清兵入关，清灭了明。”

“这就对喽，于谦是大明的功臣，是于小姐的祖先，于小姐能不恨大清吗？光绪是大清的皇上，小姐能不杀光绪吗？”

尹福摇了摇头，叹了口气道：“现在都什么年头了，满人也是咱中华民族的人。不管哪个民族的人当皇上，只要他是一个好皇上，是个有为的皇上，能使老百姓安居乐业，国家日益昌盛，咱就拥护他！”

恒山老母用手指头戳了一下尹福的脑门儿：“你呀，可真是榆木疙瘩！俗话讲，嫁鸡随鸡，嫁狗随狗，你随了小姐，保你没亏吃！”

尹福苦笑着说：“是嫁鸡随鸡，嫁狗随狗，也不是娶鸡随鸡，娶狗随狗啊，她应该随我才是啊！”

恒山老母气冲冲地说：“现在阴阳颠倒了，如今是阴盛阳衰，当今大清王朝都是太后说了算。”

尹福问：“小姐之意到底如何？”

恒山老母道：“小姐正在秘密联络四方反清志士，重新拉起队伍，竖起反旗。现已联络了少林寺、武当山、华山、泰山、衡山、昆仑山的志士仁人，准备武装起义，反清复明。她已订于明天一早在恒山之巅，将光绪碎尸万段，祭奠先祖。”

尹福一听，心里凉了半截，额上渗出了汗珠。

皇上明天一早就要被杀，这可如何是好？尹福思来想去，忽然心生一计，心想：我何不先依了小姐，假意与她入洞房，让她解了我的穴位，然后再想救皇上的办法？

想到这里，他对恒山老母说：“既然小姐杀皇上的主意已定，我再保皇上也没有什么意思，我是死心塌地跟了小姐了。”

话音未落，于莺晓脸色绯红，一阵风似的卷了进来。

原来她一直在房外偷听。如今见尹福答应娶她，又应允了杀皇上，又惊又喜，再也按捺不住内心的喜悦，扑了进来。她朝着尹福作了一揖，羞答答地叫了一声：“夫君。”

尹福道：“我可有言在先，我家有妻室，你若愿随我，只能做妾。”

于莺晓的脸又羞红一片，小声说：“我做小妾也心甘情愿。”

尹福心里觉得好笑，心想，你就空做妾梦吧，我那糟糠之妻虽不如你年轻貌美，但却是患难之交。我与她恩恩爱爱，早已领尽了男女相爱之情。

他见于莺晓如醉如痴，兴高采烈，埋怨道：“你还没给我解穴位呢！”

于莺晓又作了一揖，娇声说：“夫君委屈了。”说着为尹福解了穴位。

尹福活动自如了，但因不知虚实，又不知光绪被关在何处，不敢轻举妄动。

于莺晓趁机依偎到尹福怀里，喃喃地说：“从此我们可以比翼齐飞了，我早听说夫君许多英雄事迹，只是无缘对面不相识，如今真是有缘千里来相会了。”

尹福轻轻推开她道：“还没入洞房呢，也不怕人家瞧见。”

于莺晓说：“恒山老母已经出去了。”

尹福一看，恒山老母不知何时溜走了。

“你怎么找了这么一个又丑又邋遢的总管？”尹福问。

于莺晓徐徐说：“五年前我游历至此，当时是她率领一些女子霸占恒山，自称恒山老母。当时她定要我留下买路钱，一怒之下，我俩比了武，结果我胜了她。她只得立我为王，她当我的总管。我见这里山清水秀，是天下名山，加上当时我正秘密联络天下义士，蓄志反清，正好把恒山作为立足之地，于是留了下来。一晃，五年过去了。时间真如白驹过隙，人生一晃几十年就溜过去了。”

尹福道：“对于你的先祖于谦老将军我十分钦佩，在京都时，我时常去东单西裱褙胡同于谦祠堂凭吊。于谦老将军为保卫北京城立下赫赫战功，他的人品、英名永垂史册。”

于莺晓内疚地说：“我们这些做后人的真是惭愧，无颜到寒泉去见先祖。这些年我是风尘碌碌，一事无成。”

尹福笑道：“有道是，老子英雄儿好汉。你于莺晓如今不也是江湖上一跺脚，芦苇三颤悠的女侠吗？”

“去你的！你又来戏笑我了。”于莺晓小心地捶了尹福一下。

尹福一是想探看一下外面的地形，二是又怕于莺晓弄出什么枝节出来，于是提议道："我想到外面走走。"

于莺晓道："好吧，我带你四处走走，你一定会迷上这座名山的。"

二人经十王殿、马神殿、纯阳宫来到了九天宫。

九天宫宫院呈正方形，只见正面大殿内塑有九天玄女圣母的神像，殿两旁有耳殿，东西两厢建有配楼和钟鼓楼。宫院四周，花草繁茂，柏松森森。宫北高崖有古松四棵，像宫宇顶上的四顶华盖。置身宫院，给人一种超然脱俗尘埃荡尽之感。

于莺晓指着宫西一个幽亭说："那是翠雪亭，是历代名人流连之处。特别是明代，九天宫与翠雪亭是文人墨客吟咏的天然灵境。夫君，你会吟诗吗？"

尹福道："这可不是我的本行。"

于莺晓上下打量着尹福，笑道："看你这文文静静的模样，还以为是读书人呢！"

尹福笑道："我虽然不会做诗，但却喜欢听别人吟诗。你是书香遗族，一定会吟诗填词，你就以这名亭吟一首吧。"

于莺晓嫣然一笑，说："那我就卖弄了。"

她眨了眨眼，清了清喉咙，吟道："红尘飞不到闲亭，松当栏杆雪当屏。怪道登临清透骨，几年醉梦一时醒。"

尹福说："好诗，好诗。于小姐，这山上怎么没有僧道之人呀？"

于莺晓说："恒山老母把他们都轰走了。"

尹福见九天宫院内西北角的峭崖下有一石洞，便想到山洞处看看。

于莺晓扯住他说："不要到那里，那是恒山老母的居住之地，她有个怪癖，不愿让别人到那里去。"

尹福心想：这洞莫非是光绪皇帝的囚禁之所？

于莺晓拉着尹福往前边走边说："那洞叫玉皇洞，我刚上山时进去过一次。外洞是恒山老母的住所，内洞塑有玉皇神像和悬塑飞天等精巧泥塑，内洞的下面和右侧还有暗洞。那里面凉爽彻骨，神奇幽秘。"

随后，于莺晓又带着尹福经关帝殿、灵宫、文昌等庙来到北岳恒山的主庙恒宗殿。

尹福看见恒宗殿建于恒宗峰南半山腰的峭壁下，背崖临谷，雄视南天。如果把恒宗峰比作一位倚天虎踞的巨人，那么恒宗殿正好建在"巨人"的心窝，古人选地之妙，由此可见一斑。

恒宗殿山门高大，庄严雄伟。坊上悬匾额“人天北柱”“岳灵普照”等。东西两厢建有青龙、白虎二殿，正中有一百多级的石阶，十分倾斜，真是陡立若天梯，登如沿壁行。

于莺晓望望尹福说：“这么陡的石阶天下少有，不少游客望而生畏，踌躇不敢上。即使是胆壮者，也得徐徐缓上。这石阶共有一百零三级。本应筑一百零八级，既可上应三十六天罡，下镇七十二地煞，起避邪降妖的作用；又合恒山一百零八峰之数。但是为何只筑一百零三级呢？据说，恒山坐北朝南，位居五岳主位，但为了对兄弟岳表示尊重，应五岳之数，减去五级。还有一种说法，恒山一百零八峰，其中包括五台山在内，因五台山已辟为佛教圣地，由此减去五级。”

尹福仰望着这陡峭的石阶，叹道：“古人真是构思奇特，匠心精巧。”

于莺晓道：“五年前我与恒山老母比武，就是在这石阶之上，将她一脚踢下去的。幸亏我又飞身下去将她抱住，不然她的性命休矣。”

风拂来一阵花雨。有一片梨花落在尹福的肩头，于莺晓轻轻地用手摘去，怜惜地说：“花开易见落难寻，青春一过有谁来怜惜我们呢。现在是花之魂，来年便是花之冢了。”

尹福幽默地说：“我的青春早过了，不是有你这样的怜花人来怜惜吗？”

于莺晓听了，脸羞得像红透了的樱桃，她轻轻地吻着梨花，沉浸在幸福之中。

尹福见她如此痴情，顿生一种敬重之情。此时，他觉得于莺晓是那样纯洁、单纯。他有点儿后悔，后悔不该答应她，不该利用她，伤害她那颗炽热而稚嫩的心。但是为了救光绪皇帝，又有什么办法呢？

于莺晓许久才抬起脸，喃喃自语：“但愿人长久，千里共婵娟。”

尹福为打破这种局面，提议道：“于小姐，这石阶共有一百零三级，咱们两人来一次比赛，只许沾石阶十下，就要到达上面，怎么样？”

于莺晓抬头望望上面，点点头道：“好吧，你先跳。”

尹福运一口气，两臂张开，轻捷如燕，跳了上去。

第十一回　恒山险揭晓恒山谜　黄金累谁解黄金心

于莺晓见尹福像一片柳絮，飘来荡去，一会儿便到了上面，高高地立在那里，大气不喘一口。

“怎么样，整整十下吧?”尹福微笑着说。

于莺晓还没有完全从幸福的氛围中摆脱出来，方才尹福跳跃时，她根本就没有计算，此时听见尹福发问，茫然地点了点头。

“该你了。”尹福大声地说。

“好!”于莺晓响亮地回答，随即使出“燕子钻云”的招数，翩翩飞来，一会儿便站到尹福旁边。尹福见她面无异色，心想：这小女子不愧是将门后代，功夫神奇。

二人沿石阶缓上，过了南天门牌楼，来到恒宗朝殿。尹福见朝殿面宽五间，进深三间，殿身很高，中间额上悬风字形匾，题“贞元之殿”。真是坐坎向离，气贯斗极，“万壑千岩同俯首，三边九塞尽通灵；苍松古柏化龙蛇，瑶草琪花争献端。”

大殿内塑有北岳恒山之神的金身塑像，塑像高达一丈多，头带平天冠，身披朱绫，目光微启，端庄沉静，一派帝王气概。两旁恭立着四大文臣和四大武将。置身朝殿，如赴金銮，令人诚惶诚恐。神座上方，悬有康熙皇帝御匾，上书“化垂悠久”四个大字。两旁有一副对联：“威镇坤方庙貌远昭千古，德垂冀地精灵不爽分毫。”

于莺晓轻轻击掌，瞬间，塑像轻轻摇动，缓缓转了半圈，露出背后一个小门。于莺晓轻轻地按了门旁的一个机关，只见小门缓缓开了，露出一穴。

尹福惊道：“原来有一暗穴，真是神奇。”

于莺晓神秘地一笑："我来之前就有了这个暗穴，里面藏着不少宝贝呢，可能是道士们修的。"说着，拉着尹福的手轻轻地跳了下去。

下面是一条漆黑的甬道，空气潮湿。于莺晓引着尹福往前走了有十几尺，遇到一个铁门。于莺晓又按动机关，铁门缓缓打开，现出一个二十多尺长、十几尺宽的石室，石室一角有八个铁箱子，室中一盏长明灯烁烁发光。长明灯浸在小油缸里，散发着松香。

于莺晓打开一只铁箱子，只见里面满堆着珍珠、玛瑙、翡翠、珊瑚、宝玉、金碗等。她呵呵笑道："这些宝物都是当年道士们藏的，现在作为反清活动的经费。当然，咱们也可以享用一些。"

这时，那铁门忽然沉重地关上了。于莺晓见此情形，慌忙去按开门的机关，可是毫无结果。尹福用力去推铁门，铁门纹丝不动。

只听到一阵歇斯底里的狂笑："于莺晓啊，于莺晓，你到底算不过老娘。现在你们这一对痴男痴女只有吃金吞银吧，过两年我来捡你们的骨头！"

阴森森的狂笑声震得石室屋顶灰尘簌簌而落。

是恒山老母的声音。

"我上当了！"于莺晓气得两颊苍白，拼命用头顶、用脚踢、用手推，可铁门纹丝不动。一会儿，她便香汗淋漓、娇喘吁吁了。

尹福倒显得十分冷静，他喃喃道："看来她跟你不是一条道上跑的马车，她背叛了你。"

于莺晓恨恨道："她是江山易改，本性难移。我真愚笨，怎么没有想到有这么一天呢！"

尹福安慰道："事到如今，着急又有何用？你那些姐妹难道不会来救你吗？"

于莺晓回答："这个暗穴只有我和恒山老母知道，山上的姐妹只有十几个是我带来的，其余的都是恒山老母的人，如今恐怕那十几个姐妹也遭了她的毒手。你要知道，恒山老母的桃花扇功夫十分厉害，只有我能对付，那些姐妹都不是她的对手。"

"恒山老母为何背叛你呢？"

"看来她表面上归顺于我，内心却在思虑如何对付我。她知我武功厉害，一直没有机会下手。刚才她一定是偷偷跟随在我们身后，可是我们只顾叙话，一直没有觉察。"于莺晓掸了一下头发，又说："近来我们又闹了一点儿摩擦。"

"什么摩擦？"

"你刚才看到那个玉皇洞了吧？"

“嗯。”尹福点点头。

“恒山老母是个放荡的女人，她仿效当年女皇武则天，专门喜欢玩弄美男人，然后把他们杀了。在她居住的玉皇洞里尽是男人的白骨。上山后的一天，我突然发现了这个秘密。当我看到玉皇洞内深处那一堆堆男人的白骨时，惊骇得呆了。她向我夸耀说，那都是她的杰作。我在她的房间里发现了一个年轻后生，那后生白白净净的，恐怕也就十五六岁。他哆哆嗦嗦，眼泪汪汪的。我见了这情景，非常生气。我劝她放了那后生，不然就杀了她。她见我发怒，只得放了那后生。之后我叫她发誓，决不再干这种伤风败俗的事，不然就把她轰下山去，她答应了我。可是一个月前，我在洞内又发现了男人的尸体。我向她大声询问，她矢口否认，我气得打了她的脸，她一声不吭。我对她说，你可以光明正大地嫁给你心爱的人，但不能随意糟蹋男人。况且我们已竖起反清义旗，不能干偷鸡摸狗、伤天害理的事情……”于莺晓气得说不下去了，低声啜泣着。

尹福望着她那张庄严苍白的脸庞，那双充溢着泪水的眼睛，敬佩之情油然而生。这是一个多么富于正义感的女人啊，在她的身上燃烧着正义的火焰；她不仅有美的躯壳、美的面容，还有美的心灵。

尹福不知用什么语言来安慰她，只是沉默着，不知所措地看着她。

一会儿，于莺晓的啜泣停止了，她美丽的睫毛上挂着晶莹的泪珠，若有所思地望着尹福。

尹福被她看得不好意思，转过身来打量着石室四周。他来到墙角，用手指探了探石壁，觉得厚实坚硬。

他又来到铁箱前，用手捧起那些亮灿灿的金银珠宝，感叹地说：“纵使有这么多价值连城的宝物，又有何用？不能充饥，更不能挡寒！”

他拿着一颗晶润的珊瑚刮了刮石壁，一会儿，珊瑚断成数截。“唉，这些宝物连掏洞的功力都没有。”

他又掏出判官笔，在石壁上划了半天，才划出一个小窟窿。

于莺晓走了过来，说：“石壁这么厚，如果挖出一个地洞通到外面恐怕也得有一年半载，可是我们吃什么，喝什么？不吃饭有水喝可以维持二三十天，可是没有水喝恐怕最多只能活七天。”

尹福听了，心里凉了半截，失望地说：“看来只有等死了。两年后，恒山老母打开石室的门，看到的将是两堆白骨。”

于莺晓嘴角嚅动着，一双湛黑的眼睛里充满了深情。忽然，她发狂般抱住尹福，抬起苍白发烫的脸，对尹福说：“人固有一死，但是我有爱情，我们相爱而死，死得实在!”

尹福被她抱得透不过气来，又挣脱不开，于莺晓的两条胳膊就像钳子一般，紧紧钳住了他。尹福感觉到她青春的胸脯在急剧地起伏，浑身打着战儿。

忽然于莺晓双手一松，昏了过去。

“小姐，小姐!”尹福急促地叫着，用双手拍打着她的脸。

于莺晓醒了过来，乌丝散乱着，脸色白皙而泛红，一双秋水般的眼睛，清澈透亮，静谧温柔。

“你不喜欢我?”她问。

尹福没有说话，他不想伤她的心。

“你不喜欢我。”于莺晓伤心地哭出声来，哭声充满了凄切。

尹福转过身子，闭上了双眼。

于莺晓失神地望着顶壁，泪珠一颗颗落下来，扑簌簌掉在地上。

他们就这样对坐着，仿佛是两个素不相识的陌生人。

时间悄悄地溜了过去，饥饿和干渴袭了上来。

还是于莺晓打破了沉默。

“你愿意做我的朋友吗?”

尹福点了点头。

“你真是一个地道的男人。”于莺晓小声地说。

尹福没有说话。

“天底下还没有见过你这种男人呢!”

尹福想岔开话题，于是说：“我没有见过桃花扇这种功夫，恒山老母的桃花扇究竟如何?”

于莺晓回答：“这桃花扇共有八十六招，是由一个叫张迎春的大侠发明的。扇骨是铁的，扇面是布的，内藏药针，扇子一扇，便有麻醉药汁喷出，人闻见便会昏迷。在与持桃花扇的人打斗时，要设法躲开扇面。桃花扇的八十六招中最厉害的要数‘寒鸭浮水’‘月出云门’‘春风摆柳’‘回马敬酒’‘蝶影穿花’‘垂柳移影’‘游蜂戏蕊’等。”

尹福道：“这桃花扇真是厉害。”

于莺晓道：“恒山老母如果看中了某个美男子，便将桃花扇对其一扇。待对方昏迷后，便抢了来。她就是这样俘虏男人的。”

尹福问：“要破此扇，有何高招?”

“只要设法刺破扇面，桃花扇扇毒的功力必然就会减弱，因为露了风。”

"砰、砰、砰……"忽然传来一阵敲打石壁的声音。

"你听！"于莺晓惊喜地抓着尹福的手。

"好像有人凿洞。"尹福将耳朵贴到石壁上。

"砰、砰、砰……"那声音沉闷之极。

尹福道："一定是有人凿洞，好像离我们很近。"

"是谁呢？"于莺晓的眼神里满怀着希冀。

二人把全部希望都寄托在这"砰、砰、砰……"的声音之中，就像久溺水中的人捞到了一根稻草。在他们的耳朵中，这声音多像是一曲优美动听的音乐。

一天，两天……两个人坐在地上仔细谛听这神圣的声音。每当这声音消失时，于莺晓便瘫软在地上，而当这声音升起后，她马上为之一振。

几天后，他们被干渴折磨得不能自制。二人嘴唇干裂，舌头长满舌苔。于莺晓几次鼻孔出血。

"夫君，我恐怕要先去了。"于莺晓费力地说着，淌下几滴眼泪。

尹福用舌尖去舔她的眼泪，可是干干的，什么也没有。

于莺晓睁着黯淡无光的眼睛，又说："我死之后，你就喝我的血、吃我的肉吧，恐怕还能支撑一段时间。祝你好运，愿你能在这'砰、砰'声中得到福音。"

尹福仿佛自言自语地说："我直到现在才明白，人在临死之时求生的欲望有多么大。"

于莺晓斜倚着墙角，微笑着，一动不动。

尹福来到铁箱前，揭开箱盖。

"别找了，没有吃的、喝的，这些金银财宝顶什么用。"于莺晓叹了口气。

尹福手捧着一个大金元宝朝她走来。

"你就请我吃这个？"于莺晓的大眼睛一眨一眨的。

尹福庄重地捧着金元宝来到于莺晓面前，蹲了下来："小姐，你喝吧。"

于莺晓看着金元宝，只见在金元宝的凹处漂着水，黄灿灿的。

"这是什么？"于莺晓凤眼圆睁，惶惑地问。

"水，是水，你喝吧。"尹福淡淡地说着，他自己先舔了一下。

于莺晓不顾一切夺过金元宝，大口喝干，咂吧咂吧嘴说："好香，好解渴！"

"这是从哪里弄的？"于莺晓问道。

尹福没有说话，默默地站了起来，目光呆滞。

于莺晓看着金元宝，黄灿灿，耀人眼睛，她把金元宝贴到鼻翼上，闻了闻，有一股淡淡的骚气。

她明白了，但是并未产生反感，她小声地问："你什么时候留下来的?"

尹福瞧了她一眼，说："三天前，以后也没有了，就为了这一天。"

"谢谢你。"于莺晓的声音里充满感激。

"砰、砰、砰……"那种令人振奋的声音又开始了，仿佛近在身旁。

尹福也倚到墙角，静观着。

一会儿，石壁上被震掉几块壁渣，紧接着一根铁钎伸了进来，又缩了回去。

"瞧，就是那些铁箱子，想不到还在这里，苍天有眼。"这是一个显得有几分苍老的声音。

"太好了！我们发大财了。道长，我们终于如愿了！"

"整整三年啊！"又是那个苍老的声音，紧接着是重重的叹息。

石壁终于露出了一个大窟窿，一个年轻的道士欣喜若狂地跳了进来。

尹福上前点了他的穴，他立时不能动弹了。

"戒真，你怎么了?"

窟窿里伸出一只苍老的手，被尹福狠命抓住了。

"哎哟，真是见了鬼了！"传来那个苍老的声音。

尹福把他拽了进来，原来是一个老道士。

"后面还有人吗?"尹福问。

"没有，没有了。"老道士慌里慌张地摇了摇头。

于莺晓也站了起来，问："这是怎么回事?"

老道士流出眼泪，说："我本是这恒山上的道士。十几年前山下来了一个妖婆，手持一柄妖扇。那扇子一摇，山上的道士、和尚、道姑、尼姑就迷迷糊糊。她武功十分厉害，糟蹋了几个道士，把僧道之人全都赶下了山。从此她独霸恒山，纠集一伙婆姨，为非作歹，横行霸道。这些宝物是我们藏的。"他指着那几只铁箱子。

"宝物是从何处抢来的?"于莺晓问。

"不是抢来的。"老道士慌忙解释着，"是数百年来香客们施舍的。施舍的人有皇上、皇后、娘娘、文武官员、国外宾客、财主、才子们，日积月累，就多了，我们把它藏在此处。这些宝物价值连城啊！"老道士擦了擦额上的汗。

于莺晓一眼瞥见他腰间的葫芦，猛地夺到手中，摇了摇，里面一阵水响，于是一抬葫芦，一仰脖，"咕嘟咕嘟"喝了下去。

尹福看到她喝水，更觉干渴难耐，于莺晓已把葫芦递过来，笑着说："给你留一半呢，这山泉水比你的尿可好喝多了。"

"你们是什么人?"老道士惊奇地打量着他们。

于莺晓生气地说："我们还没问完话呢，你们是怎么到这里的?"

老道士又继续说下去："我被赶下恒山后，就跑到华山定居，另开门户，可是心里总惦记着这些宝贝。我见华山的道观破败，心想，要把这些宝贝用来修缮道观，该有多积德。于是把心思对徒弟讲了。我这个小徒弟听了也十分欢喜，徒弟，徒弟……"他用手拽青年道士，可那道士一动不动。

"刚才还好好的，怎么像中了邪?"老道士围着年轻道士转圈子。

尹福笑道："是我点了他的穴，我给他解穴。"

尹福轻轻一点，年轻道士立时活动自如，他"噗通"一声跪在尹福面前，哭道："爷爷，我给您磕头了，我不是财迷心窍，纯粹是为了保护文物啊!"接着又跪到于莺晓面前，哭道："奶奶，我可不是贼啊，是个好人，里里外外都是好人!"

于莺晓笑得像株垂柳，道："我们俩可不是一对。你们接着说，怎么进来的?"

老道士又说："三年前，我们合计好，拿着工具来到这恒山，围着山转了大半天，也不知从哪里开凿好。后来来到后山，看到半山腰有个大树墩，于是就从树墩下手。就这样三伏寒九，不分昼夜，一直停停凿凿，凿凿停停，凿了有三年，才凿到这里。中间还凿了一段弯路，凿到玉皇洞去了。"

"原来这里也通着玉皇洞。你们带我们去，弄好了，这里的一半宝贝归你们修道观用。"于莺晓欢喜地说。

道士师徒二人引着尹福、于莺晓钻进凿洞，弯弯曲曲来到一个地方，老道士揭开上面的石板，外面透出亮光。

"就在上面。"老道士说。

尹福攀了上去，原来是个山洞，山洞连山洞，弯弯曲曲。于莺晓、老道师徒俩也攀了上来。

于莺晓仔细辨认了一下四周，说："这就是玉皇洞的暗洞。"

尹福脚一滑，跌倒在地，伸手一摸，竟是白骨。原来他被一颗骷髅绊了一跤。

于莺晓道："这就是那些男子的尸骨。"

几个人钻出暗洞，进入内洞，只见地上仍是白骨累累，还有一些蝙蝠飞来荡去。

“咋这么多人骨头?!”老道毛骨悚然，惊恐地问。“我在山上修炼时，可没有这么多人骨头。”

于莺晓听了，没有说话。

“哎哟!”小道士倒了下来，原来被一个尸首绊了一跤。

“哎呀妈呀，这是咋整的!”老道士吓得用手捂住眼睛。

外洞便是恒山老母的住所，烛光闪烁，静悄悄的。洞内陈设古色古香，雕花木架上摆着一只三尺多高的假鹰，展翅飞爪，十分可怕。石案上有水果、糕点等物，西壁有个精致的软床，黄幔帐上落着灰尘。里面传出恒山老母的鼾声。

“她在那里。”于莺晓小声说。

尹福蹑手蹑脚走了过去，透过薄薄的幔帐，只见恒山老母正搂着一个后生睡觉。那后生并未睡着，睁着一双惊恐的大眼睛，哆哆嗦嗦。忽地他看到了尹福，身子一动；恒山老母猛然醒了，熟练地摸出枕下的桃花扇，推开后生，一跃而起。

尹福大叫:“你这个妖精!”一掌劈了过去。

恒山老母躲过这一掌，就势一扇，跳到一边。

尹福知她这桃花扇厉害，轻轻一跳，躲到一边。

于莺晓迎了上来，骂道：“你这不知羞耻的妖精，吃我一拳。”说着，扬拳朝恒山老母面门击来。

恒山老母旋风般闪过，朝她一扬扇。于莺晓身子一软，迷迷糊糊倒下了。

老道师徒一瞧这阵势，吓得瘫软在地上。

恒山老母朝老道师徒左右扇了几下，老道师徒也人事不省了。

尹福见她的桃花扇果然厉害，加上连日来饥饿不堪，不敢轻敌，抽出判官笔，沉着应战。

恒山老母狂笑几声，挥动桃花扇，来战尹福。尹福退到一隅，猛地一跃，一招“燕子钻云”，瞅准机会，挥动判官笔，刺中了桃花扇。恒山老母恼羞成怒，连连挥动桃花扇，直扑尹福。

尹福跳到石案上，居高临下，一脚踢中恒山老母的手腕，桃花扇飞了出去。恒山老母双手一抖，利如鹰爪，朝尹福击来。

此时，于莺晓已经醒来，她趁势拽住恒山老母的一只脚，恒山老母未曾提防，一个趔趄；尹福一招“鹰击长空”，一掌击中恒山老母的头顶，恒山老母脑浆迸溅，登时身亡。

尹福扶起于莺晓，于莺晓笑着对他道：“你还是做寨主吧。”

尹福道：“你也是江山易改，本性难移。”

于莺晓道：“我太……”她没有说下去。

尹福问：“光绪皇帝在何处?”

于莺晓道：“你不答应我，我就不告诉你。”

尹福大踏步走出玉皇洞，他的声音飘荡着：“我自己能找到。”

第十二回 套中套难辨多变女 强中强更有强中手

此时天已蒙蒙亮，尹福从玉皇洞出来，又回到桃花洞。

只见洞内横七竖八倒着十几个女子的尸首。

尹福心内纳闷，四处搜寻，没有找到一个活着的人。

看来是刚刚发生了激战，那么是谁杀死了山上的女子呢？一定来了武林高手。

尹福走出桃花洞，来到那个幽静的庭院，只听屋内传出一阵翻箱倒柜的声音，他连忙奔进屋内，正见一个女子正在换男人的装束。

“你是什么人？”

“你，你怎么又回来了？”那女子神色惊惶，面如土色。

“那些女子都是被你杀的吗？”

“不，不，我没有杀人……”她支支吾吾，哆哆嗦嗦。

尹福上前揪住她的头发，问：“究竟是怎么回事？”

那女子道了原委：原来恒山老母幽闭了尹福和于莺晓后，便对山上众女子说，他二人到少林寺、武当山、峨眉山、青城山联络天下志士去了。恒山老母又派人追上皇家行列，声称让皇家出十万两白银来换光绪皇帝。昨日半夜，突然杀出三个大汉，在桃花洞与守山的姐妹发生激战，那三人自称是皇家保镖，将众姐妹杀败，抢走了光绪皇帝，下山去了。

尹福问这女子那三个人什么模样和打扮，女子说深更半夜没有看清楚。

尹福决定立即下山去追那些人，于是走出庭院，迅疾朝山下走去。

刚走了有半个时辰，只见前面山坡古松下立着一人，朗声笑道：“怎么，不辞而别?”

尹福抬头一看，正是于莺晓。她头发蓬松，双手叉腰，笑嘻嘻立在那里。

尹福笑道：“后会有期了，我有急事要办。”

于莺晓“咯咯”笑道：“再见时恐怕是一堆白骨了，谁叫我没这个福气。不过，石室几口水，也是有滋有味的。不枉相逢一场，我送你一柄宝扇上路，结个扇缘吧。”说着，手一扬，一件东西飞到空中。尹福接在手中，原来正是恒山老母用的那柄桃花扇，扇面光滑，没有一丝破绽。尹福用判官笔刺的缺口，已被于莺晓补好了。

尹福作揖说：“多谢小姐赠扇，夏天再不会长痱子了!”

“你这老顽皮!”于莺晓说罢，飘然而去了。

尹福将桃花扇藏好，疾步朝山下走去。

行了一程，他影影绰绰看见前面有三个人影，其中有两个人仿佛抬着一个木箱。那三人走得飞快，尹福费了九牛二虎之力才渐渐接近他们。

他定睛一看，那三人正是通臂拳名家张策和他的两个徒弟，红脸汉子韩占鳌和白脸汉子李兰亭。

尹福心想：莫非是这三人昨夜杀上山，劫走了光绪皇帝?那么光绪皇帝藏在哪里呢?一定是在箱子里。

那三人仿佛并未发觉尹福，只顾匆匆赶路。尹福见他们有三人，不敢唐突行事，生怕逮不着狐狸弄一身骚，心想不如寻找时机，以计取胜。

那三人一直往南走，走到正午见路旁有个酒楼，张策建议到酒楼内歇息一下，三个人便抬着木箱进了酒楼。

尹福见张策师徒进了酒楼，自己也摸索着来到酒楼前。他探头一看，楼下坐着三三两两的酒客，却没有张策师徒的影子。

尹福想：他们一定是上了二楼。他悄悄走进酒楼，拣了一个僻静的角落坐下来。他身后有两个壮士喝得酩酊大醉，正在猜拳。木柱前一个青衣老者正倚柱瞌睡。

尹福坐了一会儿，没有听到楼上有什么动静，也不见酒保出来，有些纳闷。

他有些坐不住了，想上楼探探动静，正要起身，忽听那两个壮士中的一位哼哼唧唧地说：“兄弟，你听说了吗，这次太谷比武大会可有奇闻了。”

“什……什么狗屁奇闻，还不尽……是些……陈谷子烂芝麻!”对面那个壮士唾沫星子乱溅，眼睛里布满了血丝。

“江南神偷乔老爷盗了光绪皇帝的玉玺，此番要拿到太谷给弟兄们开开眼，他扬言要用这玉玺来换形意拳的秘籍。”

“哟，这可真是奇闻，这形意拳的秘籍是形意拳大师姬际可的遗世之宝，是姬大师当年在终南山岳武庙得到的《岳穆拳谱》，那形意门哪能交换？”

“那也未必，有了大清皇上的玉玺，就可以自称皇上，车毅斋就可以在太谷称帝了。那他的师父李洛能就可以追封太上皇，宋世荣没准能混个丞相，郭云深嘛，可以当个兵马大元帅，形意门可就抖起来喽！”

“山西人可是抠得很，一个算盘珠子恨不得掰八瓣，要说捧出一缸醋还差不多，要献出形意拳秘籍，真比登天还难啊！”

“反正江湖上的人都这么传说，俗话说，无风不起浪，兴许是真的。”

“离比武的日子越来越近了，咱哥俩也去凑个热闹，有枣没枣的，咱们也豁它一竿子！”

尹福在这边听了，心想：看这个意思，是乔摘星偷了光绪皇帝的玉玺。这个“钻天神鼠”没什么本事，还想在江湖上出出风头。他到太谷参加比武盛会，高手如云，名侠似水，别说《岳穆拳谱》换不出来，就是性命恐怕也难保。只可惜光绪皇帝的玉玺又不知要流落何方了。

那两个壮士又神吹乱侃了一会儿，便趴在桌上酣然入睡了。

尹福再看那老者，鹤发童颜，仍在那里打盹，呼吸是那么均匀。

他忽然感到一阵恐惧。楼下仅四个人，两人酩酊大醉，酣然入睡，一人一直微睡，就他一人还算清醒。酒保始终没有出来，难道这酒楼是一个鬼楼？

想到这儿，尹福不由得倒抽了一口冷气。他悄悄地来到楼梯口，朝上面望了望，见没有动静，于是蹑手蹑脚地上了楼。

但见张策和他的两个弟子韩占鳌和李兰亭仰面朝天躺在地上，口吐白沫，人事不省。

尹福来到张策面前，俯下身，凑到他嘴边闻了闻，没有任何气味。

他用力扳动张策的身子，连声叫道：“张大侠，张大侠！”张策一动不动。

他见桌上摆着几杯酒，拿起酒杯，晃了晃，那酒有些浑浊。他认定是酒家在杯中下了药。

他朝四外一望，没有找到那个木箱，他惦记光绪皇帝的安全，于是顺着楼后楼梯疾步而下。后面有个院落，吊着几头死猪，院角放着一排酒缸，酒香扑鼻。

他见西面有三间房屋，于是推门进去，一股难闻的气味扑鼻而来。屋内床褥腌臜，陈设零乱，墙上挂着一柄鬼头刀。

尹福走进里屋，看到了张策两个徒弟抬的木箱，走过去打开箱盖，里面却什么也没有。他感到疑惑，怀疑是店主调了包，于是走出后门，朝四野张望。

酷阳如火，蝉儿刺耳地鸣叫着。一条小河弯弯曲曲流过，河上和小道上都没有人迹。

尹福正在彷徨，忽见芦苇荡里飘出一只小船，船上立着一个渔家姑娘。那姑娘浑身银白，细挑的身材，脸蛋儿上配着一副俏丽恬静的眉眼儿。她微仰着头，轻摆着腰，像一团随风飘荡的柳絮，轻盈盈的，脚下没有扎根似的。

尹福高声叫道："姑娘，姑娘!"

渔家女问道："老爹叫我有何事？摆渡吗?"

尹福问："姑娘，你可看见这里的酒家抬着一个箱子?"

姑娘笑道："我看到酒楼的老板推着一个泔水车往南去了。"

尹福正要追，渔家女道："你是不是要找那个酒楼老板?"

尹福点点头，说："我找他有要紧事。"

渔家女把船划了过来，纵身上了岸，说道："我这船行得快，你上船来，我划船追他。"

尹福见渔家女言辞恳切，便与她跳上了船。

渔家女撑篙，轻捷如燕，小船似箭一般在水中飞行。

"我看你上船的动作，一定是武术行家。"渔家女问。

尹福笑笑说："会一点儿花拳绣腿。"

"你找老板有什么要紧事?"

"他欠我的银两。"尹福胡诌道。

渔家女忽然一指前方说："那就是酒楼老板。"

尹福顺着她手指的方向望去，只见在林荫道上，一个又黑又胖的家伙正推着一个泔水车疾行。

尹福刚要说话，只见渔家女将篙一扔，跳下水去。

尹福正在惶惑，忽觉船身颠沛，向旁一歪，他身不由己，"噗通"一声掉入河中。

尹福不识水性，拼命在水中挣扎。那渔家女不知从什么地方冒了出来，像鱼儿一般游到尹福身边，用手按着尹福的头在水中扑腾着。

尹福一连喝了几口水，一会儿便人事不省了。

尹福醒来时已躺在岸上，浑身被绳子绑着，动弹不得。

渔家女呵呵笑着立在一边，树底下那个又黑又胖的家伙靠在泔水车旁正扇着大蒲扇纳凉。

尹福见那黑胖家伙双目失明，有些面熟，猛地想起怀来县城妄图玷污瑾妃等人的那个家伙。

“怎么，尹爷，不认识爷们儿了？我就是鼎鼎有名的燕山大侠黑旋风啊！”那家伙“嘿嘿”笑着，露出黄兮兮的牙。

黑旋风又指着渔家女说：“这就是我的干女儿岚松，我们这一路上跟得好苦。我这干女儿七十二变，一会儿变成酒家女，一会儿又变成渔家女，一会儿还变成烟花女，她可不是一般人物。”

岚松问：“爹爹，这个尹福怎么处置？”

黑旋风皮笑肉不笑地说：“我要是杀了他，江湖上的人会笑话我，说我乘人之缚下手；可是我要是放了他，那这位真龙天子，可就是煮熟的鸭子——飞了。”他用脚踢了踢那个泔水车。

尹福明白了，光绪皇帝一定关在泔水车中。

黑旋风又说：“我嘛，被人瞎了一双眼，从此不见光明，后半生只能在黑暗中生活了。我要挑了他的筋，废了他的武功！”说着，“刷”地拔出一柄尖刀，杀气腾腾地走到尹福面前。

尹福一阵心酸，心想：落在这个杀人魔王手里，真是晦气！我英雄一生，没想到落得这般下场；皇上也救不出来了。

他想着，落下一行热泪……

这时，只觉一股劲风刮来。劲风击打着尹福的脸，使他睁开双眼。

只见黑旋风手中的尖刀飞向空中，黑旋风踉跄了几步，岚松也被击得连连后退。尹福觉得身子一阵轻松，低头一看，身上的绳索已被齐齐切断，自己没有了任何束缚。

他抬头一看，只见一个鹤发童颜的老者骑着一头毛驴，在前面树林里一闪即逝。那背影有点儿熟悉，好像是方才酒楼里那个倚柱小憩的白发老人。

好神的功力！尹福暗暗喝彩。

黑旋风叫道：“哪里来的一股狂风？”

岚松说：“爹爹，不好了，尹福的绳索全断了！”

黑旋风听了，惊恐万状，推起泔水车就跑。

尹福大步冲上前，一掌朝黑旋风头部击去。黑旋风猛听脑后生风，朝左一闪，尹福扑了一个空。岚松抽出宝剑，朝尹福刺来。

尹福使出八卦掌中的连环掌，一跃而起，两掌同击，连击六掌。岚松右肩中了一掌，疼痛难忍，朝南逃去了。

黑旋风听到岚松逃去的脚步声，叫道："你这不忠不孝的畜生，怎么竟撇下老爹一人跑了？"

尹福扑向黑旋风，黑旋风有些惊慌，连连后退，尹福步步紧逼。

黑旋风退到一棵槐树前，朝上一跃，贴到树干上。

尹福也朝上一蹿，去抓黑旋风。

黑旋风又一跃，贴到另一棵树干上。尹福暗暗吃惊，心想：这个土匪双目已瞎，居然能准确无误地蹿来蹿去，真是一身好功夫。

尹福抽出那柄桃花扇，往上一蹿，朝黑旋风扇去。

正值黑旋风双手一扬，尹福知有暗器袭来，身子一闪，扇子歪了一点儿，没有扇中黑旋风。黑旋风的连珠飞镖齐齐扎在尹福身后的树上，共有五枚！

尹福闪过连珠镖，又去追黑旋风。黑旋风跑了一程，退到河边，无路可走，只得"噗通"一声，跳入河中。

尹福不识水性，只能怔怔地望着黑旋风破水游去。

这时身后有一个人开了腔："你这个人，何苦逼得一个瞎子跳河？"

尹福回头一看，是个胖和尚，生得眉如漆刷，眼似黑墨，疙瘩似的一身横肉，胸脯下露出黑肚皮来。

尹福有些气恼，说道："你是哪个庙里的和尚？不问青红皂白，插什么杠子？"

胖和尚道："实话告诉你，我是五台山五郎庙的癫狂法师，专好打抱不平，路见不平，拔刀相助。"说着，一招"猛虎出山"朝尹福击来。

尹福已在河边，朝旁边一躲，险些掉到河里。他惦记着救光绪，不愿与这和尚纠缠，于是抽出了桃花扇，想把和尚扇倒脱身。

癫狂法师一见这桃花扇，眼睛一亮，叫道："你怎么把我那相好的扇子拿来了？你一定是个盗贼！"

尹福一听，暗想：这扇子的主人是恒山老母，这个和尚莫非与恒山老母有什么关系。

癫狂法师从怀里摸出一颗小丸，含在嘴中，呵呵笑道："天下只有我和恒山老母能破这柄神力之扇!"

尹福用桃花扇左扇右扇，癫狂法师竟毫无知觉。

尹福见桃花扇在他身上不起作用，便收起扇子，抽出判官笔。

癫狂法师也从怀里抽出一个小兵器，尹福凝眸一瞧，是一块小砚台，锃亮闪光，好像是铜的。

癫狂法师笑道："咱们两人这兵器都属文房四宝，可算是武林中的稀罕兵器。"说着，举台朝尹福心窝击来。尹福急忙用判官笔招架。"哐啷"一声，宝砚与判官笔相撞，溅出无数金星，耀人眼睛。

尹福和癫狂法师都觉得虎口一麻，尹福退了两步，癫狂法师退了三步。

癫狂法师问："恒山老母现在可好?"

尹福回答："她已归天了。"

"什么?是你杀的，还是那个姓于的丫头杀的?"癫狂法师眼睛几乎凸出来，满是血丝。

"是她自作自受，自取灭亡。"尹福的话像是一字字蹦出来的。

"这么说，是你杀的。"癫狂法师的牙齿咬得铿铿的响。"五年前，有个姓于的丫头在比武中击败了恒山老母，占山为王，恒山老母甘愿辅佐她。我到恒山与姓于的丫头交手，结果也大败而归。我回到五台山后刻苦练功，整整修炼了五年，发誓要战胜那个姓于的丫头，夺回恒山，与恒山老母团聚。如今我正要奔向恒山。"

"那我劝你别去了，恒山老母已经不在了。"

"你要知道，我对她的感情有多么深，我恨不得将她捏碎，我几次用头撞墙。"

尹福冷冷地说："那你撞出脑浆来也没有用。"

癫狂法师痴痴地问："你可知道，她为什么不喜欢我?"

尹福回答："她爱的是温文尔雅的美男子。"

"可是她长得也不俊呀，一脸疙瘩肉，黑得像火通条。"

"因为她爱的是人的躯壳，而不是人的灵魂。有的人长得颜如玉，穿得衣似锦，可是灵魂却非常丑恶。一般的人往往看到的先是人的表面的东西，这种表面的东西容易迷惑人。人抓到这种表面的东西，自以为很幸福、很幸运，而当这种表面的东西暴露无遗后，便感到一种失落感、一种困惑、一种茫然、一种莫名其妙的厌倦。因为他没有抓住人的灵魂，灵魂是一个人的本质，是永存的。恒山老母就是这样一个人，她追求的就是人表面的东西，她掠夺了一批批美男子，可是得不到他们的灵魂，因此便把他们杀掉。同时，她还有一种阴暗的心理……”

“是什么？”癫狂法师着急地问。

“因为她得到的只是这些男人的躯壳，却得不到他们的灵魂，她又妒忌别的女人会得到那些男人的灵魂，于是便害死了被她蹂躏的男人。”

“这么说，恒山老母的灵魂也是丑恶的了？”

“是的。”尹福点点头，“这样的人有什么值得留恋的呢？”

癫狂法师兴奋起来，叫道：“真是与你一席话，胜过十年念佛功。她既然是这种人，我又何必剃头挑子一头热呢？”说着，高兴地朝尹福扑来。

尹福还沉浸在思考之中，没想到癫狂法师朝他扑来。他下意识地挺起判官笔……

“啊！”癫狂法师惨叫一声，微笑着倒了下去，鲜血从他的胸膛汩汩而出……

癫狂法师是出于感激，想拥抱一下尹福；尹福却误解了他的意思，在恍惚中刺死了他，这只是一种下意识。

尹福猛地想起那个泔水车，他回头一望，见泔水车就在那棵老槐树下，忙欣喜若狂地奔了过去。

来到泔水车前，他打开了桶盖，一股难闻的泔水味儿扑鼻而来。然而桶内空空，哪里有什么光绪皇帝的影子？

尹福感到一种惶惑和茫然，疲倦使他再不能坚持，他瘫软在了地上。

“嘚嘚嘚……”前边传来疾快的马蹄声。

尹福抬头一看，三匹马旋风般地卷来。

他已经没有气力站起来了。

马上有个人高声叫道：“瞧，是尹爷。”

尹福听出来是崔玉贵的声音。

三骑正是“鼻子李”李瑞东、崔玉贵和秋千鹤。

“尹爷，你怎么躲在这里乘凉？皇上呢？”李瑞东先跳下马来。

尹福无力地用手指了指泔水车，喃喃地说：“我本以为皇上被人关在这泔水车内，谁知没有。”

“你真是昏了头了，皇上怎么会钻在这样脏的泔水车内？”崔玉贵气咻咻地说。

秋千鹤说：“太后正在忻州等皇上呢，皇上现在何处？”

经交谈才知道，恒山老母差人送信到忻州，通知皇家行列用重金到恒山赎光绪皇帝。谁知走漏了风声，张策师徒抢先一步来到恒山，抢走了光绪皇帝。待慈禧太后差崔王贵、李瑞东、秋千鹤携重金来到恒山后，听了于莺晓一番讲述，才知尹福已下山去追光绪，于是三个人又追了来。

李瑞东等三人听了尹福的叙述，觉得事有蹊跷。

李瑞东说："路上我们见有一伙人护着镖车过去，镖头好像是一个洋女人，骑着一匹高头大马；那些镖师面色沉重，好像护的镖很重。"

秋千鹤道："除了镖车以外，还有一顶轿子。"

"镖旗上写的是什么？"尹福问。

崔玉贵回答："是'会友'两个字。"

"会友镖局哪里有什么洋女人镖师？八国联军入侵北京后，会友镖局恐怕已经散了，这趟镖肯定有诈。他们怎么早不来，晚不来，偏偏在这个时候……"尹福思索着，站了起来。

"事不宜迟，赶快去追！"崔玉贵叫道，抢先跨上了马。

尹福与李瑞东同乘一马，三骑朝前驰去。

渐渐地，尘土飞扬，前面土路上果然出现一队护镖的行列。

杏黄的镖旗上写着"会友"两个黑字，金黄的穗子随风飘荡。

一个女人穿一件猩红衣裳，骑着一匹枣红马，护着一顶蓝布小轿。两个轿夫轻松地抬着轿子。轿子前后共有六辆镖车，奇怪的是，那些镖车似乎很轻，车夫推车毫不费力，有的还哼起小曲。十余个镖师佩刀带剑，在两边护行。

尹福在镖师行列中发现了酒楼内喝酒猜拳的那两个壮汉。

听到后面的马蹄声，骑在枣红马上的那个洋女人转过身来。

是黛娜！尹福一见，几乎叫出声来。

她就是八国联军统帅瓦德西派来的杀手！

黛娜也认出了尹福等人，面色变得苍白；她唿哨一声，伸手摸向怀中。

"砰！砰！"洋枪响了。子弹擦着尹福的面颊而过。

尹福将身子一歪，贴在马肚子上，冲了过去。

李瑞东、秋千鹤也冲了过去。只有崔玉贵听到枪响，拍马朝后窜去。

"快救皇上！"尹福大叫一声，直扑黛娜。

李瑞东接连刺死两个镖师，拍马来到轿前，轿夫、车夫四散而逃。

李瑞东掀开轿帘，只见光绪皇帝双手被反绑，口中塞着汗巾，战战兢兢地，惶恐万分。

“皇上，我们救你来了！”李瑞东说着，下了马。

“砰！”一颗子弹射中了李瑞东。

李瑞东只觉眼前一黑，倒了下来。

第十三回 慷慨辞正义劝皇帝 动情语无意放女谍

激战仍在进行。

秋千鹤终于杀散了镖师，回过头一看，李瑞东正躺在轿前，昏迷不醒，右肩被血染红了一片。

他四下看看，见没有尹福和黛娜，知道尹福追那个洋女人去了，于是下了马，来到轿前。

他掀开轿帘，看到了面如土色的光绪皇帝。

光绪的眼泪簌簌而落，连日的饥寒、惊吓，使他脸上无光，目光呆滞。他用一种求救的目光盯着秋千鹤，目光里满是希冀。

秋千鹤的嘴角露出一丝狞笑，缓缓地从怀里摸出一柄匕首。

看到这柄匕首，光绪皇帝感到有点儿恐怖，浑身打战儿。

秋千鹤手握匕首，慢慢逼近光绪的胸膛。

光绪惊得朝后面仰去……

恰在此时，李瑞东从昏迷中醒来，他看到秋千鹤那副模样，问："秋大总管，你在干什么?"

秋千鹤听到李瑞东问话，立刻换了一副模样，笑嘻嘻地说："我用匕首给皇上松绑呢。"说着，用刀挑开了皇上手上的绳索，又拿掉他口中的汗巾。

光绪长吁了一口气，连爬带滚地出了轿子。

李瑞东撕掉一块衣衫给自己包扎了伤口。

"尹爷呢?"他问秋千鹤。

"他追黛娜去了，多美的一个洋婆姨!"秋千鹤嘻嘻笑着。

一阵马蹄声，尹福挟着黛娜骑马奔来。

“哈哈，到底把她抓来了。”秋千鹤咧开大嘴，口水淌了出来。

尹福骑马跑到众人面前，将反绑着的黛娜朝地下一掼，翻身下马。

他来到光绪面前，歉疚地说：“皇上受惊了！”

光绪叹了一口气，道：“一言难尽啊！”

原来光绪那天在雁门关与太后等人赏景，因贪恋关上景色，慢了一步，被于莺晓用香汗巾熏倒，掠夺而去。光绪在恒山一个山洞关了几天，受尽委屈。以后又被张策师徒抢去，囚在木箱之内。张策师徒上酒楼时被蒙汗药熏倒，他又落入巧扮酒家女的岚松手中。岚松将光绪关入泔水车，她的干爹黑旋风推车疾走，她则巧扮渔家女驾船护行。而后当尹福与黑旋风父女酣战之时，一直尾随在后的黛娜又差人把光绪从泔水车中抢走，掠入一个轿内。黛娜等人扮成镖行，想将光绪解往北京，面见八国联军统帅瓦德西领赏。

尹福等人拥光绪上了马，押解黛娜朝忻州城走来。

这日傍晚来到一个市镇，唤作原平镇，一问街民才知道，几日前皇家行列由此经过。

尹福见已离忻州城不远，天色已黑，便建议在这个镇歇息一夜，明日一早再赶路。

光绪应诺，几个人拣了一家客店歇息下来。

这个客店还算干净，店主看上去有五十多岁，一团和气，像是个老实人。店里有个小伙计，也就十六七岁，看上去蛮机灵，活泼泼的，喜欢开玩笑。晚饭是热气腾腾的小笼包子，尹福恐怕包子有毒或掺有蒙汗药，自己先尝了一个，见没有任何动静，才招呼众人来吃。光绪心事重重，吃了两个小笼包，便推开筷子不吃了。李瑞东可有些饿了，一气吃了十来个包子。

晚饭后，秋千鹤建议自己负责看押黛娜，与黛娜一屋。

尹福又仔细检查了一下黛娜的绑绳，见绑得结实，便放心地让他们去了。

李瑞东睡觉有打鼾的毛病，他有自知之明，便自己拣了一间房子独自睡了。

尹福与光绪皇帝同住一房，他请光绪在床上睡，自己夹了被褥铺到地上睡。

尹福躺在地上，听见光绪时常翻身，长吁短叹，便问何故。

“唉，我的那个小盒子丢了。”光绪重重地叹了一口气。

“里面装的是玉玺吗？”

光绪闷闷地说：“我连玉玺都守不住，还算什么皇上？”

尹福劝道：“我听说玉玺是让江南神偷乔摘星偷走了，那天我上恒山，正巧也撞见他了。”

“乔摘星现在何处?”

“他是个神偷，绰号‘钻天神鼠’，来无影去无踪。”

“难道我的玉玺掉到耗子洞里了不成?”光绪急急地问。

“听说乔摘星带着玉玺前去参加在山西太谷举办的比武大会，想让天下豪侠见赏一下。”

“哎呀，这可丢尽我的脸了……”光绪说着，啜泣起来。

“皇上，你不要着急，我把你送到忻州后，再去太谷，一定设法夺回玉玺。”

“太谷在什么地方?”

“离太原府不远，是个商贾之地，形意拳名家车毅斋老先生就住在那里。形意门的郭云深要跟他比武，天下的英雄侠客、大盗巨匪也都跃跃欲试，想见识见识。”

“尹福，你要知道，包玉玺的手帕，要比玉玺分量还重。”光绪的声音多了几分深情。尹福看到在黑暗中，他的脸上挂着闪闪发光的东西。

“为什么?”尹福问。

“手帕是死去的珍姑娘绣的，上面绣的是一对鸳鸯，是珍姑娘三夜未合眼，精心绣的。那鸳鸯绣得真像活了，相依相偎，眷恋不已……”光绪说着，动情地哭出声来。

“好了，我也一定会把珍姑娘绣的这块手帕找回来。”

“尹福，你不知道，自从我丢了这手帕，就像丢了魂似的，常常梦见珍姑娘。她是一个多么好的女人，我觉得她是世界上顶顶聪明顶顶美丽的女人！你要知道，手帕上鸳鸯的眼睛是她咬破手指，用鲜血点上的……”

“皇上，”尹福有点儿激动了，“珍姑娘固然可爱可敬，可是你要知道，我们含辛茹苦、不辞危险，保你救你，为的是什么?!”

光绪听了，脸红了一片。

“为的是你能有那么一天，振作起来，做一个有为的皇帝！在你的雄才大略的统治下，中国能成为一个富国、一个强国，恢复唐代的贞观之治。再也不能让中华民族看着洋人的眼色行事，不能让中国人在饥饿线上挣扎。中国有她辉煌的历史，中国人完全有能力创造一个辉煌的未来。你可以有你的七情六欲，有你的忠贞不渝的爱情，但是你作为一个皇帝，应当成为一个人民爱戴、山呼万岁的皇上，而不能庸庸碌碌，虚度年华，在腐朽奢华的生活中，成为一尾蛆虫，遗臭万年。”尹福越说越激动，激动得不停地咳嗽起来。

“尹爷，我听懂了。”光绪脸憋得通红，怯怯地说。

尹福跟随光绪十几年，一直毕恭毕敬地侍候光绪，光绪一直称他“尹福”。此次，尹福还是第一次听到光绪称他为“尹爷”。在同行同事称来，这是多么习以为常啊，可是如今出自光绪之口，尹福感到有一种说不出来的慰藉。他恐怕自己听错了，问了一句：“皇上，您称我什么?”

“尹爷。”光绪清晰地回答，这声音亲切，坦然。

尹福鼻子一酸，热泪顺着两颊悄然滑了下来。

这时，隔壁传来黛娜“嗷嗷”的叫声：“救命，救命!”

尹福飞快地出门，一脚踢开了隔壁的房门。

只见秋千鹤发疯般地在屋子里转来转去。黛娜披头散发，脸色慌张，衣裙被撕破，裸露着白皙的下身；她反剪着双手，不停地移动双脚，来踢秋千鹤，不让他近身。

“秋大太监，你在干什么?”尹福喝问。

秋千鹤气喘吁吁，狼狈不堪。他见尹福进来，垂手呆立一旁。

“老爷，救救我，他想……”黛娜几乎哭出声来。

“秋大太监，你去侍候皇上。”尹福说。

秋千鹤像溺水者抓到稻草，立刻溜了出去。

尹福把黛娜的衣裙整理好，然后坐在地上，怔怔地一声不吭。

他在回味光绪对他的称谓，感到说不出的温馨。

黛娜渐渐恢复了平静。

“你为什么来到中国?”尹福问。

黛娜默默地望着他。

“该不会又编造出是一个神父的女儿吧?”尹福讥讽地说。

黛娜用生硬的中国话说：“我的家在美国纽约，我的父亲是美国驻德国的外交官。在柏林的一次舞会上，我认识了瓦德西先生。当时他还只是一个上尉，我们相爱了，形影不离。后来他送我进了一个军校，我受到严格的军事训练，击剑、射击、骑马、武术……就在我们将要结婚的时候，一个中国驻德国公使的夫人闯入了瓦德西的生活。她是个美丽温柔的东方女性，能歌善舞，彬彬有礼，会说一口漂亮的德语。她的丈夫看起来像个孩子，有一种书卷气。瓦德西发疯般地爱上了她，总是邀她跳舞。他们在一起跳舞，神魂颠倒。她简直成为上流社会的宠儿。德皇听说后，也接见了那个女子，并大加赞赏。”

“那个东方女子叫什么名字?”

“她叫金雯青，小名傅彩云。”黛娜忧郁地说。

“我怎么没有听说过这个名字？”尹福问。

“她现在的名字叫赛金花，是北京的名妓。”

“噢，原来是她！”尹福自言自语地说。

“现在，瓦德西如愿以偿。他率领着八国联军，杀入北京城，又占据了这个富有魅力的东方美人。现在他们一同住在北京中南海金銮殿内。”黛娜重重地叹了一口气。

“那你为什么要当瓦德西的杀手？”

“瓦德西要出征中国，我听说后执意要陪他前往。我原以为他要去征服一个古老的民族，没想到他更要去寻觅一个梦寐以求的东方美人，重温旧日的恋情。他不愿让我前往，但我心如磐石，他只得应允，让我做他的贴身保镖兼秘书。就在我们进入北京城不久，这个叫赛金花的神秘女人竟然找上门来。他们亲密无间，我受到了冷遇……当时，我感到惆怅、愤恨，想杀了赛金花，但又不敢下手。因为如果杀死赛金花，瓦德西一定不会放过我。这时，瓦德西向我下达了密令，命我尾随西逃的皇家行列，待机杀死慈禧或光绪。想乘中国大乱，进一步控制这个国家。”

“那么你的帮手都是哪里找来的？”

黛娜眨眨眼睛，又说下去：“中国有句俗话，有钱能使鬼推磨。那些亡命之徒是我花钱雇来的。”

这时，尹福发现黛娜身子在不停地扭动，便问：“你怎么了？”

黛娜吃力地说：“我想方便一下。”

尹福听了，莫名其妙。

黛娜笑着说：“用中国小姐的话来说，就是想解个大溲。”

尹福明白了，原来黛娜是想上茅厕。

他点点头，说：“茅厕在前院的西北角，我带你去。”

黛娜费力地站了起来，随尹福走了出去。

夜正深沉，月光皎洁，像一片碎银撒在大地上。田野里漾来一片泥土和庄稼的芳香。

尹福深深地吸了一口气，感到空气是这样甘甜，不由得多吸了几口。

他送黛娜来到前院的茅厕前，见黛娜迟迟不肯进去，问：“你磨蹭什么呀？”

黛娜小声地说：“我的手还绑着呢。”

尹福一看，拍打了一下自己的脑袋，自己只顾想事，忘记给她解绑了。

他给黛娜松了绑，黛娜红着脸说："您，就别进去了。"

尹福"扑哧"一声笑了："我这老头子可不愿闻那个臭味儿。"

黛娜放心地走进茅厕。

尹福默默地在外面等。

等了有一个时辰，还不见黛娜出来，他有点儿沉不住气了，问："洋小姐，你怎么还不出来？"

茅厕内悄无声息。

尹福叫道："你怎么不言语？我可进去了。"

还是没有声息。

尹福一头撞了进去，茅厕内没有一个人。

黛娜从后墙逃走了。

尹福气急败坏地翻过后墙，只见后面是一片一望无际的玉米地。玉米沉甸甸地摇来荡去，玉米叶翠盈盈的，飒飒作响。

哪里有黛娜的影子。

尹福垂头丧气地来到光绪的房前，听到房内有动静。

他想：黛娜会不会绕到后院来谋害光绪皇帝？想到此处，振奋精神，悄悄拉开房门。

正见一个人手握一柄尖刀，逼近了熟睡的光绪皇帝。

尹福一急，一扬手，三支飞镖齐齐扎在了那个人的背后，血溅了他一脸。

那个人未及提防，连哼都没哼一声，就倒下了。

光绪仍在熟睡，竟没有醒来。

尹福大步跨过来一看，竟是秋千鹤。

原来秋千鹤想谋害光绪皇帝，这是尹福从来没有想到的。

尹福急忙去邻屋叫醒李瑞东，将事情对他说了。

李瑞东听了，淡淡一笑，说："我已有所察觉。昨天你去追黛娜，我从昏迷中醒来，正见秋太监用尖刀逼近光绪皇帝，一脸杀气。当时我就觉得不对头，但没有声张，想告诉你，又没有机会。如此看来，他一定早就包藏祸心。那么，他是谁派来的呢？"

尹福想了一会儿，说："一定是袁世凯派来的。"

"有什么理由？"李瑞东问。

"秋太监与袁世凯过往甚密。袁世凯当年在小站训练新军时，秋太监曾任那里的武术教头，受了袁世凯不少恩惠。袁世凯的野心，众人皆知。他平时募集天下志士侠客，学当年的雍正皇帝，培植党羽，一心窃国。袁世凯到山东任巡抚后，秋太监曾到济南府走了几遭。"尹福一边说一边在屋内踱步。

"袁世凯为什么派人刺杀光绪呢?"李瑞东疑疑惑惑地问。

"这还不明白吗？袁世凯在戊戌变法时出卖了光绪皇帝，将光绪的秘密告发给了荣禄。随后，太后发动兵变，将光绪囚禁瀛台，把新党一网打尽，自此与光绪结下死仇。袁世凯是个诡计多端的家伙，他知光绪必死于太后之后，一旦光绪执政，而自己又失去太后的保护，那还不被灭门九族？他当然要派出杀手，乘乱杀死光绪，以绝后顾之忧患。"

李瑞东听了尹福这一席话，叹道："世间有这么多的人要刺杀光绪皇帝!"

"世间还有许多人要刺杀太后呢！这就叫各揣其谋，各怀其志。"尹福严肃的脸上，皱纹缕缕可见。

"慈禧在戊戌年杀了谭嗣同、康广仁等六君子，逼走了康有为、梁启超，扑灭了戊戌变法。逃亡日本的康梁党人能放过慈禧吗？在日本东京，有不少中国的留学生和爱国志士，更有习武之人。流亡海外的革命党领袖孙中山先生成立了兴中会，几次派人回国搞武装起义，想推翻清朝。可几次起义都遭失败，大批革命志士惨遭杀害，孙中山等革命党人能饶过慈禧吗?"

李瑞东打断了尹福的话，问道："革命党人能救中国吗?"

尹福回答："我没有和他们交往过，只听到朝野议论纷纷。有人说他们似洪水猛兽，比义和团还要神勇；也有人说他们主张共和，搞民主立宪。不过，眼见为实，耳听为虚啊!"

李瑞东、尹福正在谈话，忽听光绪在隔壁大喊："来人呀！来人呀!"

两个人慌忙跑了过去，只见光绪大汗淋漓，坐在床上，瑟瑟缩缩，手指着秋千鹤的尸身问："他怎么死了?"

尹福答道："夜间我见秋太监对皇上不怀好意，举刀要杀皇上，便把他杀了。"

光绪吁了一口气道："昨日我见到秋太监的目光，便觉得他不怀好意，只是没敢对你们讲。如今他死了，我就放心了。现在天已亮了，咱们赶快赶路吧。"

尹福又说："那个洋女人跑了。"

光绪听了，又是一怔，问："她如何跑了?"

尹福把黛娜逃去的情形叙了一遍。

光绪一甩手，说："随她去吧，只是咱们处处留心才是。"

第二天上午，尹福、李瑞东终于护送光绪皇帝来到了忻州城。

慈禧的行宫设在贡院，陈设富丽。她见到光绪，凄凄切切一番。吩咐李莲英赏给尹福白银三千两，李瑞东白银两千两，安排他们下去歇息。

瑾妃、隆裕见了光绪，抱头痛哭，哭声凄凉惨痛，催人泪下。

正值中秋佳节，晚上慈禧令人在贡院后花园摆了几桌筵席，设有鲜果六色和各式月饼。慈禧、光绪坐了上座，隆裕、瑾妃次之。两侧有王爷、福晋、格格、都统等，尹福、李瑞东也在其中。李莲英、崔玉贵侍立慈禧两侧。

一轮明月像一个玉盘挂在空中，散发出柔和的光，满天的星星竞相眨眼。

慈禧叹了一口气，说："洋虏入侵，皇族遭此不幸，多日来辛苦劳顿，担惊受怕，饥肠辘辘；又有土匪大盗阻截，各路杀手云集，诸方心怀叵测之人骚扰。如今来到忻州，总算恢复了威仪，生活有了保证。诸位皇亲国戚，爱卿力士，随我日夜奔波，实属不易，我来敬诸位一杯。"说着，擎起酒杯。

"皇太后万岁，万万岁！"下面一片祝贺之声，不绝于耳。

慈禧与众人饮了一杯桂花酒后，又说："现在李鸿章、奕劻等人与洋人谈判，总算有了点儿眉目。今晚高兴，我们轮流讲个笑话如何？"

众人齐声应诺。

慈禧道："我先讲，然后顺着皇上往下排。从前有个塾师只认识一个'川'字，学生拿着书来求教，他要找'川'字教学生，连翻了好几页书都没有找到。忽然，他看见'三'字，便指着骂道：'我到处找不见你，原来你睡在这里。'"

众人听了大笑，慈禧一指光绪："该皇上说了。"

光绪摸了一下脑袋，说："我还没想好呢。"

慈禧正色道："不行，哪个说不出，罚酒三杯。"

光绪想了想，说："有个读书人屡次参加科举考试，都考不中。他的妻子素来难产，就对丈夫说：'考试做文章有这样难哪，大概是跟我们生孩子差不多吧！'这个读书人说：'比你生孩子难得多。你是已经有孩子在肚子里了，可我的肚子里都是空空的，什么也没有。'"

紧挨光绪的瑾妃说："我说什么呢？从前有个人花五百两银子买了个监生，但他却孤陋寡闻，没什么学问。妻子劝他读点书，他却问：'读书有什么好处？'妻子说：'一字值千金，如何不好？'监生回答说：'难道我这个身子，只值半个字？'"说着，瑾妃笑了起来。

慈禧道："小主子，人家还没有笑，你这个说笑话的人反倒先笑起来。该礼王说了。"

礼王爷摸着胡子说："有个县官很蠢，人人都笑他。他酒量很大，每天都要喝几斤酒，在衙内独饮独乐。有一次，他喝酒喝得正高兴的时候，突然有人来喊冤告状，把他的兴头打断了。他醉醺醺地升了堂，把桌子一拍，大声喝道：'打！'可是他没有掷签，衙役不知道要打多少板，便下跪问道：'老爷，要打多少？'县官伸着指头说：'再打三斤！'"

众人哄堂大笑，慈禧笑得掩着口，问一旁的吴永："你是不是这样的县官？"

此时吴永已升为知府，留于原省候补，随皇家行列护驾。他见太后发问，作揖道："奴才不是，奴才不敢。"

礼王的福晋也说了一个笑话："有个人花钱买了一个县令，到任以后，他去拜见知府，知府问他：'贵县风土如何？'他回答说：'本县风沙不大，尘土也很少。'知府又问：'春花如何？'他回答说：'今春棉花每斤二百八。'知府问：'绅粮如何？'他回答说：'小人身量能穿三尺六。'知府又问：'百姓如何？'他回答：'白杏只有两棵，红杏倒不少。'知府生气地说：'我问的是黎庶！'他回答说：'大人问梨树？有，有，梨树很多。等到秋天，我给您弄两筐梨来。'知府火了，说：'我不是问什么杏树梨树，我是问你的小民！'他连忙站起来回答：'小的小名叫狗子！'"

众人又是一阵大笑，慈禧对礼王说："你这婆娘还挺会说笑话。"

礼王爷脸上绽开了花，自豪地说："我这个婆娘，肚子里装的都是笑话，就是不给我生娃娃。"

礼王的福晋用胳膊肘捅了他一下，小声说："你这个老没正经的！"

礼王福晋旁边是端王爷，端王爷说："我不会说笑话，我来吟一首菊花诗如何？"

慈禧道："也行，不过下不为例。"

端王爷清了清喉咙，吟道："无赖诗魔昏晓侵，绕篱欹石自沉音。毫端蕴秀临霜写，口角噙香对月吟。满纸自怜题素怨，片言谁解诉秋心？一从陶令平章后，千古高风说到今。"

隆裕笑道："端王爷，这哪里是你的咏菊诗，分明是潇湘妃子林黛玉做的。"

端王显得有点儿尴尬。

隆裕因久受光绪冷遇，经常红楼掩卷，幽居深宫，《红楼梦》一书已背得滚瓜烂熟。

岑春煊在一旁搭话说："准确地讲，这首咏菊诗是曹雪芹做的。"

慈禧生气地说："罚酒三杯。"

端王爷连连摇手道："我自己吟一首。"

慈禧道："也罢。"

端王爷摇头晃脑地吟道："仅得林间趣，闲寻菊本移。人家深竹里，枫叶夕阳时。汲井浇畦润，将锄下手迟。护丛愁蕊损，带土怕根知。每被归樵问，深怜冷蝶随。寒香生径术，幽事补湾琦。斗柄西北落，雁声霜露垂。徘徊绕丛畔，自笑可能痴。"

澜公爷、泽公爷等人连声赞道："好诗，好诗!"

端王爷听了，面露得意之色，心想：我这诗是元代诗人何中做的，昨日我刚翻了《元诗选》，这下子你们可就猜不出了。

端王福晋见躲不过，说了这样一个笑话："一官生日，下属们知道他属鼠，就凑钱用黄金铸了一个老鼠，送去给他祝寿。这个官见了大喜，对下属们讲：'你们可知道，过几天就是大奶奶的生日了，别忘了大奶奶是属牛的!'"

一旁的肃王爷慢腾腾地说："该我说了。从前有个道士想长生不老，他听说一人知道长生不老的方法，就派他的徒弟去寻访。他的徒弟跋山涉水，东找西找，好不容易才找到这个人，可是这个人已经死了。道士因此发怒，埋怨徒弟道：'你路上走快一点儿，在他死之前赶到，长生不老的办法就学来了么!'旁人听了，忍不住笑：'这个人自己都死了，他哪里有长生不老的办法教别人!'"

众人听了，都屏住呼吸，不敢笑，因为他们知道，太后正在寻访长生不老之药。

大家偷偷地望着慈禧，只见慈禧脸色铁青，嘴唇微微颤动。人人都捏了一把汗。

第十四回 轮说笑话同凑雅趣 演练八卦独乘武兴

慈禧问肃王爷："照你这么说，世间就没有长生不老的药了？"

肃王爷是在惶急之中想出这个笑话的，自己此刻也觉得出了岔子，脸上泛红，额上渗出汗来。

肃王福晋是个机灵人，赶忙回答："太后，谁说世间没有长生不老之药，当年秦始皇就派了徐福到海外寻找这种神药，听说是找到了。"

慈禧生气地说："我没问你。"

肃王爷战战兢兢地说："徐福……是找到了这种长生不老之药。"

"那他怎么没有回来？"慈禧的脸色依然铁青，眼睛望着远处的明月。

肃王爷用眼角悄悄瞟着慈禧，嗫嚅着说："您可听说有这么一首诗？"

慈禧问："什么诗？"

"烟雨骊山君子仇，咸阳四百六十丘。阿房波涌千层雪，蓬岛碑横一炬流。孽海花沉云虎气，金瓶梅锁祖龙羞。徐福不见归东土，遍地唯闻是汉侯。"肃王爷一口气背出了这首诗。

慈禧翻着眼皮说："这么说是因为刘邦、项羽造反，秦王朝灭亡，徐福不敢回来了？"

肃王爷低头说："徐福带着五百童男和五百童女到东海寻找长生不老之药，来到山东境内的蓬莱岛，见岛上野草丛生，鸟禽纵飞，满目荒凉，便建了一座落花楼，作为留念。后来他们漂洋过海，驾船来到东瀛，也就是现在的日本国，便在东瀛安居乐业，据说在东瀛找到了这长生不老之药。"

慈禧说："这五百童男五百童女莫非就是日本人的祖先了？挑选的童男童女必定是良种，怪不得当今的日本人个个清秀哩！"

岑春煊说："这长生不老之药其实是一种日本人参，能延年益寿，这种人参在东北的大兴安岭也有。"

慈禧说："待我们返回京城，我派你去寻找这种人参。"

岑春煊说："奴才一定效劳。"

慈禧一甩袖子，道："接着说笑话吧。"

肃王爷福晋赶紧说："该我说了。有两个人互相问：'天下什么东西最硬？'这个人说：'铁最硬。'那个人说：'铁见火就化，算不上硬。'这个人问：'那什么最硬呢？'那个人回答：'髭须最硬，多少张厚脸皮都被它钻了出来。'"

肃王爷福晋旁边的那王爷接着说："晋代竹林七贤之一的刘伶最好喝酒，有人劝他说：'你看各种用具中，就数酿酒的用具朽烂得最快。人喝酒多了，也容易伤害身体。'刘伶回答说：'你怎么没看见，肉要是放上了酒，保存的时间就更长了。'"

那王爷说完，笑着环顾了一下众人，说道："我妻子身体不适，我替她说一个笑话。两个懒汉各谈自己的大志。一个说：'我生平不能满足的，就是没有吃足睡够。将来得志，我要吃饱了就睡觉，睡够了又起来再吃。'另一个说：'我与你有所不同，我是要吃过了又吃，哪有闲工夫睡呢！'"

那王爷夫妇旁边是岑春煊。岑春煊笑道："我来说一个懒妇人。这个懒妇人只知衣来伸手，饭来张口，穿用饮食都由丈夫操持。有一次，她的丈夫要出远门，五天以后才能回来。丈夫怕她挨饿，就烙了一张大饼，套在她的脖子上，作为六天的饭食，然后放心地出门去了。五天后丈夫回来了，这妇人已饿死三天了。丈夫吃了一惊，只见妇人脖子上的饼只将面前近口的地方吃了一块儿，其余的地方都没有动。"

"大胆岑春煊！你竟敢诽谤太后，该当何罪?!"侍立在慈禧身边的李莲英一声喝，把众人吓了一跳。

岑春煊慌忙跪下，叫道："奴才何罪之有？"

李莲英阴阳怪气地说："你污蔑太后衣来伸手，饭来张口，什么心机？"

岑春煊连连叩了几个头，说道："奴才绝无这个意思，只是随便说个笑话。"

"你这是借古讽今。"李莲英叫道。

慈禧耷拉着脸，说道："算了，算了，小岑子哪能有这个意思？小李子，你也太多心了，以后谁还敢再说笑话？下一个接着说吧。"

岑春煊连忙叩头道："谢太后，奴才祝太后万寿无疆。"说完，立起身来又回到座位上。

轮到原怀来县令吴永了。吴永挖空心思琢磨，该说个什么合适的笑话呢？忽地他灵机一动，说道：“一个北方人到南方去远游，南方人请他吃笋。他问：‘这是什么？’南方人回答：‘是竹呀！’北方人回到家，以为竹都能吃，便把床上的竹席都拿来煮，但煮来煮去都煮不熟，他恼了，跟妻子说：‘南方人真坏，专门戏弄北方人。’”

慈禧笑道：“还是我们北方人厚道。”

吴永见慈禧高兴，说道：“我再说一个。春秋时期有个郑国人让妻子给他做一条新裤子。妻子问：‘裤子做什么样的？’这个郑国人说：‘像原先的旧裤一样。’妻子便照旧裤子给他做了一条。做完后，又把新裤子剪些口子，再打上一些补丁。郑国人见到这条裤子，大发脾气，说：‘怎么是这样呀?!’妻子说：‘你不是跟我说，像原先的旧裤子一样吗？’”

吴永的旁边是神机营、虎神营统领马玉昆，马玉昆红着脸说：“我不会说什么笑话。”

大阿哥在一旁听了，拍着手说：“那你就说个绕口令吧，你的绕口令说得好极了!”

隆裕用手指头戳了一下大阿哥的头，嗔道：“就你多嘴!”

慈禧白了大阿哥一眼。

马玉昆憨里憨气地说：“那我就说一个绕口令吧。八十八老爷家门口有八十八枝大毛竹，有八十八只八哥要求到八十八老爷家门口八十八枝大毛竹上筑八十八个八哥窝。八十八老爷不同意八十八只八哥在他家门口八十八枝大毛竹上筑八十八个八哥窝。”

马玉昆脸憋得通红，汗淌了下来。

慈禧道：“好听，好听，你再说一个。”

马玉昆咳嗽一声，又说道：“坡上有只大老虎，坡下有只小灰兔。老虎饿肚肚，想吃灰兔兔。虎追兔，兔躲虎。老虎满坡找灰兔。兔钻窝，虎扑兔，刺儿扎痛虎屁股。气坏了虎，乐坏了兔。饿虎肚里咕咕咕，窝里笑坏了小灰兔。”马玉昆说完，鼻涕眼泪一齐流了出来。

慈禧道：“赏你吃一块月饼，难为你了。”

下一个该轮到刚中堂了，刚毅道：“从前有个叫张幼于的人，很有才华，又好猎奇。他家每天都有不少的食客。有一次，张幼于编了个谜语，贴在大门上，并写道：‘猜中的，才允许进门。’这谜语写的是：‘老不老，小不小，羞不羞，好不好。’谜语贴出后，一直没有人能猜中。有一天，来了一位叫王百谷的人，他看了看谜语，猜道：‘姜公八十遇文王，老不老？甘罗十二为丞相，小不小？张生逾墙会莺莺，羞不羞？开门大家一起吃，好不好？’张幼于在门内听了，拍掌大笑，连忙把王百谷请进家门。”

轮到伦贝子了，他说：“我不会讲什么笑语，我说个对联的故事吧。纪晓岚是乾隆爷的侍读学士，常陪同皇上出巡。一天，乾隆爷信步来到京城有名的‘天然居’店铺，他看到招牌上这三个金字遒劲有力，随口念道：‘客上天然居，居然天上客。’同去的许多随员都对不出，纪晓岚却很快就对出两个下联，其一是：人过大佛寺，寺佛大过人。其二是：僧游云隐寺，寺隐云游僧。又有一次，乾隆爷出巡江南，经过一个叫通州的小镇。他想起北京城东边有个地方也叫通州，于是挥笔写出上联：南通州，北通州，南北通州通南北。纪晓岚脱口对道：‘东当铺，西当铺，东西当铺当东西。’乾隆爷听了，拍手叫好。纪晓岚每天给皇上讲书、侍读，时间长了，不免思念起故乡亲友来。乾隆爷看出了他的心事，便说：‘你必有心事在怀，让我替你猜一下。’说罢沉吟道：‘口十心思，思妻思子思父母。’纪晓岚立刻跪拜禀呈乾隆爷：‘皇上说得很对，如蒙陛下恩准，给假回乡省亲，臣衷心感戴圣恩。’说完念道：‘言身寸谢，谢天谢地谢君王。’乾隆大悦，立即恩准假期，让纪晓岚回乡省亲。”

慈禧赞道：“纪晓岚真是神才子，不愧为皇帝的明师。你瞧瞧那个翁同龢，一肚子屎半肚子屁，净给皇上灌黄屎汤子，弄得皇上五迷三道，险些丢了大清江山！”

光绪在一旁听了，默默无言。

慈禧指着尹福道：“尹福，该你了。”

尹福说：“我可不会说笑话。”

“那你给我们讲讲八卦掌是什么样的功夫。”

尹福说：“奴才献丑了。八卦掌是我的恩师董海川所创。先师是直隶文安县朱家坞村人，自幼好武，历拜名师，精于多种拳械。他性情豪爽，后远游在外，闯荡江湖，访友求师，以寻深造。一天，他来到安徽九华山，遇到碧霞道长。道长是隐遁深山，超脱红尘的世外高人。先师得此道长点拨，得道艺兼修之法。先师根据道长所传之法，与武术融为一体，创出八卦掌。八卦掌很像《周易》八卦图，总不离八个卦位。掌法在上，步法在下，掌随步动，步随掌换，上下分明，错综其数，参伍以变；恰似阳爻阴爻，乾上坤下，上天下地的天地交感，推演八卦，和六十四卦的道理一样。古人云，无极生太极。《易经》曰：‘易有太极，是生两仪，两仪生四象，四象生八卦。’按此哲理，八卦掌练功时是由静到动；预备式为静，要收心入静，无形无象，无思无意，无我无他，混混沌沌，此谓无极。起式欲动为太极，左右单换掌为两仪，此谓太极生两仪。两仪各生一阴一阳，即双换掌，谓之四象。四象生八卦，即乾、坤、坎、离、震、艮、巽、兑，在拳中为八掌。依远取诸物之理。乾卦为狮形，在拳为狮子掌；坤卦为麟形，在拳为返身掌；坎卦为蛇形，在拳为顺势掌；离卦为鹞形，在拳为卧掌；震卦为龙形，在拳为平托掌；艮卦为熊形，在拳为背身掌；巽卦为凤形，在拳为风轮掌；兑卦为猴形，在拳为抱掌。这乃是八大掌……”

这时，席间发出轻轻的鼾声，慈禧望去，只见几个格格相互倚着已睡熟，于是说：“尹福，你演练一回八卦掌，让众人开开眼。”

尹福作揖道：“奴才献个小技。”说着，一招“燕子钻云”，攀住后花园一棵古槐。一眨眼的工夫，掠过众人，又攀到另一棵树上。

隆裕惊叫：“我的凤钗不见了。”

瑾妃闻言，也摸了摸云鬓，叫道：“哎哟，我的玉簪也不见了。”

几个格格已被惊醒，闻说后也纷纷摸其头上，玉簪等都不翼而飞。

慈禧笑道：“尹福，你把这些女人的玩意儿还给她们。”

尹福应了一声，一招“凤凰旋窝”，又飞也似的蹿到对面树上。

隆裕、瑾妃等人一摸头上，饰物又复归原位。

众人齐声称妙。

尹福正待下树，忽见一亮晶晶的东西朝慈禧飞去。他见势危急，慌忙扬手，一支飞镖击了出去，与那亮晶晶的暗器击个正着。只听“哐啷”一声，两支暗器同时落了下来，正插在桌上。

慈禧惊叫：“这是怎么回事？”

崔玉贵、马玉昆、岑春煊等人一齐抽出宝剑，围拢上前，席间顿时大乱。福晋、格格们挤做一团。

尹福飘然而落，拾起桌上的两支镖，一支是自己的飞镖，另一支是飞龙镖。其镖头是龙头形，三支龙须分外锐利；镖柄是龙身，上面镌刻“神腿杜心武”五个秀丽小字。

尹福对凑上前来的李瑞东说：“杜心武果然到了！”

慈禧问：“杜心武是什么人？”

尹福缓缓道：“这个杜心武是湖南慈利县人，人称‘神腿’，又称‘南北大侠’，道号‘斗米观’居士。他今年三十来岁，身高瘦削，身体羸弱，人以为病，其实劲力已入骨髓。杜心武幼嗜技击，曾拜名师高手不下十余人，学得少林功夫、鹰爪功等。十三岁时，功已有成，力求深造，于川、滇、湖交界处张贴榜文：‘如能胜者，以重金聘，执弟子礼。’揭榜者十数人均为其败，其中以河南教师王某受伤最重。翌年，贵州友人荐来徐始祖，人称徐矮子，是自然门始祖。他内外家南北派无所不通，闯荡江湖，技艺大成。徐矮子身形矮小，传闻下颌刚到桌面。正因他身矮貌亵，不为人重，故僻居深山大川，潜心武学，去繁就简，综其所学，独辟蹊径，熔各派精纯于一炉而冶之，始创自然门功夫。他踩水而行，如履平地。一夜间可往返于湘川大山之间，此谓天盘功夫。徐始祖文学造诣亦深，尤精老庄哲学，晚年隐居四川峨眉山修养，不知其所踪。杜心武初见徐始祖，不肯竭诚就教；他见徐始祖猥琐幺瘠，故不甚礼待。而徐始祖并不计较，终日手持小旱烟管蹲于凳上吸烟而已。杜心武经多次探试、袭击，始悉徐始祖神技，于是拜其为师，一学就是八载。杜心武功成后，挟技走镖川滇间，浪迹江湖，所遇名师镖客，均未有能出其右者。今年年初，他亡命日本，考进了西京帝国大学，专攻农科。他与湖南桃源县人、革命党人宋教仁既是留日同学，又是湖南同乡，两人交谊深笃。经宋教仁介绍，杜心武结识了革命党领袖孙中山。”

慈禧惊道：“这么说，孙中山派来了刺客？这个杜心武真是厉害。”

尹福道：“如今见镖未见人。”

李瑞东道：“徐矮子被称为‘江南怪杰’，来无影，去无踪，难以捉摸。名师出高徒，怪侠出奇杰。这个杜心武青出于蓝而胜于蓝，冰出于水而寒于水，不可轻视。”

慈禧听了不悦，说道：“如今仇家众多，不得不防，玉贵。”

“奴才在！”崔玉贵恭恭敬敬侍立着。

“这些日子，你就睡在我的房中，以防不测。”

“喳！”崔玉贵回答。

慈禧又说：“传旨下去，一，下罪己诏；二，派王公大臣留京；三，随扈京官，酌给津贴；四，刊行在朝报，俾天下知乘舆所在；五，随扈各军，饬编补足额，恪定军纪；六，各省义和团余众，饬疆臣酌量分别剿办解散；七，饬各督抚宣谕逃匿教民，各归乡里；八，饬各省将应解京饷核定成数，分别解送行在户部，以济要需；九，饬京外大臣遴保通达时务人才，破格任用，并注意出洋留学生，量才登进，俾得循途自效，免致自投他国，有楚材晋用之消；十，圣驾经过，沿途十里以内，豁免本年丁粮。交军机大臣奉旨施行。”

军机大臣王文韶慌忙答道：“奴才依旨照办。”

慈禧说完，回去歇息去了，宴会始散。

尹福、李瑞东随光绪皇帝回到房内。

光绪闷闷不乐，忧郁地说："这一路上真是凶多吉少，又有土匪，又有义和团，又有奸党，又有大盗，又有洋鬼子，又有大侠。说不清的孽缘，数不尽的对头。如今又添了一个杜心武，这可叫朕如何是好？"

李瑞东劝道："老子说，福兮祸所伏，祸兮福所倚，圣上不必过虑。"

光绪道："尹福，明早你就去太谷，寻找玉玺和香巾的下落，然后到太原府来找我们。"

尹福应道："奴才照办。"

玉兔东升，月光润洁。

尹福退出光绪的房间，来到贡院院内。院子大而敞亮，四角扫得干干净净。带廊的五间正房，十分雅洁，瓜果飘香，大有清宫储秀宫的味道。秋天本来就让人明快，这个院落更叫人看着眼睛豁亮。这是个考场，为考秀才的地方。慈禧住在学差住的房间。

这时，尹福见一个人匆匆朝太后住的房间走去。那人戴着一顶瓜皮帽，身着一身青色衣服，显得风尘仆仆。他拉开太后居住的房门，走了进去。

"哟，禄儿来了。"传出慈禧亲热的声音。

"给太后请安。"是兵部尚书荣禄的声音。

尹福知道，自从荣禄找到皇家行列以后，便一直作为信使，来往于北京与西逃的皇家行列之间。他一定从北京带来了新的消息。

尹福想探听一下新消息。于是悄悄挪到窗前，探头一看，只见慈禧披着一件外衣，坐在椅子上。椅子前有一个杌凳，她两脚平伸在杌凳上，上面搭了一件毛毯。旁边有个供桌，供桌上摆着四碟水果，四盘月饼，月饼叠起来有半尺高。中间有一个大木盘，放着直径有一尺长的圆月饼，这是专给祭祀时做的。还有两盘新毛豆角，四碗清茶。斗里盛满新高粱，斗口糊着黄纸。

李莲英和崔玉贵躬立一旁。荣禄坐在慈禧对面的一个方凳上。

"京城的情形怎么样了？"慈禧着急地问。

"洋人要价太高。"荣禄闷闷地说。

"要多少？"

"这个数……"荣禄伸出食指。

"一千万？"慈禧紧张得心快要跳出来了。

荣禄摇摇头，说："一亿两白银呀！"

慈禧幽幽地说：“要的也太多了，自从历史上有赔款以来，咱大清国还没有赔过这么多。”

荣禄道：“人家说了，是八国联军，代表着八个国家。”

慈禧皱着眉：“这可得好好计议计议。”

荣禄岔开了话题：“托列祖列宗的福，托老太后的福，托皇上的福，宫里头平安无事，叩请老佛爷、皇上万安。自七月二十一日老太后启驾以后，整个皇宫奉敬懿皇贵妃的口谕，把宫苑后门的贞顺门封了，出入人等只许走顺贞门。东宫的侍女一律搬到西宫住。东宫完全由太监看守，昼夜轮流值班，不论发生什么事，不能擅离职守。各宫按卯查点人数，每天由各宫总管巡查上报，不得有误。所以宫里很整肃，没有发生任何事。二十一日上午，就是下朝的时候，突然京城东南角上冒起浓烟来，一片火光，浓烟都呛到宫里来了，宫里一片惊慌。据护军报告，说是东交民巷被困的洋人为了报复，把翰林院烧了。往西连带了太医院，正是台基厂和御河桥以南一带。下午，在西什库被困的洋人和教民们一起冲出来，直奔护国寺，拥进了宝禅寺街，扑向西面的端王府，把端王府烧了个精光。二十二日正午，突然有一个日本人骑着马，带着两个亲随，来到神武门外，说是奉日本军司令的命令来的。这个人说一口很漂亮的北京话，说日本军司令宣告，日本此次出兵，只是攻打义和拳，不是面对中国的皇帝，请放下武器，不必抵抗。又说，他们日本人决不进入皇宫，皇宫以内还是由皇宫的护军保卫；皇宫以外，由联军保卫。宫里一切供应照常。以后又发了二百个腰牌，宫里的人可以凭腰牌出入。”

慈禧问：“那个日本人叫什么名字？”

荣禄喝了一口茶水，回答：“川岛浪速，他是日本驻华公使馆武官，日本派遣军司令福岛安正少将的翻译。”

“这个日本人我见过。”慈禧的声音里有几分感激。

荣禄又说下去：“日本人不愿马上骚扰皇宫，恐怕别有企图。”

“什么企图？”慈禧紧张地问。

“一是出于政治上的需要，二是他们认为这些皇宫国宝早晚要到他们手里。这样一来，宫里反倒成为最安全的地方。宫外头可不行，一来抓义和拳非常凶，只要是平常拿枪舞剑的，全都杀。哈德门外有个绰号‘眼镜程’的武术家，就因为扛着一柄大朴刀过哈德门，被德国兵乱枪打死了！”

“眼镜程”程廷华，是尹福最好的师兄弟，是董海川的高徒弟子，难道他真被洋人杀害了？尹福在窗外听了，感到一阵心悸，头晕目眩，使他不能自持。

他踉踉跄跄回到自己的房间，李瑞东见他脸色苍白，泪水扑簌簌而淌，惊问："尹爷，你怎么了？"

尹福坐在床上，将头倚在被上。

"尹爷，你病了吗？"李瑞东关切地问。

尹福抬起一双泪眼说："刚才荣禄来，说我的师弟程廷华被洋人杀了。"

"什么，廷华被洋人杀害了？"李瑞东听了，也大吃一惊。

"恐怕是流言吧，这年头流言盛传，尹爷，你不要轻信。"李瑞东说。

"不，我有这个预感，廷华对洋人疾恶如仇，又血气方刚，我一直对他放心不下。"尹福的眼前仿佛出现程廷华的身影，他英姿勃勃，浓眉大眼，面容英俊，身材高大。他是董先师最欣赏、最心爱的徒弟，人长得英俊漂亮，功夫也漂亮，是董先师八大弟子之一、八卦门的佼佼者。程廷华是直隶深县人，与郭云深是同乡，因在北京哈德门外花市四条开眼镜铺，人称'眼镜程'。他秉承董先师拳旨，独创了程氏八卦掌，与尹氏八卦掌相映生辉。

尹福想起与程廷华相识的情景。那是个细雨霏霏的早晨，尹福到肃王府去找护卫总管董海川。刚走进董海川的屋内，正见一个英俊潇洒的年轻人坐在窗口捉鸟玩儿，董海川不知到哪里去了。

正值盛春时节，院子里花团锦簇，鸟语桃红，几只麻雀飞来飞去。那年轻人手一伸，就揽住一只麻雀，一连揽了五只。尹福看得呆了，不禁喝起彩来。

那年轻人高兴地说："还真有捧场的！"

他就是程廷华。

董海川与杨露禅比武，一个是八卦门始祖，一位是太极门英杰，战了几十个回合，不分胜负。尹福和程廷华挤在人群中，急得直跺脚。尹福要换下师父，被程廷华拦住；程廷华要与杨露禅比试，也被尹福死死劝住。尹福恐怕程廷华有闪失，因为他风华正茂，还未享天伦之乐。程廷华恐怕尹福有个三长两短，妻丧夫，子丧父。结果董海川与杨露禅两个大师握手言和，闹了个喜剧结局。

董海川过世，程廷华力荐尹福为掌门人。尹福因已接替董师之职，任肃王府护卫总管，杂事颇多，反极力推荐程廷华为掌门人。二人推来推去，没有结果。还是"铁胳膊"魏吉祥出了个主意，从施纪栋的义和木厂找来一堆木片儿，各写上"尹福"和"程廷华"的名字，由八卦门六十多位弟兄拨牌裁决。可拨牌那天，众弟兄手捧的木片儿上都写着尹福的名字，原来是程廷华做了手脚。

戊戌变法中，八卦门支持康梁变法，面临种种危机。尹福和程廷华携手并肩，击败敌手，多少次转危为安，患难与共。

如今尹福听到程廷华被害的消息，怎能不悲痛欲绝！

尹福真想大哭一场，但是他的喉咙好像被什么东西梗塞了，哭不出来。只有有情的泪汩汩而流，流湿了被褥……

李瑞东劝道："洋人实是可恶，尹爷，咱们要化仇恨为力量。洋人想加害皇上、太后，酿成全国内乱，互相残杀。他们想渔翁得利，瓜分咱们中国，咱们不能让他们的阴谋得逞。咱们就是要把皇上、太后安安全全地护送到西安府，让洋人的阴谋失败。等太后、皇上返回京城，咱们还要武谏太后，让她放弃腐败政治，举用贤人，励精图治，富民强国。也让死去的廷华弟和无数志士瞑目了！"

尹福听了，缓缓抬起头来，庄重地说："瑞东，你说得好，说得对！我尹福只要有一口气，就要实现这个宏愿！"

第十五回 瞎乞丐竹竿乱点门 神拳李白莱巧拜师

第二天天蒙蒙亮，尹福就起身前往太谷。太谷在太原府东南，是有名的商贾云集之地。

几天后的上午，尹福来到太谷县城，但见车水马龙，人群熙攘，分外热闹。

尹福问一个算卦先生："形意门名家车毅斋先生住在哪里?"

算卦先生上下打量了他一番，答道："在吉安巷吉安堂。"

尹福穿过川流不息的人群，一路打听，来到吉安巷，看见有个古色古香的庭院，门前立着两个石狮子，龇牙咧嘴，怒目而视。黑漆大门上吊着两个铜门环，也是狮形图案，门额上写着"吉安堂"三个金色小字。

他来到门前轻轻叩门，一会儿，出来一个堂倌模样的少年。

"车老先生在家吗?"尹福问。

"出门了。"少年回答。

"什么时候回来?"

"说不准，先生的脾气古怪，摸不准什么时候回来。"少年淡淡地回答，随即把门关上了。

尹福还想问郭云深到了没有，车毅斋与郭云深何时比武等问题，看到少年已把门关上，便没有再问，退了出来。

这时，有个瞎乞丐跌跌撞撞地走了过来，见到尹福翻了一下眼白，也来到吉安堂门前。

"笃笃笃……"瞎乞丐用竹竿敲门。

门开了，还是那个少年。

"你怎么又来了？不是告诉你先生不在家吗?"少年面色愠怒，不耐烦地说。

“他就见那个‘半步崩拳打遍天下无敌手’的郭云深，难道不愿见我这个乞丐?”瞎乞丐气咻咻地说。他脸上青筋暴露，面色绯红。

少年冷冷地把门关上了。

瞎乞丐将竹竿一挑，在黑漆大门上磕打几下，门上顿时出现了几个小黑窟窿，从窟窿缝儿能望到院内。

随后他狞笑着走了。

门开了，少年挺着一杆红缨枪追了出来，瞎乞丐早已没影了。

尹福暗自叹道：这瞎子还真有几分功夫。

少年骂咧咧地折返回去，关上了门。

尹福又来到街上，想找个客店先住下，再来打探消息。

他走进一家叫“太谷丰”的客店，店主是个爽快人，麻利地把他让到后面。客店的二十多间房子都住满了人，又新辟了几个包房为客房。

店主笑嘻嘻地把尹福让进一间弥漫着烂芝麻味儿的客房，说道：“将就着点儿，没办法，前来观看比武的人太多，县城里的客店都住满了人，连城隍庙也住了人。我这地方是风水宝地，离吉安堂最近。”说完，便出去了。

尹福有点儿累了，往炕上一躺。

一会儿，店主端来热水，放到一个木凳上，说：“洗洗脸，解解乏，咱们山西风大土多。”说完，又出去了。

尹福洗了把脸，一闻汗巾，险些呛人一个跟头。他皱皱眉，放下汗巾，用衣角擦了擦脸。这时，他隔着窗户望去，见店主又领着两个客人进了院，往对面一间房子去了。

尹福躺了一会儿，被隔壁两个人的对话吵醒了。

一个粗嗓门儿的人说：“说起郭云深的半步崩拳，甭提有多厉害，拳到壁穿，没法抵挡，势如连珠炮，劲整功纯。”

一个细嗓门儿的人说：“千招会不如一招熟，熟能生巧，沾手就来。崩拳是宜出直入，道既近，手就快。脚踏‘中门’，不仅捷近，而且力猛，对方难避。特别是正前直进，踹劲得发，拔根进远，威力怎能不大?你要打他，他不会不管，遇到遮拦，虽出手是崩拳，沾手就变劲，什么劈、钻、横劲就应势而发了，主要的是内在的意、气和劲的运用。”

粗嗓门儿的人又说：“经云：‘明了四梢多一精，明了五行多一气，明了三星多一力’。其中四梢，毛发为血梢，舌为肉梢，手足甲为筋梢，齿为骨梢。五行，内为心、肝、脾、肺、肾，外达五官，舌、目、口、鼻、耳。三星就是肩星、肘星和腕星。当沉肩、坠肘、塌腕按要求做到抻筋、拔骨又沉坠适度时，所出现在肩、肘、立拳的腕上的小坑儿就是三星，它标志着在臂上的三节劲是否练得对，抻得到。崩拳又讲，拳打三节不见形。三节指躯干、臂和腿无处不分根、中、梢三节，甚至一手、一足又分其三节。这各个三节如合而为一，就可通身一体，完整一气。分而为三，又各有所司，作用各异。”

细嗓门儿的人叹道：“我见到车毅斋老先生练拳，他的迂回步十分厉害，弹跳自如，避重就轻，绵里藏针。”

粗嗓门儿的人打断了他的话，说：“郭云深和车毅斋的老师李洛能在世时曾说，郭云深的武功不如他的师兄车毅斋，郭云深自然不服气，由此才引出这一场比武。听说郭云深要提前到，比武也要提前呢!”

细嗓门儿的人说：“形意门还有一位大师也了不起。”

“是谁?”粗嗓门儿的人问。

“宋世荣，他今年六十有余，是直隶宛平县人，后迁居此处，以开设钟表铺为业。谱传是形意拳第五代传人，师承李洛能，是重振山西形意拳的一代名家，与其弟宋世德，素有山西二宋之称。形意拳虽然起源于山西，但自戴龙邦之后，虽代有传人，然而由于保守之弊，而默默无闻，至嘉庆、道光年间，近乎失传。李洛能传宋世荣、车毅斋之后，宋、车二人又将形意拳复传山西，从此山西始有形意拳流传。宋世荣、车毅斋是山西形意拳的振兴者，也是山西派形意拳的代表人物。”细嗓门儿的人娓娓道来，兴致勃勃。

粗嗓门儿的人问：“那为什么郭云深不找宋世荣比武而偏偏找车毅斋比武呢?”

“就是因为李洛能说的一句话，自称‘打遍天下无敌手’的郭云深当然不服气。李洛能说的是郭云深不如车毅斋，而没有说郭云深不如宋世荣。”

“宋世荣与郭云深比较如何?”粗嗓门儿的人问。

“宋世荣与郭云深，虽是一师所传，然而掌法各具风格。郭云深以刚健沉实著称，宋世荣以轻灵迅变见长，所以直隶形意拳长于刚，山西形意拳长于柔，各有千秋。我听说宋大侠得到意拳真髓，练出真功。他的五行拳及十二形拳炉火纯青，各尽其妙，极为传神。他练蛇形，能练出蛇之性能，回身左转，右手能摄住右足跟；向右转，左手能摄住左足跟；回身停式，身形宛如蛇盘一团；开步操练，身形委曲弯转如蛇拨草蜿蜒而行。他练燕形，身子擦地，从板凳下一掠而过，能出去一丈余远，真如飞燕抄水。他练狸猫上树一式，身子往上一跃，手足平贴于墙，能贴住一二分钟，如人钉挂于壁。宋大侠与人交手，能使人远跌而倒，或使人腾空而起坠地而仆，随心所欲。他还喜欢昆曲、围棋，通医道，研究《周易》，可谓博学多艺。宋大侠听说郭云深要与车毅斋比武，恐怕伤了和气，让外门人见笑，几次往返劝说，但未能奏效。”

粗嗓门儿的人叹道：“这李洛能老前辈真是德高望重，业绩光辉，他培养了这么多奇才！”

“可不是，他的传人，仅山西太谷就有车毅斋、宋世荣、宋世德、贺永恒、李广亨，山西忻县张小平，直隶深县郭云深、刘奇兰、李太和、刘元亨，安国县张树德，河间刘晓兰，新安李镜斋，江苏省白西园，南宁孟志荣等人。大弟子车毅斋十年前在天津比剑技服日本板山太郎；再传弟子李存义、李复贞、孟兴德等人参加义和团运动，浴血奋战，名震中外。刘文华、孙禄堂、姜云樵等著书立说，积极传播形意拳；韩慕侠等人也是江湖上赫赫有名的武术高手。”

粗嗓门儿的人说：“李洛能的名字与董海川一样被载入中华武术史册！”

“李洛能是直隶深县羊窝乡豆王庄人，他少时酷爱武艺，曾学艺沧州。当时，山西心意拳师戴二闾颇具盛名。李洛能三十四岁那年，不远千里来到山西祁县，欲投戴二闾学心意拳术，然而一次次被拒之门外。李洛能并不气馁，反而下定决心，非将戴氏心意拳学到手不可。他将随身所带的百两纹银投资到祁县，在城东南开了一个菜园。此后，每天以到小韩村卖菜为名，行拜访戴二闾之实，‘老农’之名由此而来。”

粗嗓门儿的人说：“这么说，他跟当年杨露禅在陈家沟装哑偷拳差不多。”

“年终，戴氏账房先生郭维汉结账时，要将年内食用李洛能的菜钱支付，李洛能执意不收，只恳求戴二闾授拳。戴二闾的母亲责怪儿子说：‘人家远道而来，等你多长时间了，白白吃了人家一年的菜，怎么能不教人家！’戴二闾说：‘伯父（就是戴龙邦）有遗训，戴家拳不传外人。’戴母愤然说：‘人要有个良心，里人也好，外人也好，有良心的人都可以教。’戴二闾是个孝子，一向遵从母命，他立刻请李洛能来到堂屋说话。李洛能正推着一车专给戴二闾家的过年菜，听说戴二闾请他，高兴得两手将车端起，一跃而进门内。戴二闾见他力量过人，知道他是条好汉。寒暄之后，便说：‘你想学拳可以，但我吃了菜不能不给钱。’边说边将桌上的一摞铜钱拿起来，两指一夹，便叫李洛能来取。李洛能看出戴二闾的心思，立即上前一把扣住用力往外拉，然而铜钱竟一动不动。戴二闾道：‘算了吧，这两个钱你拿不走……’说着，把铜钱丢在地上，只见扬起一团粉末儿。李洛能见状惊叹不已，急忙下跪，口称师父。戴二闾说：‘教一两路拳可以，但不能收你为徒，这是家规。’以后，李洛能便在戴氏门下学拳，一个桩功，一趟崩拳，练了将近一年。一日，适逢戴母八十寿辰，亲朋好友及戴氏弟子俱来拜寿，李洛能也备礼前往。戴氏弟子一个个在寿堂前演武助兴，李洛能也有幸练了一趟崩拳。他练法出众，劲力刚猛，戴母看了夸赞不已，众人也无不喝彩。戴母再让李洛能献技，李洛能仍然练了一趟崩拳。戴母问其故，李洛能说：‘只学此拳。’戴母问戴二闾：‘李洛能一年为何只学会一趟崩拳？’戴二闾说：‘家规难违啊！’戴母说：‘你看看戴家弟子哪一个能比得上李洛能？将来戴家心意拳能否发扬光大，恐怕还得靠李洛能哩。’戴二闾只得收李洛能为徒，当时李洛能已有三十七岁。李洛能从戴师学艺，数年已将心意桩功、五行拳和六形拳法学得纯熟。四十三岁那年，他随师父出外保镖。四十七岁时，他被太谷富绅孟浡如聘为护院拳师。当时，太谷县富商聚集，是商业之乡。境内有曹、孙、孟姓商户及王、武、张、乔等八小富户，由于各富商争聘名师保镖护院，武林高手接踵而至。‘铁掌金刚’冯克智、‘神弹子’吴本忠、‘神钩’李发黝、‘飞腿’胡铎、‘神手秀士’马大春等，都是闻名遐迩的武林高手。李洛能要在此地站脚，没有惊人的技艺是不行的。他到太谷后，一面加紧拜访各位拳师，一面加紧自身锻炼。不久，他与冯克智情好日密。一次，冯克智多喝了几杯，要同李洛能动手比个高低。李洛能无奈，只得奉陪。他深知冯克智掌功神奇，曾一掌断过石狮子头。二人搭把后，李洛能以闪避脱化手法，使冯克智的掌功无法施展。冯克智斗性骤起，连环鸳鸯脚加连环推山掌绝技并用。李洛能左避右闪，险些着招。他以避实击虚之法连用劈、钻、崩、炮、横进击，头、肩、肘、手、胯、膝、足俱用，致使冯克智眼花缭乱，企图以推山掌虚进，另一手以贯耳猛击李洛能。李洛能伏身、践步，突然一个侧身炮拳将冯克智击出五尺多远。李洛能一纵步上前拉住冯克智说：‘要不是你多喝了几盅，我的脑袋早搬家了！’冯克智赞叹说：‘我的铁掌不如你的神拳啊！’‘神拳李’之名始得外传。不久，‘神拳李’入太谷镖行，从事保镖业，‘神拳李’之名盛传全国。”

这时，细嗓门儿的声音戛然而止，半晌才说：“师兄，你瞧，那个人就是……”

尹福急忙侧过头看窗外，只见店主引着一个老者走进院来。那老者银髯垂胸，额广眉宽，面如重枣，目光如剑，身姿矫健。

只听粗嗓门儿的人问：“他是谁？”

细嗓门儿的人道：“他是李洛能的徒弟刘奇兰。”

粗嗓门儿的人问：“刘奇兰也就五十多岁，为何这般老？”

“他长得面老，又喜欢把自己装扮成老者，他也来观看比武大会了。”

店主将刘奇兰引进尹福住房正对面的一间房内。

尹福又听细嗓门儿的人继续说道：“咸丰六年，五十四岁的李洛能开始收徒，他的第一个门徒就是太谷人车毅斋。李洛能在此时开始改进心意拳。他认为弓步变化不灵，鸡步又显得支绌，通过多次实践，遂改弓步为形意半马步。以后又对戴氏心意桩功以阴阳为母，鸡腿、龙身、熊膀、猴相为根的道理，按六合、八字、九歌的要求，将出势‘鹰捉，虎抱头’改为形意三体式桩功。其诀歌云：‘三体一站四象分，下部鸡腿中龙身。熊膀猴相在上体，形意奉中此为根。起手鹰捉虎抱出，身成六式寓意深。’练时要求以意领气，气沉丹田，上松下实，以锻炼脚、腿、步的稳固和姿势正确，要求包裹严密，利于出击顾破，是谓‘一桩顶三功’。并把阴阳、四象、六合等法则贯穿于整个形意拳法之中。在此基础上，李洛能又创造了盘根八法，练时以前扑、后踩、上提、下按、外云、内抱、左捧、右踩为八个基本方法。其赞歌云：‘盘根三步岂无因，配合分明天地人。要把此身高位置，先从本实求精神。根株相带阵相固，盘结多端类有人。猿臂封侯真可羡，千钧一举见其神。’不久，又将五行拳‘把把不离鹰捉’的练法，改为每拳以左右式连接而使动作连贯，突出了五行各拳的特点，并以拧转步将劈、钻、崩、炮、横五拳连接演练，名为‘五行连环’。同时，将戴氏心意中的挪步龙形、跃步龙形、踩步龙形，综合为挪、跃、踩三结合的龙形练法。后来，他与弟子车毅斋创编了五行生克拳，为心意拳的改革迈出了可贵的一步。李洛能见车毅斋极有造诣，于是送车毅斋到祁县戴二闾师父住处深造，戴二闾临终前将《心意拳谱》赠给车毅斋。车毅斋和李洛能对拳谱中‘此拳以心意诚于中，肢体形于外’的论述做了认真研究，认为可用‘形’取代‘心’，而且心意拳在练法上有‘象形取意’之意，用‘形意’之名更为贴切些。因此，心意拳改为形意拳。”

粗嗓门儿的人问：“这《形意拳谱》莫非就是当年姬际可在终南山岳武穆庙得到的《岳穆拳谱》?”

细嗓门儿的人压低了声音道：“哪里有什么《岳穆拳谱》? 这形意拳实是姬际可所创。他创编了《形意拳谱》，代代相传，如今传到车毅斋手中。你知道，郭云深此次来太谷还有一层意思……”

“什么意思?”

“有人说，他也想要这个拳谱。”

“我听说江南大盗‘钻天飞鼠’乔摘星尾随西逃的皇家行列，偷了光绪皇帝的传国玉玺，也想换这个《形意拳谱》呢！”

“他要这个干什么？上面又没写着偷盗的学问。”

“嗨，趁热闹吹！他可别‘机关算尽太聪明，反误了卿卿性命’！”

“那我考考你，是李洛能厉害，还是董海川厉害？是车毅斋厉害，还是尹福、程廷华厉害？”

“各村有各村的高招，你有三十六计，我有七十二变。李洛能和董海川从来没有比试过。董海川和杨露禅比武打了个平手。郭云深到北京欲与董海川比武，后来董海川施展轻功，在郭云深寓所表演了一下子，郭云深自愧不如，返回故乡。尹福、程廷华是董海川高门弟子，武功肯定不赖，要不然人家皇上能拜尹福老先生为师吗？可是尹福、程廷华没有跟车毅斋比过武。不过，尹福的弟子‘螃蟹马’马贵来了太谷，我们可以激马贵与车毅斋比武，看看谁高谁低。马贵是董海川再传弟子中的英豪！”

尹福一听，心内一喜，心想：我怎么没有想到马贵也来了太谷呢？我想法找到马贵，或许能打听到乔摘星的下落。

“你知道车毅斋的《形意拳谱》藏在什么地方了吗？”粗嗓子的人问。

细嗓子的人回答：“不知道，听说车毅斋家里有暗穴，多少年来不知有多少侠客巨盗想得到这武林秘籍，但来者莫不铩羽而归，有的人空落个残疾。”

这边，尹福心想：马贵来到此地，八卦门还有哪些弟兄来了呢？

中午，住店的人都来到大厅吃饭，尹福拣了一个边角坐了下来。他冷眼细看来的客人，有的风流倜傥，有的老态龙钟，有的相貌堂堂，有的丑陋无比，共有五十多位，就是未见那个形意拳名家刘奇兰露面。而来客中没有一个是尹福认识的人。

尹福要了半斤老白干儿、三两花生米、半斤小笼包子，独斟独食，两只眼睛却不时瞟着窗外和厅内的客人。

这时，只听厅内一个年轻人嚷道：“这酒不行，给我换山西杏花村的汾酒！”说着将手中酒杯扔向空中，那杯酒滴酒未洒，就稳稳地落在一个后生手中。

尹福见那扔酒的年轻人个子不高，身子骨儿挺粗壮，脸上紫黝黝的，蓬乱的胡子，挓挲着两个宽肩膀，穿着破蓝马褂，显得挺憨厚。那个接酒的后生颀长身材，瘦削的面孔露出一股冷峻的气质，有一副红海棠般的面孔，穿着一件旧了的鸡血红马褂，里面是蓝布长衫。

“哟，原来是车大师的高门弟子李复贞，久违了！”扔酒的年轻人淡淡地说，眼神不屑一顾。

那个被称作李复贞的后生说："在俺山西地界，规矩点儿!"

这时，挤上来一个壮士，凑在李复贞耳边小声说："他就是郭云深的弟子李魁元。"

声音虽小，但尹福听得一清二楚。

这时，店主拎着一壶酒挤了进来，对李魁元鞠躬道："我给您换杏花村的酒来了。"说着，端来一只酒杯，放在李魁元的桌上，举壶倒酒。

只见李复贞轻轻吹一口气，那酒壶口对着杯口，可是酒却洒向一边。店主倒了几次，杯中未见一滴酒，酒都洒在了桌上。

李魁元有点儿按捺不住了，刷的一掌，削掉了壶嘴，那壶嘴撞在墙上嵌了进去。

"好功夫!"围观的人齐声喝彩。

李复贞见了，有些沉不住气了，用袖子一拂，桌面上的酒水扬起来，淌进杯中。一会儿，只见杯中已有一指高的酒水。

"绝妙!"又有一些人为李复贞喝彩。李复贞听了，面露得意之色。

李魁元见此情景，微微一笑，用手轻轻一按，酒杯陷进桌面，慢慢凹下去，渐渐没了杯口。

众人又是一片喝彩。

李复贞见了，一伸右脚，酒杯弹了起来。他一掌将酒杯击得粉碎，随手接了碎片，轻轻一碾，粉末儿纷纷扬扬。

李魁元叫道："你要不服气，咱们比试比试?"

李复贞冷冷地说："比什么?"

围拢的人群中有个人叫道："快看哟，师父还没动手，徒弟先打起来了!"

李魁元、李复贞两个人摩拳擦掌，正欲比个雌雄，只见刘奇兰分开众人，挤了过来。

"两位徒弟，都是形意门人，何必动气?有首诗道：煮豆燃豆萁，豆在釜中泣。本是同根生，相煎何太急!"

"师叔!"李魁元憨里憨气地叫道。

"师叔，您也来了。"李复贞赶快拉过一把椅子，让刘奇兰坐下。

刘奇兰拉着两个人的手，语重心长地说："两位徒弟都长这般高了，真是光阴似箭啊!我当年到太谷时，复贞还淌鼻涕呢。那年我到深州，还是魁元上树给我摘的深州大蜜桃呢!"

他又对李魁元说："你想换杏花村的汾酒，你知道有关这个酒的故事吗?"

李魁元摇摇头，有点儿茫然地望着刘奇兰。

刘奇兰和蔼地对李复贞说："你是本地人，你说说看。"

李复贞说："晚唐诗人杜牧有诗云：'清明时节雨纷纷，路上行人欲断魂。借问酒家何处有？牧童遥指杏花村。'当地民谣唱：'汾州府，汾阳城，离城三十杏花村。杏花村里出美酒，杏花村里出贤人。'杏花村在吕梁地区汾阳县城东北三十里，这是名闻遐迩的酒乡。还没进村，远远便见红杏探头，绿枝掩映……"

"噢，大冬天还红杏探头呀!"李魁元气呼呼地说。

"我说的是阳春三月，子夏山耸立村北，汾河水曲折村南，真是风光绮丽的好去处。《汾阳县志》说那里自古'直松万株''溪泉四出'。据传，子夏山便是因孔子的学生卜子夏曾在山上设馆教书而得名的。至今，子夏下棋的石盘和后人修建的子夏庙仍在山中。早在公元六世纪，杏花村的汾酒就是宫廷的珍品，享有极高的声名。到了唐代，杏花村烧锅酒坊达七十二家之多，出现'长街恰付登瀛数，处处街头揭翠帘'的盛况，以致杜甫前来游览，李白前来醉古碑。明崇祯年间，闯王李自成自陕西渡河，率师北进，路经杏花村，也曾驻饮汾酒，并倚马立书'尽善尽美'四个字，因此杏花村一度更名为尽善村。杏花村有一座古色古香的井亭，亭内幽幽井水深不可测，亭壁有清初大诗人傅山手书'得造花香'四个大字。这口古井有一个美丽的故事，说的是很久以前杏花村有个酒店，叫醉仙居。有一天，一个衣着褴褛的穷老道进店喝酒，一喝一大碗，喝罢分文不付，扬长而去。第二天老道又来喝酒，连喝两大碗，仍不付钱。如此三天，终于醉倒。店主毫不嫌弃，殷勤招待。老道酒醒后，跌跌撞撞，店主双手搀扶他出门。经过门前水井时，老道问：'这就是你做酒的水井吗?'店主刚刚回答一声'是'，不料那老道'哇'的一声，将腹中之酒吐了出来，不偏不斜，正吐在井里。说也奇怪，从此，这口井里的水就变成了芬芳郁冽的美酒，井也成为神井，杏花村从此名声大噪。现在杏花村里的人，从这口井里汲出的水，仍清澈透明，没有邪味儿；用它煮饭不溢锅，盛到容器里不起锈，甚至用来洗衣服也格外柔软干净。《汾阳县志》有'汾酒曲'赞扬这口井：'神品真成九酝浆，居然迁地弗能良。申明亭畔新淘米，水重依稀亚蟹黄'……"

这时，只听门外有人大喝："快给我端杏花村汾酒来!"

第十六回　判官笔惊飞血滴子
狂奔骡引出螃蟹马

众人循声望去，但见一个瞎乞丐，脸色枯槁，腰背佝偻，穿着一身破旧的毛蓝布对襟褂儿，腰里扎一条变成灰色的白汤布，裤管儿卷到膝盖上，露出爬满手指头粗的青筋的腿肚子，手里拄着一根旧竹竿。大概是多走了路，浑身冒着汗。

尹福一看，原来就是方才在吉安堂前叩门的那个瞎乞丐。

店主见他来者不善，不敢怠慢，连忙把他迎到一张桌前。

瞎乞丐慢悠悠地坐下，店主到后面端了一壶杏花村汾酒出来，给瞎乞丐倒了一杯。

瞎乞丐问："这是什么酒?"

"杏花村的汾酒，货真价实。"店主小心地回答。

"你叫我喝这个马尿!"瞎乞丐用手一指酒杯，杯中呼呼冒出泡沫，泛成马尿似的橙黄颜色。

店主凑过来闻了闻，觉得有一股腥臊气，脸上登时变色。连忙又端来一个干净杯子，又倒上一杯酒。

"来，老先生，您尝尝这杯，上等的好酒啊!"店主颤巍巍地说。

"还是马尿!"瞎乞丐不动声色地说。

尹福已看出瞎乞丐有博大内功，他悄悄运气，每当说话时，口中便有强大的气流贯出，原来是瞎乞丐在捣鬼。

刘奇兰等人也看出了名堂。

瞎乞丐对店主道："你把这两杯全喝了。"

店主拿起一杯酒，一仰脖子，喝了下去，只觉得腥臊无比，咽在肚中，直向上翻，胃里翻江倒海，非常难受。

“你把这杯也喝了。”瞎乞丐指着剩下的一杯酒。

店主眼泪汪汪地哀求说：“老先生，您究竟使了什么魔法，把我的酒变了味儿?”

“把那杯酒也吞掉。”瞎乞丐一字一顿地说，声音里充满了严厉。

店主退了几步，面露恐慌之色。

刘奇兰道：“这位老先生，请问尊姓大名?”

瞎乞丐回答：“不要问我从何处来，也不要问我向何处去，我乃江湖茫茫大地。”

刘奇兰道：“你的功夫固然不错，可是你可知道‘武德’二字？武德有七，禁暴、戢兵、保大、公定、安民、和众、丰财。你可知道尊师重道、孝悌仁义、扶危济困、除暴安良、屈己待人，戒骄奢淫逸、戒采花盗木的道理?”

瞎乞丐摇晃着脑袋，唾沫星子乱溅，说：“我只知道喝酒，喝上等好酒，喝山西杏花村汾酒。”

刘奇兰指着酒杯道：“你看，这不是杏花村汾酒吗?”

瞎乞丐闻了闻，酒香袭人。原来对方用了功力，又使酒恢复了原样。

他暗暗吃惊，叫道：“那么这杯酒就请你喝了吧。”说着，一拳击中酒杯，朝刘奇兰掼来。

刘奇兰矫捷地将身形一闪，酒杯碎片乱溅，却被刘奇兰身后的众多壮士纷纷接住。看来前来观看车毅斋和郭云深比武的多是热血侠客，路见不平，拔刀相助。

刘奇兰朝瞎乞丐作了一揖：“老先生虽然双目失明，但是如此无礼，我刘奇兰也就失礼了。”说着一拳朝瞎乞丐当胸击来，这拳头出手之快，令人眼花缭乱。

瞎乞丐只觉一股劲风袭来，他一纵身，上了桌子；又一纵身，攀住了屋柱。人们只知他双目失明，没想到他的功夫如此神奇。

刘奇兰一招“白猿攀枝”，一跃身，双拳朝瞎乞丐掼来。瞎乞丐呼地闪过，用左脚朝刘奇兰小腹踢来。

“师叔，小心!”李复贞惊的叫了一声。

刘奇兰不慌不忙，用右掌去削对方的左腿，掌力极猛，正削在瞎乞丐的腿上。若是平常人恐怕早已骨折，可是刘奇兰却觉得手掌生疼，好像打在了铁板上。

莫非他的腿中藏有铁板？刘奇兰暗暗想。

瞎乞丐狞笑一声，稳稳地落在地上。

李魁元手一扬，连珠镖朝瞎乞丐击去。瞎乞丐不慌不忙，挥动竹竿，东挑一下，西戳一下，把飞镖拨飞了。

李复贞手一抖，一把“天女散花针”朝瞎乞丐撒去。瞎乞丐手舞竹竿如风轮，竹竿停下，只见竿上钉满了花针。

众人看了目瞪口呆。

刘奇兰问道：“你是哪路妖孽？竟敢到此地逞狂?!”

瞎乞丐笑道：“刘大侠，不识庐山真面目，只缘身在此山中。”说着，将竹竿一竖，朝刘奇兰心窝戳来。

刘奇兰将身一闪，那竹竿点中他身后一个后生，后生来不及躲避，当即身亡。刘奇兰见瞎乞丐杀死一个无辜后生，不由火起，抽出水磨太师鞭，抽向瞎乞丐。那鞭梢劲卷如雨，刷刷有声。瞎乞丐劲挺竹竿，左右抡动，似人舞金狮。

李复贞、李魁元也各持兵器扑向瞎乞丐，瞎乞丐毫不怯弱，愈战愈勇。

这时，猛听一声大喝：“满天星，原来你在这里!”但见一个俊美的青年，穿一身夜行的黑色紧身短靠，头上缠一条黄布包巾，背后斜插一柄单刀，足穿布袜麻鞋，一张清秀的脸庞，一双明亮清澈的眸子闪闪发光。

瞎乞丐听到这熟悉的声音，为之一怔，忽地睁开双眼。那黑色的眸子运转自如，充满了狡黠，原来他不是瞎子!

那俊美的青年飞起一脚朝乞丐踢去，乞丐一躲，没提防正蹭着下巴，一卷白胡飘然而落，原来这乞丐是个青年。

乞丐恼羞成怒，大叫：“杜心武，你不去刺杀皇上、太后，跑到这太谷干什么?”

尹福一听乞丐叫出“杜心武”这个名字，心下一震：怎么，这青年就是徐矮子的弟子“神腿”杜心武?

那青年果真是湖南大侠杜心武。他奉孙中山、宋教仁之命，回国刺杀慈禧。中秋之晚，他在忻州贡院后花园向慈禧发镖刺杀未遂。因见皇家行列守卫森严，不便行动。正听说车毅斋、郭云深两位形意门大师要在太谷比武，天下许多英雄侠客前来观战，动了武术之瘾，又思见见形意门的真功夫，便暂且抛开慈禧一行，星夜奔驰，来到太谷。没想到正遇见荣禄府的武术教头满天星逞凶。杜心武曾随师父徐矮子在川、滇、贵、桂一带度过保镖生涯。其时满天星是漓江一霸，他少年时遇一老丐，教了他一些神奇功夫。一次，杜心武和徐矮子押镖路过漓江，被满天星的人马劫了镖。当时徐矮子恰巧去访一个朋友，杜心武中了满天星的奸计，误喝了掺有蒙汗药的椰汁。幸亏徐矮子及时赶到，否则，杜心武一命呜呼。自此，杜心武与满天星结下不解之仇。以后，杜心武东渡日本求学，满天星在百无聊赖中跑到北京投靠了荣禄，在荣禄府任武术教头。其实满天星也身负使命，负有刺杀光绪皇帝的任务，只因听说太谷比武大会即将举行，也想与众人见个高低，便化装成老丐前来探个虚实。

满天星一见冤家到了，有点儿慌神，不愿久战，一招“燕子钻云”破窗而逃，顺手掷出一个暗器，朝杜心武击来。

“血滴子!”有人叫道。

这暗器形若圆球，能张能缩。只见它猛然旋转，圆球忽地张开，露出十二把晶莹透明、薄如蝉翼的短刀，长仅四寸，均嵌于圆球之内。但听啸声骤起，宛若犬笛。圆球疾旋，逼近杜心武。只要球上任何一把短刀触人，便可搅勾附体，并带动群刃旋入肌肤；圆球则张大若罩，刮取大块肌肤。片刻，可见圆球的缝隙内渗出小股鲜血，并沿着群刃往外滴下……

这就是令人胆寒的血滴子!这就是令人谈虎色变的血滴子!

自雍正年间以来，这种暗器就像阴影一般笼罩着江湖，如今它又出现了。

杜心武命在旦夕!

刘奇兰去追满天星，无暇顾及杜心武。

李魁元、李复贞两个后生没见过这玩意儿，大眼瞪小眼，不知所措。

店主瘫如蒜泥，瑟瑟发抖。

就在这时，只见一人如球弹起，纵身一跃，拚死将一支利笔刺向血滴子。

一股飓风，席卷大厅，每个人都在倒退，杜心武也被这气浪冲退几步。

血滴子被这支利笔掼向一边，圆球内的几柄锐利无比的短刀嵌入墙内。

大厅内的所有人，包括杜心武，一齐把目光落在那人的身上。

他红光满面，细眉善目，中式的蓝布衣裳挂着尘土，方口的黑灯芯绒布鞋，钉着厚厚的鞋掌；嘴角上的几条深深的皱纹缓缓地跳动着，两鬓的银发被风轻拂得微微颤动。

他就是尹福。

杜心武本来是满怀感激之情来打量尹福的，但当他的目光与尹福的目光相遇时，心里像被什么东西猛击了一下。忻州中秋之晚，他发向皇族的飞镖就是被这个人发镖击落的，他阻碍了他的刺杀行动，他是他不共戴天之敌!

“你就是湖南‘神腿’杜心武?”尹福和蔼地问。

杜心武有一种说不出来的感觉，他不愿见到这个人，于是“蹬蹬蹬”地走了出去。

尹福追到门口，追上大街，杜心武已没了踪影。

街上车水马龙。太谷素有“金太谷”之称，富户商家车马络绎不绝，但街巷狭窄，车不能对行。此时，车毅斋与郭云深比武之日临近，天下不少高手云集太谷，太谷县城更显得拥挤不堪。

尹福正在人群中寻觅杜心武的影子，只见一头骡子拉着一辆三套大车狂奔而来，车上装着煤，驾骡的车夫惊慌失措。

忽然，骡子一歪，人与骡都被压在辕条下。

车夫性命危急，尹福不容多想，赶紧冲了上去。此时也有一人扑上前来，用双臂架住辕条，猛喝一声：“起!”竟把几千斤重的煤车抬起来，车轱辘都离了地面。

“螃蟹马!”尹福又惊又喜，叫道：“你果真来了!”

“师父!”马贵也看见了尹福，脸上神采飞扬。

“你不是随皇家行列保驾吗?”马贵问。

“一言难尽，走，到我那里聊聊去。”尹福亲热地拉着马贵的手。

马贵问：“你住哪里?”

尹福朝客店一指：“就在那里。”

“你那里人多口杂，说话不便，还是到我那里叙叙旧吧。”

“你住哪里?”

“跟着我走就是了。”马贵笑嘻嘻地说。

马贵引尹福来到街西一个教堂前。这教堂仿佛一座黑色的石头方块，戴着一顶尖帽子。教堂四周静悄悄的，柏树郁郁葱葱，拖着黑沉沉的影子，空气中散发出草的潮湿的味道。

尹福见马贵站住了，神秘地朝他一笑，有些纳闷。

“你住哪儿呀?”

“就住在这个石头堆里。”马贵指着那教堂，眨着眼睛。

“住在这里?”尹福惊得睁大了眼睛。他望着这个洋怪物，塔尖直指苍穹，塔楼的尖顶纤细欲折，给人的感觉就像是过分束胸、矫揉造作的娇小姐。塔身底部有如坚固的堡垒，到了护栏精美的二层回廊处，便向上呈角锥形，峭然而起。盘塔的常春藤如一束束筋腱，像在空中表演武术一样，一直向高处攀登。灰石塔尖上奇迹般地立着一个金色的大铜球，仿佛被吸住似的；大铜球上又立着一个小铜球，小铜球上竖起一个铁十字架。

尹福跟着马贵跳进了铁栅栏，穿过梧桐树，走进教堂。天花板上的枝形吊灯放射出光芒，大厅里的柱子投下神秘的阴影。尹福看到祭台上站着一个疲惫不堪、神色痛苦的洋人，背负着沉重的十字架，装有彩色玻璃的蔷薇形花窗闪烁着五颜六色的光辉。

尹福随马贵来到二楼一个厅室，整个房间挂满了绣着金花的大红锦缎。房间墙上有一个天然凿成的壁龛，上面放着一套阿拉伯式的宝剑，剑鞘是银的，剑柄上镶嵌着灿烂的宝石。天花板上悬下一盏威尼斯的玻璃灯，脚下是土耳其地毯，软得陷及脚背。墙壁刻着古色古香的浮雕，两端各有一尊精美的洋美人雕像，雕像的手里拿着篮子。篮子里盛着美果，是西西里河边的凤梨、马尼拉的石榴、菲律宾的蜜橘、法国的水蜜桃和伊拉克蜜枣。

厅室陈列华贵，房间是圆形的，靠壁有一圈固定的沙发，沙发前有一个茶几，茶几上食物狼藉。

“有趣吗?”马贵问尹福。

“教堂里没有其他人吗?”尹福小心地问。

“今年春天，义和团包围了这座教堂，主教率领教众抵抗，但是无济于事，义和团攻进了教堂，主教逃跑了。最近八国联军攻进了北京城，传言说八国联军要打到这里来了，义和团撤出了这座教堂。我来这座教堂时，上上下下都搜遍了，没有一个人。”

尹福坐到沙发上，半个身子险些陷进去，他赶紧站了起来。

马贵哈哈大笑。笑了一阵，见师父有些尴尬，于是来到里屋，一会儿转了出来，只见他穿着一条雪白的拖地长裙，长裙上有一圈圈皱褶儿。

“这是洋女人穿的，活像《西游记》里的妖精装。”马贵笑着坐到沙发上。

“这里真的没有一个外人吗?”尹福用力嗅着什么。

“没有，连死尸也没有。”马贵轻松地说。

“可是我却闻到了女人的味儿。”

“什么，是这裙子上的吧?”马贵见尹福一本正经的样子，有点儿紧张。

尹福走进旁边一间房屋，只见地板上铺着富丽堂皇的兽皮，踏上去像最贵重的地毯一样柔软。其中有鬃毛蓬松的非洲狮子皮、条纹斑斓的孟加拉老虎皮、散布美丽花点儿的中国金钱豹皮、西伯利亚的熊皮和挪威的狐皮。

房屋的正面壁上有一幅巨大的油画像，画上是一个威严的教父。他就像从古墓里钻出来的魂灵，穿一件宽大的黑教服，手上爬满了蚯蚓般的青筋，手里拿一根疙里疙瘩的短手杖；脸呈铁青色，满是疤痕，眉棱突出，头发花白，鼻子呈弓形，两只眼睛眍着，又黑又亮，透出咄咄逼人的神采，仿佛要把世事看穿。这个又高又直的人活像一只没有毛的老秃鹫、一只难以接近的可怕的野兽，他形销骨立，只剩躯壳和脸上的傲气了。

尹福看到这幅画像，心头为之一震。

“他就是这座教堂的主教。”马贵淡淡地说。

尹福的眼睛在周围寻觅着，忽然，他在画像前的兽皮毯上发现了几滴水迹，用手一摸，湿湿的，润润的。

“这里不久前来过人。”尹福像是自言自语，又像是对马贵说。

马贵也有些认真了，他上上下下走了一遭，发现在厨房的案上少了两个面包。

“是来过人了。”他对尹福说，“可能是乞丐，也可能是当地人。”

尹福没有说话，坐在沙发上若有所思。

马贵说道：“此地是是非之地，咱们还是小心为好。”说着拉开了话匣子。

“师父，洋鬼子一进北京城，咱们中国人可算遭了殃，妇女更倒了洋霉。咱们八卦掌门的弟兄死的死，逃的逃，真是如鸟兽散，天各一方啊！……师父，您千里迢迢，一心护送皇驾，可真算是忠心耿耿，真比得上是北宋的杨家将，丹心护主；南宋的岳飞，精忠报国啊！可是天下有几个人能揣摸透您的心思？

“光绪皇上也真是窝囊废，空挂着一颗皇印，自古以来有几个政治家不心毒手辣的？有句话叫无毒不丈夫！你瞧人家秦始皇，就敢逼亲生爹爹吕不韦自杀；汉高祖刘邦敢把忠臣韩信杀了；雍正爷把亲兄弟几个折腾得死的死，残的残；光绪爷就不敢把慈禧杀了？就这么一块软豆腐，还横在金銮宝座上干什么？他想耗着死在慈禧后头，我看，慈禧未必让他活得那么自在。俗话道，最狠不过妇人心……”

尹福不耐烦地说：“马贵，你少说两句不行吗？谁也没有把你当哑巴卖了。”

马贵小声嘟囔着：“师父，你就是菩萨心肠，总是不言不语，心里像装着昆明湖，就像咱们师祖，整日里冥思苦想，眉心皱出个亮疙瘩，也不知琢磨个啥？”

“我要有你师祖那些抱负，那可真算是超人了。”尹福一想起师父董海川，眼前登时一亮。“想当年他在九华山跟吕飞燕心心相印，订下姻缘。可是后来为什么一反常态，斩断姻缘，阉割栖身王府，当了太监？真是令人不解，这简直成了千古之谜。”

“师父，你与师祖形影不离，直到看到他仙逝太师椅上，难道就没看出他的心思吗？”

尹福叹了一口气，摇了摇头："你师祖定有宏大的抱负，堪与鲲鹏相比。有一次，我到肃亲王府去找他。一推门，看到他正对着一张画发怔。那画上崇山峻岭，寺庙迭现，山清水秀，古木蓊郁，画头写着'九华山晨曦'几个字。你师祖当年就是在九华山随碧霞道长学艺，跟侠女吕飞燕朝夕相伴。他回头看见我，默然地坐到太师椅上。我见他满眼泪水，一副悲楚的模样。他问我：'人生最大的痛苦是什么？'我猜他一定是想起了吕飞燕，于是脱口而出：'是失恋？'他苦笑着摇摇头，回答：'是丧志。'他又问我：'人生最难得的品格是什么？'我想了想，回答：'是敏而好学，孜孜不倦。'他又摇摇头，回答：'是坚忍，人生自古贵坚忍。匹夫见辱，拔剑而起，实不足为勇也。大丈夫能屈能伸，屈而不断，伸而不弯，才是真丈夫也！要知道，"忍"字头上一把刀啊！'我听了，半晌说不出一句话来。马贵，要知道，鹰有时比鸟飞得还要低，但是鸟永远也飞不了鹰那么高！"

师徒二人叙着叙着，已到天黑。马贵从厨房拿来一些面包。

尹福问："你这里怎么有这些洋馒头？"

马贵笑着回答："这叫面包，当时教堂里的人都吃这玩意儿，街上有个小摊也就专门做这个，昨天我才买来的。"

尹福吃了两个面包，忽觉腹中隐隐作痛，于是用手按住肚子，在屋里团团转。

马贵问："师父怎么了？"

尹福回答："想解溲。"

"嗨，找个犄角旮旯不就得了。"

"我要解大溲。"

"跟我来。"马贵说着带尹福来到楼下，出了教堂，来到旁边一个小屋，点燃了蜡烛。尹福见那里摆着几个木桶，有些不解。

"这叫马桶，教父他们当初就用这个。你就坐在桶上拉吧。"

尹福打开桶盖，猛闻一股臭气，又不好声张，只好解了裤子，坐在木桶上。马贵走了出去，站在院里，东张西望。

一会儿，尹福提着裤子出来了。

"怎么了，师父？"

"不行，我不习惯，拉不出来。"尹福说着钻进了草丛里。

马贵走上二楼，刚坐定，尹福就上来了。

"马贵，咱们到吉安堂走一遭。"

“你想探探虚实?”

尹福点点头。

两个人来到吉安堂，上墙一看，前面是一排竹篱，中间留了一道小门，刚够一人出入。两个人下了墙，进了那道小门，来到天井。天井中间有一座茅草搭的凉亭，亭前栽着几株菊花和山茶花。穿过凉亭是一堵粉白墙壁，左角有一道小门。他们进了小门，弯来弯去，才出了迷阵似的游廊。

这时，只听有个人在说着什么，仔细听，才听清楚。

“形意门，意形门，门门都英勇，个个力无穷。姬际可，戴龙邦，李洛能，盖世无双雄。车毅斋，区区一老农；宋世荣，出家是高僧；直隶郭云深，半步崩拳无敌手，中原有英名……”

两个人悄悄摸过去，看到月亮门角倚着一个醉成烂泥的老更夫，酒气冲天，吐了一地，灯笼扔到一边。

马贵扑到老更夫面前，“啪啪”给了他几个耳光，把他打醒了。

“你是什么人?竟敢打形意门的人……你小子凉水喝多了，撑的!”老更夫睁开通红的双眼，努力想爬起来。

马贵按倒他，问道:“吉安堂在哪里?”

“吉安堂?不吉利哟!”老更夫翻着眼皮。

“啪!”马贵又打了他一个耳光。

“马贵，别把老人家打坏了。”尹福担心地说。

老更夫挣扎着爬起来，叫道:“我孙子也不敢这么拍打我，你觉得好听是怎么着?”

“我问你，吉安堂在哪儿?”

“就在那边。”老更夫用手指了指西边，又躺下了。

吉安堂古色古香，上盖琉璃瓦，青砖到顶，飞檐斗拱，画栋雕梁。最别致的是四角各挂一只小铜铃，阵风吹来，叮当作响，清脆极了。两侧有耳房。

尹福和马贵悄悄来到堂前，但听堂内有个老者正在说着什么。

第十七回 蔑权贵宋世荣碎印 惩偷盗乔摘星断指

尹福、马贵凑在窗前，听那老者自言自语，细听那些话是：“姬龙峰，名际可，龙峰乃其字，人号为神枪。明万历三十年生于山西蒲州诸冯里北义平村。姬龙峰家小康，地两顷，院十座，陕西数处有营业。龙峰自幼村中苦读，文成秀才，鹤立鸡群。然尊村地处闭塞，时有强人出没，尤为河西流寇所掠，村民如坠深渊。姬龙峰少负壮志，河滨练武功，南观中山习虎踞，西望黄河仿龙腾，酷暑严寒，未曾间断。一日月夜，正在村西练功，偶遇一叟，相指点并试手，返其形，退其影，纵横往来，目不及瞬。结果，姬败北，遂恳切求教。叟言：‘后生，力法尚佳，唯眼神不及，去河边洗之即可。’姬从之，走近河边水中洗眼，顿觉清亮，回首欲谢，叟已远去无踪。姬大悟，及后练功，首重二目，技遂大进。”

老者咳嗽一声，又接着背道：“世乱御敌，姬龙峰率众挥戈退群寇，搏杀在前。为精御敌本领，素日苦练大枪不辍，巧以檐椽为凭托，精习飞马点椽功。尊村街巷宽正，房舍高大，每间前后檐下搭椽十五根。龙峰在巷道上练点椽功时，握大枪，乘战马，打之飞奔，就在从椽旁疾驰而过之瞬间，要刺何椽，必是举枪即得，枪枪点中椽头心。龙峰家多座院落的房椽，经他无数次点练，扎得根根见深痕。战时浴血，平日挥汗，浇注出他的神枪技艺……”

马贵小声对尹福说：“他是在背形意拳的家谱呢。”

尹福掩住他的口，说：“听听也长教益，形意拳始祖姬际可是一位奇人。”

老者仍在聚精会神地背着：“龙峰于世之最大贡献六合拳，后称形意拳，正源于此神枪绝技。他常言：‘身处乱世，出可操兵执枪以自卫可也，若太平之日，刀兵销状，倘遇不测，将何以御之。’于是将枪理作拳理，融拳枪于一理，概为‘智勇’二字，六合、五行、阴阳、动静、进退、起落变化无穷是其智也；英气过人，是其勇也。他将此理贯诸散招之中，创世多势短拳绝艺；其势貌似鸡腿、龙身、熊膀、鹰捉、虎抱头，妙合诸生灵之绝。共十二大势，前六势为：夜马奔槽，熊膀，真形实相等；后六势为：虎捕兔、燕子取水、鹞子钻林等。前者形显力刚，后者势微劲柔。此乃姬氏初期创之拳势。在尊村称之‘际可拳’或‘龙峰拳’。龙峰二十余岁始奔少林寺，当时为访天下豪杰，出诸冯，过解州，翻中条山，渡黄河，抵达嵩山少林寺。从武僧把守的古刹山门处三进三出，安然无恙，一时远近震惊。龙峰多次往返少林寺与尊村之间。一日在翻越中条山时，突然马失前蹄，直坠深渊，险些丧生，只凭一身绝艺，攀挂悬崖树枝，陡壁攀登，才得脱险。而后，龙峰因其神勇，被聘为少林高师，精传其技。直至清兵入关，方归尊村。龙峰在寺内累计达十余年，长期以来清人严禁民间习武，遇者格杀，但龙峰所授之形意拳却在该寺秘传下来。龙峰德高艺绝。一年隆冬，前往陕西赤水筹款过年，南行百里到达风陵渡时，已近傍晚。忽闻船上老幼呼唤，妇婴泣啼。他疾步向前，只见几名船工无理欺人。但此船已离岸丈余，龙峰急唤停船，船工不从，反相辱骂。此时，已过天命之年的龙峰怒火中烧，不顾船岸已间隔三丈余远和黄河激流之险，飞身一纵，疾落船舷，众皆愕然。船客中有人辨出龙峰者，惊呼：‘这不是县北龙峰公吗？’言罢，艄公船工跪地赔罪，龙峰命其赔礼妇老，众皆称快。时有陕西匪盗东渡黄河，伙同晋南流寇，掠劫蒲州诸冯，铁骑突冲，刀枪劲鸣。时已年迈的龙峰不负众望，率众截敌于村西战场，神枪展威，银蛇吐信，所向披靡，亲挑寇魁，一时神枪震四方。康熙二十二年，龙峰谢世，享年八十二岁，实乃古之武寿星。龙峰虽怀绝技，然而一直在野为民，授艺以强民众，挥戈以保家园。去世后，葬于尊村祖墓中。”

老者背到此时，忽然大喝一声：“着！”轻捷如燕，双拳直贯屋顶，竟把屋顶戳出一个大窟窿，一个瘦小枯槁的人被他硬拽了下来。

尹福和马贵惊得后退几步。

尹福凑到窗前一看，那人正是江南飞鼠乔摘星。

乔摘星战战兢兢地说：“宋师爷，饶命！”

老者问道：“你是不是想盗《形意拳谱》？”

“不，不，我听说吉安堂气势恢弘，高手如云，想进来见识见识。”乔摘星想往后退，无奈，后脊梁被老者抓住，欲动不得。

老者怒气未消，说：“你这个惯偷，看我剁掉你的手指头！”

“别，别……大师，我有好东西进献给您。”说着，乔摘星从怀里摸出一个印信，递给老者。

老者将印信握在手中，一会儿五指分开，一股粉末儿飘散开来。

“我以为是什么稀奇玩意儿，原来是颗印信。”老者淡淡地说。

乔摘星声嘶力竭地喊：“那可是军机处的印信，能调动千军万马啊！”

“我是天马行空，独往独来，不须千军万马。”老者冷冷地瞧着乔摘星。

乔摘星望望老者，心虚地说：“您老还剁我的手指头吗？”

“剁！”老者斩钉截铁地说。

“哎哟，我家有八十岁的老母呀！”乔摘星哭出声来，“扑通”一声跪在地上。

“你老母难道吃你盗来之食吗？”老者问。

乔摘星点点头。

“那你老母的肠子应当拉出来，有这等不仁不义的母亲，就会有这以盗窃为生的儿子。”老者的话语，比刀子还锋利。

“我还有传世之宝……”说着，乔摘星从怀里摸出一个小盒子。

尹福的眼睛一亮，那正是光绪皇帝用来装玉玺的那个小盒子。

老者接过小盒子，一吹气，盒盖开了，露出玉玺。尹福发现里面没有光绪讲的包玉玺的香汗巾。

“原来是玉玺，我一个平民百姓，要这种东西有何用？”说着，老者就要用手握那玉玺。尹福一见，急得想冲进去，却被马贵拦住。

乔摘星一把夺过小盒子，哭道：“这可是无价之宝啊！”

老者微微一笑，拉过乔摘星的右手，轻轻一扳，乔摘星惨叫一声，三个断指落于地面，血淌了下来。

“滚吧，不要再来吉安堂！”老者微闭双眼，生气地说。

乔摘星将小盒子放进怀里，将身一纵，从屋顶窟窿处跃出，高声叫道：“宋世荣，咱们后会有期！”

尹福小声对马贵说：“我去追玉玺！”

话音未落，老者在屋内说：“屋外的壮士莫走，陪老夫玩玩儿。”说着，身形一闪，已拦住尹福、马贵。

“你就是宋世荣先生？”尹福问。

老者点点头，问道：“你是什么人？”

尹福不愿暴露身份，没有作声。

马贵一推尹福，说：“师父，你去追玉玺，我来应付他。”

尹福眼看乔摘星要溜掉，生怕他逃回浙江，也顾不上许多，说了句：“你要小心。”纵身跳到圈外，一人去追乔摘星。

马贵拦住宋世荣，一作揖，道：“久闻宋大师的名字，今日倒要请教一番。”

“你是何人？”宋世荣问。

“行不更名，坐不改姓，我姓马，名贵，江湖上叫我‘螃蟹马’。”

“原来是八卦门的英杰，好，方才那位老先生必是董海川的高徒、‘瘦尹’尹福了。”宋世荣的声音里有几分沉重。

马贵说：“你既已说出，我也不隐瞒，正是我们师徒俩。”

“尹老先生为皇族护驾，众人皆晓，为何跑到我们太谷来了？难道是为了观看我师兄车毅斋和师弟郭云深的比武？还是想观看《形意拳谱》？”宋世荣呵呵笑出声来。

马贵道：“一言难尽，还是请大师过招吧。”

宋世荣行如狸猫，身似蛟龙，手似蛇行，蜿蜒曲折，气似游云，动如翻浪，采用形意拳中的化劲，向马贵扑来。

马贵一招“脱身幻影”，两腿屈膝微蹲，走起八卦掌，就像蹦泥蹦水一般。突然间，将五指分开，拇指外侧向上，小指外侧向下，掌指向前，由上向下直劈，用力朝宋世荣左肩劈来。

宋世荣惊道：“好厉害的八卦掌！”他将身一纵，将五指微屈，自然分开，形似瓦垅，劲藏神门，使出形意拳中的虎形掌。这种掌的劲力由指梢，手掌的外沿，最终聚集在掌根，能爆发出抖绝之寸劲，达到震伤对方内脏之目的。

马贵见宋世荣这一掌呼呼带风，不敢轻视，猛地一招“叶底藏花”，使出八卦掌中的螺旋掌，正与宋世荣的掌打个正着，两掌相撞，铿锵有声，二人同时被震出一尺多远。

这时从院外奔进一个中年人。此人宽肩膀，粗脖子，头几乎是四方的，一双剑眉，身体结实有力，穿一身青布马褂。

他一进来，见到这般情景，叫道：“师兄，让我来对付这个雏儿！”

“‘神腿’贺永恒！还是与我比试一下吧。”话音未落，从房上跃下一个青年，他一双明亮的眸子，闪着精明的光泽。

“原来是‘神腿’杜心武到了！”贺永恒笑着朝杜心武作一个揖：“想不到我俩人的雅号一般响亮。”

杜心武笑道：“未必一般响亮。”话未说完，一招“娇鹰探爪”，右脚落成仆步，两手经胸前下插，手心向上，直扑贺永恒。

贺永恒见杜心武来势凶猛，一招“蛇滚绣球”，退了几步，然后一招“金蛇狂舞”，将重心落于左腿，右腿去挑对方的腹部。

杜心武一招“青蛇摆尾”，两臂屈收胸前，护住腹部，又一招“老虎蹬山”，飞起右脚朝贺永恒踢来。

贺永恒一招“虎伏荒丘”，右脚赶紧后撤，身体后坐，重心落于右脚，同时两臂左右张开，按于身体两侧，迅速轻灵。

这两人一连斗了十几个回合，不分胜负。

宋世荣起初并没有把马贵放在眼里，他见马贵年轻，以为他作战经验不足，可打了二十多个回合，马贵不但没有力怯，反而愈战愈勇。宋世荣只见马贵身体极其瘦弱，没想到他体内蓄积如此大的力量，一时惊叹不已。

马贵见与宋世荣搏打多时也未取胜，又不知师父尹福究竟如何，不便久战，于是猛地出手去点对方的鬼门穴。

宋世荣一见有些吃惊，没想到马贵如此通晓点穴功夫，不由得后退几步。

就在这时，他发现房上不知何时立着三个大汉，他们一动不动，就像三个凶神。看来今晚吉安堂凶多吉少。想到这里，他不由得暗暗捏了一把汗。

那三个人立在房上，已观看宋世荣、马贵、贺永恒、杜心武作战多时，就像看热闹一般袖手旁观。

宋世荣想探探房上三位壮士的虚实，手一扬，一个乾坤圈飞了出去。这乾坤圈大小约半尺，厚度如一枚钱币，圈里外全部开刃。宋世荣的乾坤圈一发，劲力强厚，呼呼生风。只见房上中间那位壮士不慌不忙，伸出手掌，轻轻一旋，便把乾坤圈削到一边。

宋世荣见了，暗暗吃惊，心想：这壮士功夫不可小瞧。如若没有功力，我这乾坤圈一抛，会齐齐削掉三个人的脑袋，没想到他却轻轻削到一边，真是神奇。

房上中间那个壮士用洪钟般的声音问：“车毅斋在哪里？”

宋世荣回答：“远游去了。”

“不对，他就在这里！”壮士坚定地说，好像没有人能说服他。

“请问你是何人？”宋世荣问。

此时，马贵也停止了进攻，贺永恒和杜心武也收了势，只望着房上出现的三个人。

“我是张策。”房上那汉子平静地说。

“噢，原来是通臂门到了！”宋世荣惊喜地说。

张策责问道：“比武为何还不开始？害得我们等了多时。”

宋世荣支吾道：“车老先生……不知到哪里去了，郭云深……至今未到……”

“不对！”张策纠正道，“车毅斋就在家中，郭云深也已到了太谷！”

却说尹福去追乔摘星，翻过院墙，拐进小巷，追来追去，追到一座妓楼前，乔摘星一闪就没了踪影。

尹福想：乔摘星可能一直藏身这座妓楼里。

他见楼内烛火辉煌，门口有个牌子，上写“沉香楼”三个字，两旁有一副对联，写道：“宁在花下死，做鬼也风流。”门口高挑一个大红灯笼，金黄穗子飘来荡去。

尹福正在门口徘徊，这时，两个恶奴拥着鸨娘走了出来。

鸨娘道：“你这个瘦老头，不进来热闹热闹吗？”

尹福心里涌起一股厌恶，抽身走开。

他悄悄绕到妓楼后面，正见乔摘星往墙外爬，他一把揪住乔摘星，喝道：“我看你往哪里逃?!”

乔摘星一见是尹福，慌得浑身哆嗦，叫道：“尹爷，对不住了。”

尹福一把拽下乔摘星，问道：“皇上的玉玺呢?”

乔摘星支支吾吾地回答不上来，用右手乱晃，他右手上包着一块白布，血从里面渗出来。

尹福摸他怀里，没有那个小盒子。

“那小盒子呢?”尹福着急地问。

“丢了。”乔摘星回答，两只贼眼仍在打着转。

“玉玺和香汗巾呢?”尹福又急急地问，汗珠子淌了下来。

“汗巾让我揩脏了，玉玺刚才丢了……”乔摘星说着，身子一歪，没了气息。

尹福大惊，急忙仔细端详。只见他手上全是鲜血，原来乔摘星的后背中了一枚铁鸳鸯，鲜血染红了他的衣裳。

尹福抬头一看，只见妓楼的二层楼有个窗户开了，可是没有人迹。

一定是有人暗杀了乔摘星。想到这里，他放下乔摘星，跃过高墙，顺着一棵枣树，攀到二楼那个窗前，原来是走廊。但听一个个屋内传出淫声浪语，走廊上空无一人。尹福不好一屋屋搜查，只好扫兴而归。

尹福回到教堂的铁栅前，忽见教堂的小洋楼内烛火昏暗，他以为马贵已回到教堂，心中感到一阵安慰。

尹福轻轻攀过铁栅，穿过硕大的梧桐叶，忽见洋楼窗前晃动着一个西洋女人的身影，飞飘飘的长发，雍容潇洒的拖地西裙，袅娜的身材，多么熟悉的身影……

是黛娜，那个瓦德西统帅派来的女杀手，那个狡黠的洋女人。

尹福的心跳着，血液沸腾着，他恨透了这个女人，他要杀掉她！

黛娜好像正喝着什么，有些如饥似渴的样子。

尹福迅疾来到窗前，黛娜却不见了。一会儿，烛也熄了。

尹福冲进门，大声喝道："你这个洋女人，我看你往哪里逃?!"

没有任何动静，他只闻到一股浓烈的烟草味儿。

他见教堂洋楼的后窗敞开着，来到窗口，可溶溶月下，树影婆娑，却没有人迹。他设法点燃了蜡烛，发现地上有烟灰，面包被人吃了一些。

他打开浴室的门，看到池内湿漉漉的，有女人的胭脂味儿。

他又查看了附近几个房间，没有发现其他可疑的迹象。

这时门"哐啷"一声开了，马贵闯了进来。

马贵的突然出现，把尹福吓了一跳，他迅速抽出判官笔，当定睛看清是马贵，才长嘘了一口气。

"师父，发生了什么事？你脸色不好。"马贵关切地问。

"真是见鬼了!"尹福放松地坐到沙发上，把见到黛娜的情形叙了一遍。

"这个黛娜是什么人?"马贵问。

"她是八国联军统帅瓦德西的助手，是瓦德西派来刺杀皇族的杀手，一路上一直跟着我们。在忻州附近，我们抓到了她，可是后来让她溜了。"

"这个黛娜来太谷干什么?"

尹福双目炯炯，紧锁着眉头，说："我也在想，她远离皇家行列，跑到太谷来做什么？这里面定有文章。"

"你没有看错吗?"马贵问。

"我虽然已有六十岁，但眼不瞎不花，耳不聋不斜，没有错，肯定是黛娜。"尹福充满了自信，肯定地说。

马贵把刚才在吉安堂发生的激战叙了一回。

尹福吃惊地说："这个张策也到了太谷，各门派的人几乎都齐了。他和他的两个徒弟一路上跟踪我们，后来在恒山脚下一家酒楼上，遭一个叫岚松的女贼暗算，喝了蒙汗药，人事不省，以后就再没有见到他。"

马贵问："各个屋你都看了吗?"

尹福回答："看过了，没有发现什么可疑现象。"

马贵不放心，自己到各个房间巡看。

尹福肚子有些饿了，于是抓起一片面包嚼着。

“师父，你快来看！”西边传出马贵的叫声。

尹福赶紧来到马贵发出声音的房间，这是主教的卧房。

高台上，一盆素雅的兰草，一盆秀气的文竹；五斗橱的顶板上摆了座维纳斯的石膏像；一张大的沙发床，床头柜的花瓶里插着几株野玫瑰。有一个立地的古瓶，足有三尺高，斜插着几尺高的孔雀尾翎。床旁有一个大理石面的小方桌，方桌上有厚厚一摞《圣经》。窗前半挂着绛红色锦缎帐子，墙是淡淡的黄褐色，稍微带点儿粉红色。床罩绿得刺眼。中央有个铺着桃心形坐垫的大安乐椅，白得能照出人影。

马贵举着一根蜡烛，凝神望着主教的油画像。画像足有四尺高，画中主教的头发十分显眼，带着火红的颜色。颊须有些长，像火红的羊毛似的，在耳边卷做一团。他苍老然而有力的眼睛，泛出蓝幽幽的光泽；高挺的鹰钩鼻子，纤细而白皙；颧骨又高又宽；穿着火红的袍子，胸前挂着一个银镀的十字架。

“马贵，你发现了什么？”尹福来到马贵面前。

“师父，你仔细看。”马贵俯下身，用手指着紫色的地毯。

尹福仔细一看，油画前的地毯上有一片湿迹。

“这是泪水。”马贵肯定地说。

“这么说，黛娜刚才曾来到主教像前，她流了泪，莫非她与主教有什么特殊的关系？”尹福暗暗寻思。

“这个主教叫什么名字？”尹福仔细端详着主教的画像，问马贵。

“布朗，美国人。”马贵回答。

尹福在京城见过许多洋人，他们在参拜皇帝时，有的拘谨，有的傲慢，有的谄笑，有的典雅。但是他还没有见过类似画上这个洋人的模样，他的脸上充满了征服欲，布满了杀机，是如此狰狞、凶恶、不可一世。

“他怎么没有被义和团杀死？”尹福松了一口气，气浪吹得蜡烛晃动着。

“义和团没有找到他，他逃走了，这只老狐狸。”马贵的话语中有几分遗憾。

师徒二人重又回到客厅的沙发上，尹福对马贵讲了沉香楼发生的事情。

马贵说：“乔摘星很明显是在妓楼上被人杀的，玉玺或许就在那个人手里，他是杀人灭口。白天不便行动，明晚我再去探吉安堂，你去沉香楼打听玉玺的下落。”

尹福忽然说：“马贵，你听，地下好像有‘嚓嚓’的声音。”

马贵仔细一听，说："好像不在咱们待的地方的地下，是在远处。"

尹福伏在地毯上，把耳朵贴在地上，仔细谛听，然后爬起身来，说："不是这地下，离咱们这里应该有一段距离。"

"不会是谁家挖菜窖吧？"尹福像是问马贵，又像是自言自语。

"师父，时候不早了，咱们先睡觉吧，一切明天再说了。"马贵说着滚到沙发上，一会儿便轻轻打起鼾声。

尹福将两个短沙发并到一起，也蜷缩着睡着了。

第二天，太阳照得窗帘刺眼，师徒二人才醒来。

吃过饭，尹福在屋里待不住，还是想到街上转转，马贵见劝不住他，只好陪他来到街上。

他二人正在街上走着，尹福觉得有人扯他的衣角。回头一看，却是那家客店的店主。

店主嚷道："客官，你刚住了一天，怎么连招呼也不打，就一拍屁股走了，快拿一天的店钱来！"

尹福连忙赔着笑，说："对不住，对不住，只因一时追人，忘记了。"说着朝怀里一摸，身上已无分文，银两不知何时遗落。

他有些不好意思，对店主说："银两嘛，到时一定还你，我忘记带了。"

马贵见师父犯难，赶忙去摸兜内，可是他也没有带银子。

就在此时，尹福猛觉背后风响，顺手一接，是枚铜钱；又听风响，又一接，又是一枚铜钱……一连接了一大捧，尹福感到纳闷，抬头一看，是旁边一家酒楼上扔下来的。

"你这手里不是有钱吗？"店主睁大了眼睛问。

"这，这不是我的呀！"尹福不知所措地说。

"不是你的，怎么会在你的手里，快还我钱吧。"店主的眼里露出贪婪的目光。

尹福把手里的一半铜钱塞到店主的手里，然后对马贵说："走，我请你喝酒，这些钱足够了。"

二人进了路旁那家酒楼，店主把他们带到二楼。二楼非常清静，只有五六个人。尹福和马贵在靠近窗户的座位坐下。店主端来两瓶汾酒、一盘牛肉、一盘阳春豆，两个人对酌起来。

尹福是个细心人，他一边喝一边在寻找方才掷铜钱的人。他们的左面是两个中年汉子，已经喝得醉乏；后面有一个老妇，一边饮酒，一边自言自语。前头有两个和尚，一老一少，不喝酒也不吃肉，桌上摆着五盘花生米，花生皮散了一桌一地，可能是借这个地方叙话。

这时，他看见二楼西北角有个文质彬彬的年轻人，穿一件土黄布主腰儿，套一件青哦噔绸马褂子，褡包系在马褂子上头，挽着粗壮的辫子，背上斜背一口宝剑。

尹福见这后生背影熟悉，可一时又想不起来在哪里见过。

第十八回 黑旋风命丧沉香楼 螃蟹马夜闯吉安堂

马贵见尹福心不在焉的样子，问："师父，你心里有事？"

尹福呷了一口酒，慢悠悠地说："哪里有天上掉馅饼的？"

马贵笑道："太谷人心肠好，生活富足，看到您老手头缺钱，还不争先给你钱，谁叫你长了这副菩萨模样！"

尹福道："我这弱不禁风的样子，还菩萨样呢！菩萨都是又白又胖，满面红光的，可我面有菜色。你这鬼小子也来取笑我。"

一会儿，西北角的那个后生徐徐站起来，背朝着尹福飘然下楼去了。

尹福想看他的正脸，总是看不到。

马贵埋怨道："师父，你看那个人干什么，莫非认识？"

尹福紧走几步，想抢到那后生的前面看个究竟，可是那后生也紧走了几步，出了酒楼。

马贵赶上前，一把拽住尹福："师父，别看了，快喝酒去吧。"说着，又拉尹福回到座位上。

酒过三巡，尹福慨然叹道："中华武术源远流长，发展到今天已是黄金时期，真是不易啊！"

马贵说："武术的繁荣跟朝廷的欣赏分不开，自大清以来，没有一个皇帝不喜欢武术。大清自爱新觉罗氏入主中原以来，帝位几传，几乎个个弓马娴熟。大清开国皇帝太宗皇太极，臂力过人，步骑射，矢不虚发。他用的大弓，矢长四尺余，一般人拉不开，而皇太极拉射自如。天聪六年五月，清兵在征伐林丹汗时缺粮，射猎求存，皇太极连续发矢，射杀了五十八只黄羊。"

尹福道："我听说康熙八岁即位，除习弓马以外，十六岁便在宫中与众贵族子弟演练名为‘布库戏’的摔跤格斗，技压群臣。康熙二十二年，他在草丛中一箭射死猛虎，又在马上连发三箭，箭箭射过峰顶，其山便称为‘三箭山’。晚年他对众臣和侍卫说：‘朕自幼至老，凡用鸟枪弓矢获虎一百三十五只，熊两头，豹二十五只，猞猁十只，麋鹿十四只，狼九十六只，野猪一百三十二头，杀鹿数百，曾于一日内射兔三百一十八只。’雍正皇帝少年时期便嗜酒善剑，与当时著名剑侠多有交往。乾隆皇帝性喜射箭，十二岁时曾在木兰秋猎，一箭射死大熊。他在北京大西门前较射，九矢九中。围猎时，乾隆左右开弓，野猪、獐、狡兔等无不应弦而毙。乾隆为纠正当时日渐奢侈骄逸的世风，要求大臣不忘先祖，精习骑射。较射之时，射中者有奖，不中者严加斥责，甚至科举的乡试会试，也要考生先试弓马，合格者方许入围。”

马贵兴致勃勃地接着说：“我听说道光皇帝八岁时曾跟随祖父乾隆去校场射箭，用小弓箭一发中的，再射再中。乾隆十分惊喜，谕令再射一矢，果又中的。由此获得乾隆帝的最高奖赏黄马褂。乾隆曾有诗称赞道光少年神射：‘老我策聪尚武服，幼孙中鹿赐花翎’。可见道光射箭本领之高，不在武林名手之下。顺治、咸丰皇帝皆善渔猎围射。同治皇帝性喜摔跤，而且身手不凡，在宫中‘杆子库’，身着黑色摔跤衣，同小太监练摔跤，小太监被致死致残者不计其数。当今光绪皇帝在师父的指导下，不也精通八卦掌吗?”

尹福连忙用手去掩马贵的口，小声说：“不可泄漏天机。”

这时，窗外街上有辆马车急驰而过，车夫驾车，神色慌张。马车上有六个麻袋，尹福定睛一看，麻袋内似有什么东西动弹。

“马贵，快瞧!”尹福指着窗外的马车。

马贵也看到了马车和车上的麻袋。

尹福说：“马贵，走，跟着看看。”

二人迅速下了楼，尾随着马车，七拐八拐，来到沉香楼的后门。

车夫打了一声响亮的唿哨。

门“吱扭”一声开了。鸨娘笑嘻嘻闪了出来。

“哟，鲜货到了，弟兄们，快帮着抬!”几个恶奴出来，把六个麻袋扛了进去。

车夫赶着马车走远了。

尹福和马贵攀上墙头一看，鸨娘正指挥恶奴们解麻袋口。

一个个麻袋打开了，拽出六个泪痕满面的少女，她们的手脚被绳子绑着，嘴里塞着汗巾，汗湿了衣裳。

“哟，这一个个都挺水灵，个个都是摇钱树。姑娘们，到老娘这儿来没有你们的亏吃！”鸨娘笑得弯了腰。

恶奴们解开了少女的绳索，一个少女哭着跑向后门，一个恶奴冲上前，给了她几个耳光，打得她鼻青眼肿。

“我要我娘……”少女掩着脸，哭道。

“这里不但有你娘，还有你爹呢！”话音未落，楼里走出一个身材魁梧的人，双目失明，一副凶恶的样子。

尹福一看，吃了一惊，原来是燕山大盗黑旋风。

黑旋风骂道：“你们这些臭婊子，老子花了银两买了你们，叫你们到这里好吃好喝好玩儿好乐，你们哭哭咧咧干什么?！哭丧哪！”

那几个少女见他这副凶恶的样子，一齐哭开了，哭声凄切、悲凉。

“我叫你们号！”黑旋风咆哮着，旋风般在几个少女面前一转，那几个少女的上衣呼呼而落，光袒了上身。

六个少女惊得挤做一团，谁也不敢哭了。

黑转风又旋风般地转了一圈，那六个少女竟不能动了。

鸨娘笑道：“黑爷，好功法！”

黑旋风朝那些少女说：“小婊子们，你们听着，哪个求饶，哪个上楼。不然，冻死你们，饿死你们！”

黑旋风说完，上楼去了。

尹福小声对马贵说：“那个黑旋风是个恶霸，看来这沉香楼是个黑窝。”

鸨娘也一扭一扭地上楼了。

只有几个恶奴守在那里。

马贵道：“师父，怎么办？咱们救这几个少女吧。”

尹福点点头。

就在这时，只听“噗噗”几声，几个恶奴应声倒下，后背都中了飞镖。

尹福、马贵正在诧异，只见一根竹竿从对面墙外挑了进来，竹竿一扫，那六个少女运转起来。竹竿再一挑，地上的衣裳飞起来，各自披到少女们的身上。少女们又惊又喜，莫名其妙地望着那根竹竿。

墙头只见一只白皙的手，玩儿着那根竹竿。

竹竿再一挑，弄断了后门的大锁。

“还不快逃！”墙外有个清脆脆的声音响起。

少女们争先拥向门口，冲了出去，各自而逃。

尹福正待到对面墙外看看这位救人的侠客是何人，忽见二楼窗户开了，现出一个年轻女子，叫道:"哎呀，人都跑光了。"

尹福一看，那年轻女子正是黑旋风的义女岚松，原来他们父女俩投奔了沉香楼。

岚松从楼上使一招“燕子钻云”，跳了下来。

墙外的竹竿一抡，朝她的双腿扫来。岚松敏捷地躲过，一扬手，一支飞镖飞出，击飞了竹竿。

黑旋风率领着恶奴从楼里冲出来。

“快使桃花扇!”那个声音又响起来。

这下提醒了尹福，尹福从怀里摸出桃花扇，朝黑旋风等人一扇。黑旋风和岚松等人只注意竹竿伸出的方向，没有提防到尹福、马贵藏的方向，被桃花扇一扇，神思恍惚，身子顿觉轻飘飘的。

一个后生跑了过来，叫道：“尹爷，还不快走?”

尹福、马贵一瞧，正是方才酒楼上遇到的那个后生。

三个人迅疾离开沉香楼，跑进了教堂。

一进客厅，尹福正要问那后生的姓名，后生转过脸来，“扑哧”一笑，说:“怎么，尹爷不认识我了?”

尹福仔细一瞧，原来是于莺晓。

“原来投掷铜钱的是你!”尹福高兴地说。

“我总不能让好朋友丢人现眼啊!”于莺晓快活地说着，露出两个笑窝。

“对对，我们总算还有几日沦入地狱的患难之交。”

听到这里，于莺晓的脸不由得红了。

尹福知道说岔了，连忙把马贵介绍与于莺晓认识，以遮掩这尴尬处境。

三个人亲亲热热地叙了一会儿，尹福道：“看来乔摘星是死在黑旋风父女手里，玉玺很可能在他们手里。”

于莺晓说：“今晚我们再探沉香楼，看看黑旋风葫芦里卖的是什么药。”

马贵说：“今晚我去探吉安堂。”

尹福说：“就这样，我们分头行动。”

晚上，马贵换了夜行衣，到吉安堂去打探消息。

尹福和于莺晓来到了沉香楼，三人商议，由于莺晓先去楼内探听虚实，尹福在外面接应。

于莺晓大摇大摆来到了沉香楼门前，两个恶奴正在打盹儿，看到如花似玉的一个女子来了，不由怔住了。

“怎么？你自投妓门？”一个恶奴问。

“叫你们老鸨出来。”于莺晓高声道。

另一个恶奴喜滋滋地引着鸨娘走了出来。

“姑娘，你这是……”鸨娘笑嘻嘻地盯着于莺晓。

“我来玩玩儿。”于莺晓挺着胸脯说。

“你……”鸨娘有些糊涂，摸不着头脑。

于莺晓一拍兜，铜钱“哗啦啦”响。

“怎么？人世间只有男人要女人，就不兴女人要男人？我有的是钱！”

“对，对，姑娘说得对，汉朝那会儿就兴这个风气，快请楼上坐。”

鸨娘客客气气把于莺晓请到二楼一间华贵的房内。房间不大，一盏清油灯放在临窗的乌木桌上，一张木架双人床，铺着水绿的褥子、一条红被，地上放着水盂等。靠房门这面的墙壁安了一张精致的小方桌和两把椅子。再靠里有一个半新式的连二柜，上面放了镜奁等物；壁上悬着一幅鸳鸯戏水的画儿，又黄又皱。

于莺晓大大方方坐在床上，大声叫道：“快把人叫来！”

鸨娘喜盈盈地出去了。一会儿，门开了，进来一个大汉，络腮胡子，一脸凶气。他插上了门，朝于驾晓走来。

于莺晓一见，正是黑旋风。

黑旋风走到于莺晓面前，停住了，问道：“你知不知道这里的规矩？”

于莺晓一抬脚，将黑旋风踢了个四脚朝天。

“我就知道这个规矩，这算是个见面礼！”于莺晓说着，站了起来，用右脚连扇了黑旋风几个耳光。

黑旋风是个蛮汉，虽满脸是血，也不求饶，使出平生气力，拼死抵抗。

门外，鸨娘与岚松躲在一处看热闹。

鸨娘掩着口笑道：“瞧，滚起来了。”

岚松笑道：“那女子哪里是我爹爹的对手，也不知有多少钱，跑到这沉香楼撒野！”

她们听了一会儿，觉得不对劲儿了，黑旋风没了动静，只听见那女子大口大口地吃着瓜子。

血，顺着门底缝流了出来……

“不好，我爹遭难了！”岚松叫着，一脚踢开了门。

于莺晓端端正正盘腿坐在床上，快快活活地嗑着瓜子，瓜子皮扬了一地。

黑旋风倒在血泊中，一动不动。

“原来是你?!”岚松认出了于莺晓。八达岭一战，使她触目惊心，是于莺晓弄瞎了黑旋风的双目。

仇人相见，分外眼红。

岚松一掌朝于莺晓劈来，于莺晓一招“风摆荷叶”，躲开她这一掌，随即一脚朝岚松的腹部踢来。岚松连退几步，退到栏杆前，打了几个旋风，一招“恶鹰扑食”，朝于莺晓扑来。

鸨娘杀猪般大叫：“不得了！杀了人了！”连滚带爬，滚到了楼梯下面。

于莺晓朝屋内一闪，岚松扑了一个空，跌倒在地。于莺晓趁势举起岚松，原地转了几圈，朝楼下掷去。岚松身不由己，被于莺晓掷于楼下，当即身亡。

尹福听到动静，闻声赶来。正看到岚松倒在地上，赶忙搜她身上，没有发现玉玺；于是又来到楼上，与于莺晓会到一处。二人来到屋内，去搜黑旋风身上，仍然没有发现玉玺。

尹福有点儿茫然，于莺晓下了楼，拎着鸨娘上了楼，往屋里地上一掼，大声喝道：“你这个坏女人，快说，玉玺到哪里去了?!”

鸨娘两腿打战儿，翻着白眼问道：“姑奶奶，您是问皇上的大印?”

于莺晓说：“正是。”

鸨娘断断续续地说：“前些天，黑旋风带着他干闺女来到我这里，说要寄宿此处，不然便砸了沉香楼。我见他俩不好惹，便答应下来。一天晚上，江南有个神偷乔老爷到妓院嫖妓，有个妓女灌醉了他，他便拿出偷来的皇上大印给那个妓女看。妓女一看吓坏了，夜里偷偷地跑出来告诉了我。我知道那乔老爷有些功夫，不敢惹他，便去告诉黑旋风父女俩。那个叫岚松的丫头听说后，便去勾引乔老爷，乔老爷还真着了魔，并把玉玺作为定亲之物，交给岚松保藏。一天早晨，我推开后门，发现了乔老爷的尸首，他背后中了一个暗器，尸体已经僵了。我连忙去告诉黑旋风父女俩，岚松那丫头还哭了一场，后来把乔老爷埋到城西坟岗子上了。白天上午来了一个汉子，年纪轻轻。他看不上沉香楼里的众多妓女，点名要与岚松过房，岚松让他付了二百两银子。可直到中午，仍不见岚松出来。我推开房门一瞧，那汉子不知去向，只有岚松光着身子直挺挺地倒在床上，人事不省。我慌忙去喊黑旋风，黑旋风来了，拍打了几下，岚松便睁开了眼睛。傍晚的时辰，岚松忽然像发疯似的，到处乱喊，说玉玺不见了。她翻箱倒柜，闹得沉香楼鸡犬不宁，结果也没搜出来……”

“那个汉子叫什么名字？”尹福问。

“岚松说，他自称是满天星。”鸨娘瞪着充满血丝的眼睛。

“原来是他！”尹福眼前似乎又浮现了那个瞎乞丐，一会儿又变幻成一个风流倜傥的后生，那根竹竿轻飘飘的……

马贵来到吉安堂时，月朗星稀，院内没有任何喧哗。他又来到宋世荣寓所，只见屋内空无一人。他在房上窜来跃去，来到前院，看到有一处突出的高房，连忙趴到高房之上。院内两侧都有屏门，当门竖着一个彩绘的影壁；院内有两排青松，旁边堆了一些高高矮矮、不成文理的山石，种着几丛疏疏密密、不合点缀的竹子，还有个不当不正的六角亭子，在西南角上。

马贵攀住楹柱，滑了下来。抬头一看，有一块大匾，上书“吉安堂”三个金色大字，闪闪发光。

马贵心想：这便是有名的吉安堂了，比武大会将在这里举行，真是恢弘气派。

他蹑手蹑脚地走了进去，里面黑洞洞的，只闻到一股柏香。借着月光，可以看到大堂两侧摆着刀枪剑戟等十八般兵器。正前方有一幅硕大的壁画。画面上，有一个壮士正在一个庙里如饥似渴地阅读书籍，旁边横着一支铁枪。庙外翠柏苍松，远山重叠，明月皎皎，繁星耀眼。

马贵猜想这幅画画的是形意拳始祖姬际可入终南山求艺的故事。

画前有三个石凳，此外再也没有什么东西。

马贵觉得这大堂很宽敞，能容几百人。

他正在观察，忽听门外有轻微的脚步声，连忙紧贴在墙上，屏住呼吸，一动不动。

门开了，一个壮实的身影悄无声息地闪了进来。他身材不高，但很魁梧，两只眼睛闪着光。进来后，他盘腿坐在地上，一声不响，默默地观望着。

时间仿佛停止了。

空间好像消失了。

他是谁？这个怪人。马贵暗暗思忖，不敢动弹。

又一个身影闪了进来。

“师父，我看见车毅斋了。”进来的是个青年，憨里憨气地说。

“在哪儿？”

“佛堂里。”

“《形意拳谱》呢？”

“没发现。”

“那好，下战书，明日上午与他比武！”这个怪人闷声闷气地说。

“师父，何必这么急？”

“夜长梦多，事不宜迟。”

马贵猜出来了，这个怪人便是形意拳大师郭云深。

郭云深和他的弟子李魁元悄无声息地出去了。

“我倒要见识见识这个车毅斋是个什么人物？”马贵想着，离开了吉安堂，去寻找佛堂。

偌大一个院子，到哪里寻找佛堂呢？

马贵正在彷徨，忽见前面走来一个巡更的更夫。

马贵闪到暗处，待那更夫走近，将他拖到黑暗处。

“佛堂在什么地方？”马贵问。

“老爷饶命！佛堂在后园东南角。”更夫回答。

“我不绑你，但说出我，你没好果子吃。”

“没好果子，给点儿窝头也成。”更夫一双大眼睛瞪着马贵。

马贵见他有点儿愚痴，觉得好笑，没有理睬他，朝后园走去。

后园掩映在翠树繁花之中，东南角果然有一座佛堂，隐隐传出木鱼敲击之声。

马贵来到佛堂前，见有个小院，数株翠柏，几丛修竹，十分清幽。马贵攀上佛堂，揭开几片青砖翠瓦，低头看去。在摇曳的烛火中，一位老者，身穿布袍草履，腰系黄丝双穗绦，手执龟壳扇子，神形如长江皓月，貌古似太华乔松。身如松，坐如弓。

马贵心想：这大概便是车毅斋了。

一会儿，闪进一个后生，恭恭敬敬地捧上一封书信，说道：“师父，郭云深先生下战书了。”

“什么时间？”老者声如洪钟。

“明日上午。”

“好，报知各路英雄豪杰、乡里乡亲并形意门众弟兄。”

马贵正看得出神，忽然，有一张大网铺天而来，他想跳开，已来不及了……

尹福和于莺晓回到教堂后，马贵没有回来。

尹福请于莺晓到主教的卧房睡了，自己坐在客厅的沙发上等马贵。渐渐地，他的眼前蒙眬起来，一会儿便倚在沙发上睡着了。

尹福又累又乏，这一觉睡得十分香甜。

马贵一夜没有回来。

第二天上午，尹福被一阵锣声敲醒。

"各位好汉，乡里乡亲，快去吉安堂啊！上午车毅斋老先生要与郭云深先生比武喽，形意门二杰相斗，二虎相争，必有一伤。快去看啊！"有个汉子拿着一个破锣，一边敲一边喊，嗓子沙哑。

尹福霍地坐起来，没有见到马贵，心内有些慌张，连喊几声："马贵！马贵！"

于莺晓走了进来。

"马贵哥没有回来。"她的声音细而且小。

"马贵一定出事了。"尹福忧心忡忡地说。

"比武大会快开始了，咱们先到吉安堂，到时再打听马贵哥的下落。"

尹福叹了一口气，说："事到如今，只能如此。我昨晚不该叫马贵去吉安堂，那里机关太多，凶多吉少。"

于莺晓劝道："形意门与八卦门素来无怨，况且车老先生又是仁义之人，你不必担心马贵哥的安全。"

"可是车老先生的手下未必个个仁义，如果遇到一个愣头青，也不好说……"

两个人随着众多习武之人涌进了吉安堂，只见巨幅画前摆着十几个石凳，凳前有石桌，石桌上有茶壶、茶碗。两侧已站满了各路侠士隐者，尹福仔细一看，有不少熟人，连忙跟他们分别招呼。于莺晓是暗来暗往的人，与江湖上名流结识不多，只是随着尹福往前走。

石凳两尾站着形意门高手，其中有车毅斋的弟子李复贞、孟兴德、王凤翔、吕学隆、布学宽、樊永庆；宋世荣的弟子宋虎臣、宋铁麟、贾蕴高、任尔琪；郭云深的弟子许占鳌、李魁元、刘纬祥、李镜斋；刘奇兰的弟子耿继善、张占魁。此外还有戴良栋、张志诚等人。

两侧的人群中，尹福发现有"臂圣"张策，"神腿"杜心武，太极门杨健侯、吴鉴泉，八卦门"铁胳膊"魏吉祥、"翠花刘"刘凤春等人。

尹福在众多的人中，还发现了一个人，那人鬼鬼祟祟躲在人群中，东张西望。

尹福悄悄捅了一下于莺晓，小声地说：“你看那里。”

于莺晓顺着尹福指的方向看了看，有点儿茫然地问：“什么人?”

“那个插着一支翎毛的人，就是满天星，咱们要盯住他。”

第十九回 满天星临终泄天机 铁镯子功成落惆怅

三声锣响，车毅斋、郭云深、宋世荣、刘奇兰、马贵走了进来。

尹福叫道："马贵!"

马贵欣喜地叫道："师父。"随即将车毅斋等人介绍给尹福。

车毅斋哈哈大笑道："尹爷，我们是老相识喽!"

尹福听了，有点儿摸不着头脑。

车毅斋道："恒山脚下，翠水之畔……"

尹福猛然记起，原来那位救他的神力老者便是车毅斋。

宋世荣也呵呵笑道："尹爷，咱们也有一面之识。"

尹福仔细端详着宋世荣，怎么也想不起来在什么地方见到过他。

宋世荣神秘地一笑，说："雁门关脚下，是我指点你寻找于姑娘的路径。"

尹福想起来了，是密林中那个骑驴的隐者。

他又问马贵："你怎么到了这里，害得我虚惊一场。"

马贵笑着说："我昨夜在佛堂中了车老先生的埋伏，他手下人将我关在一间屋内，今早我才被放，车老先生真是宽宏大量啊!"

这时，"翠花刘"刘凤春、"铁胳膊"魏吉祥等八卦门人也来同尹福、马贵打招呼。

车毅斋请尹福在石凳上坐了，宋世荣、刘奇兰也依次坐了。车毅斋又从人群中扶出几位武术界前辈在前面石凳上坐了，然后挽着郭云深的手，来到众人面前，一抱拳说："众位英雄，我的师弟云深千里迢迢来到太谷，与我交流技艺，各位真是捧场。你们来自四面八方，名山大川，千里迢迢，风尘仆仆，实在辛苦，我车毅斋给你们鞠躬了!"说着，深深鞠了一躬。

郭云深也慨然而道："我师父李洛能先生生前曾对我说我的武功不如车兄。我想，艺高无止境，便从直隶深县赶到太谷，找师兄蹉谈武艺，以发展形意拳。众位英雄赏个脸，瞧个热闹。高兴了，给鼓个掌；不高兴，您扭脸就走，我郭云深也不觉得寒碜！俗话说得好，各人有各人的高招，各派有各派的窍门。我形意门是中华武术一个门派，也不见得比别的门派高明多少。今日来观战的有八卦门的尹福老先生，杨露禅老先生的后代杨健侯先生，通臂门的张策先生，自然门的杜心武先生，吴氏太极门的吴鉴泉先生，八卦门的刘凤春、马贵、魏吉祥先生，还有不少武术界老前辈，也有许多初次见面的武术界朋友，请各位多多指教。"

说着，郭云深挽着车毅斋的手走到大堂中央，二人分列一边。

郭云深朝车毅斋作了一揖，说："师弟如有冒犯之处，请师兄多多包涵！"

车毅斋爽朗地一笑："师弟，请进招吧！"

郭云深的"半步崩拳打遍天下无敌手"，武术界众人皆知；车毅斋的"引进落空，吞而化之"的神奇技艺，更是在武术界传为佳话。真是棋逢对手，将遇良才，武林人士谁不想观看这么精彩的决赛。

郭云深出拳刚猛，攻势凌厉，扑劲犹如狸猫扑鼠、猛虎扑羊。其扑劲起于涌泉，发于尾闾，主宰于腰，上提于脊，透发于胸，由膊而膀，由膀而肘，由肘而手发出。众人在旁观看，觉得有一股劲风，盘上旋下，劲猛异常。

车毅斋不慌不忙，将气下于海底，光聚于天心，呼吸于丹田，避重就轻，弹跳自如，轻如飞燕，翩翩而舞。众人看得目不暇接，为两人的精彩表演喝彩鼓掌。

这时，于莺晓发现满天星偷偷地溜了出去，于是也跟了出去。

战了七八十回合，郭云深与车毅斋都有些气喘吁吁。郭云深见自己打遍十三省的绝技连珠崩拳攻击，都被车毅斋连连吞化，有点儿性急。于是振奋精神，用尽生平之力，瞅准对方，猛击崩拳，将车毅斋逼到吉安堂西壁一角。车毅斋一招"脱身换形"，斜避一旁，以自己独创的"阴阳把""迂回步"转到郭云深身后。郭云深收拳不及，打在墙上，顿时砖石迸裂，堂墙倒塌……

车毅斋与郭云深相视一笑，握手停战。

郭云深感叹地说："师兄，师父在世时常说你的武功比我好，当时我听了很不服气，便赶来与你比武。想不到我的崩拳曾击败天下多少武林好汉，今天打了这么多崩拳，竟然连你的衣角都没碰上，真是佩服，佩服！"

车毅斋握着郭云深的手说："师弟的半步崩拳无懈可击，力拔泰山，真是刚猛率直。早就听说师弟厉害，今日才算领教，羡慕，羡慕！师弟，太谷丰衣足食，乃是风水宝地，又有世荣、世德这么多弟兄，待个一年半载的，咱们师兄弟好好叙叙。”

郭云深说：“师兄，你的技艺真是如入出神入化之境，真乃神妙莫测之手也！听师父说，他七十九岁高龄时曾和你对打‘安身炮’，你用‘拘马拼’将师父挤了一下，可有此事吗？”

车毅斋道：“这是我从拘马中创出的手法，事先没有说明，师父说，改得好，改得好。他特意说，学艺无止境，万不可自满，‘满招损，谦受益’啊！”

正说到这里，只见于莺晓满脸满身是血污，跌跌撞撞跑了进来。她脸色苍白，胸前中了五支飞镖，断断续续地说：“快跑，吉……安堂就要爆炸，底下都空了……洋人……洋人要害……你们……”说着，倒了下来。

众侠客听了，大吃一惊。

尹福一见，慌忙奔到于莺晓身边，扶起了她。

于莺晓上气不接下气地说：“我去寻……满天星，发现……他们在大堂下面……安了炸药……快跑……”

尹福一挥手，叫道：“弟兄们，快出吉安堂，有危险！”

尹福这一喊，才把众人从恍惚中唤醒，车毅斋、郭云深、宋世荣、张策、杜心武等鱼贯而出，有从门口出去的，有越窗而出的，也有直贯房顶越出去的。

“尹爷……我不行了……我只问你一句……”于莺晓脸白得像纸片，鲜血染红了尹福的衣服。

“说吧。”尹福老泪纵横。

“你不讨厌……我吧……”于莺晓用力睁开了眼睛，湛蓝、湛蓝，仿佛一眼望不见底。

尹福笑着摇了摇头，说：“不……”滚烫的泪珠淌到于莺晓的脸上。

于莺晓微笑着放开了手，倒在尹福的怀中。

“尹爷，快，危险！”郭云深跳进来，拖起尹福。

“轰！”随着巨大的爆炸声，吉安堂被炸个粉碎，破瓦烂木飞上半空。尹福被巨大的气浪冲了有十几尺，于莺晓那青春的身体也在这爆炸声中粉碎，玉殒香销……

众多武林英雄得救了。

人们默默地站在废墟前，向于莺晓致哀。

“快看，那是什么？”马贵指着废墟中露出的一条暗道，尹福、杜心武、张策等人争先奔进暗道，向前摸索去。

炸药是通过暗道运到吉安堂下面的，看来是蓄谋已久的大谋杀！

原来刚才于莺晓追踪满天星，来到吉安堂后面。那里有个地沟，满天星钻了进去。于莺晓为探究竟也钻了进去，顺着地沟来到一个暗道，正听到满天星在跟一个人说话。

那人问："人都到齐了吗？"

满天星回答："到齐了，尹福也在上面，共有六百多人。"

那人哈哈大笑："中国的武术完了，义和团的神勇完了！"

于莺晓凑近一瞧，在昏暗的烛光中，有个红衣主教和一个洋女人正守着一堆炸药，炸药的一根引线通到旁边一个洞内。

于莺晓不小心弄响了一块瓦片。

"谁?!"红衣主教大叫一声。

满天星一扬手，发出五支飞镖。因为于莺晓被挤在暗道里，非常狭窄，无法躲避。飞镖都钉在了于莺晓的胸前。

随后于莺晓忍痛爬向地沟，爬出沟口……

尹福、马贵、杜心武、张策等人在漆黑的暗道里摸索着前进，闻到一股股泥土的芳香。尹福断定，这条暗道是最近才挖成的。走着走着，尹福一头撞到壁上，原来走到了头。

"怎么会没有出路了?"杜心武问。

尹福试探着用双手托顶壁，觉得有点儿松动，可是却顶不动。

马贵、张策也赶上前来，三个人一起用力，"扑腾"一声，只听到一个庞然大物倒地的巨声。

尹福跳了上去，发觉上面原来压着一个大铁柜。

"砰！"清脆的枪声响了。

尹福一个打滚，子弹擦着耳际而过。

"小心洋枪！"尹福一声大叫，滚到一个破沙发后面，原来这是教堂的地下室。

马贵也跳了上来。

"砰！"又是一声枪响。

马贵软绵绵地倒下了……

尹福一见大怒，朝响枪的方向一扬手，三支飞镖飞了出去。

"哎哟!"有人尖叫了一声。

杜心武、张策也跳了上来。

开枪的人躲在一个破旧的大衣柜后面。

张策、杜心武、尹福一起朝大衣柜发镖，九支镖穿透了大衣柜，露出九个黑窟窿。

几个人来到大衣柜后面，只见一个洋女人斜躺在地上，胸前钉着几个飞镖，脸色苍白，一支洋枪丢在一边。尹福一看，正是黛娜。

杜心武一把扯住她的头发，用力一拉，金黄色的假发掉了下来，黛娜原来竟是一个洋男人。

尹福一看，大吃一惊。

"黛娜"看见尹福，似乎想说些什么。

"你的同伙呢?"

"黛娜"嘴边露出一丝冷笑:"你们抓不到……这次爆炸，你们死了不少人吧?"

"中华武术，野火烧不尽，春风吹又生!"尹福严肃地说，然后又问:"你到底是谁派来的?"

"我是美国人，这里的红衣主教是我的父亲，我当然是美军派来的……""黛娜"用微弱的声音说完，一仰头，死了。

附近响起"嘚嘚嘚"的马蹄声。

"他们逃跑了!"杜心武说着，冲了出去。张策赶忙也冲了出去。

尹福来到马贵跟前，马贵已坐了起来，右胳膊挂了彩。

"师父，你快去追贼人，我没事。"马贵笑了笑。

尹福冲出教堂，来到街上，正见张策、杜心武策马往西追去。他见旁边有个马车，便卸下一匹马骑上，也尾随他们去追。

出了太谷城西门，尹福追上了杜心武和张策，三匹马像离弦的箭一般飞奔……

田野里，有两骑仓皇而奔，一匹白马、一匹黑马。

"看，在那儿!"张策叫道，三个人拍马狂奔。

前面两骑拐入山道，尹福等人也上了山道。越追越近。

"砰，砰!"洋枪响了，子弹"嗖嗖"而来。

尹福、杜心武、张策将身子掩到马腹旁边，毫不停留。

前面两骑如飞般拐入另一条山道。尹福等人紧追不舍。

追着追着，两骑变成了一骑，黑马不见了，只一匹白马飞驰，红衣主教的红袍子格外耀眼。

杜心武抬头一看，路旁一棵高大的槐树干上趴着一人。尹福仔细一瞧，正是满天星。

杜心武大叫："你们快去追，我来对付这个人!"

尹福、张策又往前追去。

杜心武正要下马，突然一根竹竿横了过来。他头一偏，竹竿带着一股劲风扫了过去，击断了一根碗口粗的树干。

杜心武立在马背上，一扬手，几支飞镖击出，却被那竹竿击飞。

杜心武看出这人功力不浅，不敢轻视，一跃身，一招"白猿蹿树"，跃到那人对面一棵树上。

只听那人问："对面可是'神腿'杜心武?"

杜心武见那人叫出自己的名字，定睛一瞧，原来是旧日仇人满天星，不由怒火中烧。

"原来是你！你不是投奔了北京的荣禄吗？怎么又投靠了洋人？吃里爬外!"

满天星"嘿嘿"笑道："有奶便是娘，荣大人也好，洋大人也好，我是狡兔三窟，脚踏两只船。人活着，还不为混口饭吃。"

"你为何要谋害武林好汉?"

满天星摇摇头道："这可不是我主谋，是洋人的主谋。因为中国武术对洋人不利，洋人希望中国人个个不练武、不会武，弱得像病夫，他们才能大摇大摆地占领咱中国，统治咱中国。义和团的功夫，使他们吃了不少苦头。正赶上形意门召集这次比武大会，各路武术家齐来观战，可以聚而灭之。"

"你是怎么认识红衣主教的?"

满天星说："我原本是荣大人派来刺杀光绪皇帝的，听说有个太谷比武大会，也想凑凑热闹。我在路上劫了一队镖车，没想押镖的是一个洋人，更没想到镖车上装的都是炸药。那个洋人的父亲正是太谷教堂的神父，义和团攻入教堂后，他没有来得及逃走，而是躲到了暗室里。这个洋老头听说太谷比武大会的消息后，便策划了这个阴谋。他不停地挖啊挖啊，一直把暗道挖到吉安堂底下。你瞧，这老头两眼都放出贪婪的光，想把中国一口吞掉。"

杜心武骂道："你这畜生，竟然帮助他们!"

满天星露出一排黄牙道："要知道，他们给我金子啊!"说着，解开背囊，拿出几根亮晃晃的金条，"'人为财死，鸟为食亡'。这些金子，价值连城啊！有人说，书中自有黄金屋，书中自有颜如玉，书中自有帝王图。而我有了这些金子，就有了一切，什么洋房、美女、鸡鸭鱼肉，哈，哈，我可发了!”他说着狂笑起来，震得树叶“飒飒”而落。

“可是今天你却没命了，这些金子不过是一堆粪土!”杜心武冷冷地说。

满天星停止了狂笑，乜斜着杜心武说：“你怎么是我的对手呢？你的师父徐矮子还差不多。你年纪轻轻，又费了不少心思留洋，就这么死了，不觉得可惜吗?”说着，将一根金条掷来，杜心武一歪头，金条嵌在了树干里。

杜心武一纵身，朝满天星扑来。满天星扬起竹竿，直戳杜心武心窝。杜心武将足一点，踢飞了竹竿。

满天星有些吃惊，多年不见，杜心武功夫长进不小。随即他一招“猛虎扑食”，也朝杜心武扑来，两掌相接，二人各震退一尺。杜心武攀住满天星方才落脚之处，满天星也攀住了杜心武刚才驻足之干。

满天星笑道：“听说你是孙文派来刺杀太后和皇上的，在这一点上我们志同道合。说起来也真好笑，义和团想杀掉太后，是因为太后出卖了义和团；于莺晓是明朝重臣于谦的后代，她想杀太后、皇上，是为了反清复明；‘臂圣’张策想杀太后、皇上，是因为不满朝廷的腐败；燕山大盗黑旋风父女俩想杀皇族，是为了金银财宝；山东巡抚袁世凯、兵部尚书荣禄等人想杀皇上，是因为怕太后先于光绪而亡，光绪会秋后算账；孙文想杀太后，是为了推翻清朝；康有为、梁启超也想杀掉太后，因为他们想搞君主立宪，恢复维新变法。可是你要知道，洋人才是最歹毒的，他们想杀太后，是为了酿成中国大乱，进而瓜分中国。因为太后手握实权，统帅全国军队，是当今中国的铁腕人物。而光绪只不过是个摆设，是个木偶。太后一死，诸王无主，有谁能驾驭中国的局势？国外的八个强大帝国，重扼京城，炮舰在中国的内海林立，中国很可能要分成八个国家，偌大的一个中国就要从东方消失了。”

杜心武听了，若有所思。

满天星见杜心武有些分神，一扬手，五只连珠镖发了出去。只见杜心武双手攀住树干，往上蹿了几蹿，双足齐舞，又把那五只连珠镖弹了回来。

满天星没有料到杜心武使出这一手，有些慌张，连忙往下急跳，可是装有黄金的背囊却被树桠扯住；左太阳穴中了一只飞镖，当即身亡。

却说尹福、张策紧追红衣主教。红衣主教毕竟年迈，跑了一程，已是气喘吁吁。他索性停住马，回过身来，朝尹福、张策缓缓而来。

尹福、张策不知他是何意，于是勒住了马。

“二位壮士，我可以受缚，随你们走，但是你们必须放了我的儿子，他是我的命根子，命根子啊!”

张策冷冷地问：“你是主教，怎么会有儿子?”

红衣主教脸一红，随即恢复正常，道：“他是我的私生子。你们不知道，他的母亲是一个多么可爱的美人……”

尹福见他的眼里涌出泪水，浑身战栗着。

红衣主教动情地说：“她是一个中国女人，一个官宦人家的深闺小姐，是一个虔诚的基督教徒……”

“可是却被你玷污了!”张策的眼里像要喷出火焰。

“她死了，她跳进了教堂的那口深井里，连尸首都没捞上来，只捞上一只绣花鞋。”红衣主教的手颤抖着，握着胸前的十字架。

“可是你的儿子，他也死了。”尹福冷冷地说。

“什么?哎呀，主，我的主，你怎么不拯救我?!阿门!”红衣主教悲哀地叫着，缓缓地抽出了洋枪，将枪口对着自己的太阳穴。

“砰!”枪响了，他一头栽下马来。

“脏了咱中国一块地!”尹福鄙夷地唾了一口唾沫，与张策拍马往回赶。路上，他们见到杜心武神思恍惚地骑马而来。

“满天星呢?”尹福问。

“他死了，该死的都死了。”杜心武喃喃地说。

“在哪儿?”尹福问。

杜心武引二人来到满天星倒挂的那棵树前。尹福拾起满天星的竹竿，朝他的尸身一点，一个小盒子掉了下来。尹福一纵马，将小盒子接在了手中。

“什么东西?”张策问。

“有些人觉得它很轻，有些人却觉得它很重。”尹福不紧不慢地说着，将小盒子揣入怀中。

几天后，尹福来到了太原府。可是皇家行列已经离开了太原府，开往西安去了，尹福只得又奔往西安。

经过数十日的奔波，这天黄昏时分，尹福远远地望到了西安古城的城郭。

黄昏是美丽的，晚霞如同一片赤红的落叶坠在灰色的城墙上，斜阳之下的古城变成了暗紫色，好像是云海之中的礁石。

昏暗的日光在黑暗中让位，晚风一阵紧似一阵，吹动着朦胧逝去的日暮野景。在暗黄的天际上，纤细的暗月漂浮而过。城下的树林裸露着，几只老鸹盘旋着，留下透明的幻影。

耸立在两侧的山峰，仍然半含着余睡未足的惺忪倦态；飘起的白色晚雾，犹如有生命的物体，以它奇特的流动方式，贴着地面扩展开去……

尹福望着逐渐变成铅灰色的城郭，觉得有一种说不出来的惆怅。

他觉得这城郭有点儿像书中说的“海市蜃楼”……